出版说明

胡立根、谢晨先生主编的"经典阅读课"丛书,致力于传承中华优秀文化基因,提升青少年核心素养,帮助中小学生在阅读经典中建构并丰富自己的精神图式。在编辑过程中,我们按照现代出版规范对选文进行了统一处理,对部分选文做了删减,力求提供一套符合现代文字规范的青少年读物,以建立对纯洁汉语的认知和体悟。敬请作者、译者见谅。

另外,我们已经联系到大部分选文的作者和译者,他们同意将作品列入"经典阅读课"丛书,但由于作者面广,仍有部分作者和译者无法取得联系。请作者和译者看到本丛书后,尽快与我们联系,以便奉寄样书和稿酬。

诚致谢意!

联系人:蒋鸿雁
电话:0755-83460371
Email:984213171@qq.com

深圳市海天出版社有限责任公司
2018年7月

青少年核心素养
经典阅读课

人生的智慧

文学顾问 / 曹文轩

主编 / 胡立根 谢晨

本册主编 / 胡立根

编者 / 胡立根 易春保 杨茂华 陈林芝 谭轶珊

海天出版社（中国·深圳）

图书在版编目(CIP)数据

人生的智慧 / 胡立根, 谢晨主编. — 深圳 : 海天出版社, 2018.7
（青少年核心素养经典阅读课）
ISBN 978-7-5507-2131-9

Ⅰ.①人… Ⅱ.①胡… ②谢… Ⅲ.①阅读课—中学—课外读物 Ⅳ.①G634.333

中国版本图书馆CIP数据核字(2017)第325442号

人生的智慧
RENSHENG DE ZHIHUI

出 品 人	聂雄前
项目负责人	蒋鸿雁
责 任 编 辑	谢 芳
责 任 技 编	梁立新
责 任 校 对	黄海燕
封 面 设 计	深圳市张达利设计有限公司

出版发行	海天出版社
地　　址	深圳市彩田南路海天综合大厦（518033）
网　　址	www.htph.com.cn
订购电话	0755-83460397（批发） 83460239（邮购）
排版制作	深圳市龙瀚文化传播有限公司 0755-33133493
印　　刷	深圳市华信图文印务有限公司
开　　本	787mm×1092mm　1/16
印　　张	18.5
字　　数	284千
版　　次	2018年7月第1版
印　　次	2018年7月第1次
定　　价	32.00元

海天版图书版权所有，侵权必究。
海天版图书凡有印装质量问题，请随时向承印厂调换。

总 序

阅读需要仰视

阅读，是对世界和生命的凝视。未经凝视的世界是毫无意义的。苏格拉底说："认识你自己。"经由阅读，我们的心沉静下来，开始细心聆听远方的声音，聆听与自己相隔千里万里、相距千年万年的高贵的生命回响，从而更好地认识世界，认识自己。

阅读，让灵魂高贵，让生命丰盈。人的精神高度与阅读高度紧密相联，人因读书而高贵。经由阅读，你会获得一种让灵魂生香的高贵气质。阅读，让我们领略另一种不可能经历的时代和生命，让我们用一种新的眼光反思生活，面对人生。

阅读与写作相辅相成。阅读是张弓，写作是支箭。要想写作这支箭射得更远，就要让阅读这张弓更强。阅读就像采摘葡萄，在心土的深处发酵久了就变成了葡萄酒，这就是阅读给再创作带来的灵感。

阅读，要与高贵的文字结缘。书是有血统的。我们要读有高贵血统的书，这些书能照亮生命的旅程。对于成长中的孩子而言，要让他们在有限的生命长度里读有价值的书，多读能够打精神底子的书，读"有根的书"，读经典。经典至高无上，阅读需要仰视。

深圳是一座有着自己的人文梦想的城市，深圳读书月已经开展了

18年，深圳青少年阅读也一直是一面迎风招展的旗帜。这些年来，我每年都要到深圳，和深圳的校长、老师、学生，也和更多的市民朋友讲阅读，我一直强调读书要有选择，青少年人生经历有限，学业压力大，读什么书是一个很重大的问题。我在很多情况下讲过，现在的很多孩子读的是没有用的书，没有"根"的书。这个根，就是要有"文脉"，能够传承下去。近年来，深圳市学生文联和胡立根工作室一直在做一件事情，那就是帮助、引导学生阅读经典。基于青少年核心素养的"经典阅读课"丛书，立足人生中必然面对的关于传统、关于生命、关于自然、关于亲情、关于家园、关于哲学、关于历史、关于审美等12大命题，精选古今中外经典名篇，加以导读，汇成12个主题读本。这套"经典阅读课"是知名特级教师胡立根、知名阅读推广人谢晨和他们的团队多年阅读教育和阅读推广实践的集大成，已经数年试用，效果良好。我乐于见到一个青少年经典阅读推广的阳光地带。

"经典阅读课"是一套有"根"的书。愿每一个青少年读者都能懂得仰望经典、凝视生命，在阅读经典的过程中建构精神家园，打好人生底色。

曹文轩
2017年12月于北京大学蓝旗营住宅

序 言

传承文化基因，提升核心素养

"春江潮水连海平，海上明月共潮生。滟滟随波千万里，何处春江无月明……"

浩瀚的大海，蕴藏无数珍奇，充满神奇魅力。但是，沧海茫茫，却又令我们无所适从。于是，许多人一个猛子扎进去，纵然喝了满肚子的海水，但最终被淹没在大海之中。有的人跳进去，捞了几只鱼虾，上得岸来，也不管有没有毒，适不适合，便整条整条地吃下去，吃得津津有味，这样，虽是品尝了海味，但终是囫囵吞枣，难免中毒，更不知大海中还有许多更神奇的美味。于是有一些潜水高手，一些渔民，从大海中打捞出各种珍品，一股脑堆在那里，或者胡吃海吃，最终可能导致消化不良，难以有效吸收。

同样，当我们来到人类文化的大海之滨，渺小的我们，会不会像当年张若虚那样，被人类文化的浩渺所震撼，所吸引？面对人类浩如烟海的文化典籍，我们有这样几种做法，一种是一头扎进去，找到几本书，也不知适不适合自己，读了再说。这种阅读，当然有价值，但正如老子所言："吾生也有涯，而知也无涯。以有涯随无涯，殆已！"在信息化的当今时代，各种信息纷至沓来，新的知识层出不穷，令人应接不暇，尤其是学生，课业负担繁重，而大部分学生今后所从事的又并非狭义的文化类工作，哪有那么多时间一本一本地将文化典籍读完呢？这样我们所读的典籍终究有限。

于是我们有许多文人、学者、老师，从大量的文化典籍中遴选出优秀的篇章，编辑了各种各样的读本。这些读本因为经过了认真挑选，剔除了糟粕，浓缩了精华，应该是为读者提供了一定的精神食粮。这些读本虽然也形成了自己的所谓体例，也多是分单元阅读，但基本上是，或按作者，或按朝代，或按国别，或者取一个华美的单元标题，选文之间多缺乏内在的逻辑联系，选本没有形成独立的思维结构，因而仍然脱不了碎片化的嫌疑。大多只是将许多好东西送到了读者的面前，读者读完之后，虽不说是一地鸡毛，但很可能是一锅乱炖。

这就涉及我们今天为什么要阅读经典的问题。其中的一个目的，可能是了解，通过阅读经典，知道往圣先贤的生活、思想状况。但是，了解不应该是主要目的，读经典主要不是为了发思古之幽情。经典的阅读，不是让读者回到过去，更不是让孩子们穿着唐装汉服，摇头晃脑地之乎者也，经典阅读的目的应是指向未来；我们要将往圣先贤请到当下，让他们来指导我们当下的行为。因此经典的阅读的目的，固然有丰富知识的因素，但是，知识不是我们的终极目的，经典阅读最终应该指向我们的行为，指向实践。

人类文化经典的形成，并不是一朝一夕之功，而是千千万万的先辈们，面对生命，面对人生，面对世界的诸多问题、诸多困扰，进行探索，从而形成他们的思考，形成他们应对的态度和精神。因此，所谓经典，本质上就是往圣先贤人生实践的精彩总结与记录。其中，最有价值的就是往圣先贤思考问题的方式、他们的精神态度、他们的人生趣味，这一切，我们不妨称之为思维图式、精神图式和审美图式。

早在19世纪，威廉·冯·洪堡特就说："在语言中，个别化和普遍性协调得如此美妙，以致我们可以以为下面两种说法同样正确：一方面，整个人类只有一种语言；另一方面，每个人都有一种特殊的语言。"①世界的语言无疑是多种多样的，但洪堡特为什么说整个人类只有一种语言？因为，每一种语言的背后，实际上隐藏着民族共同的认知与思维的方式和情感、价值观、世界观的共同趋向，甚至隐藏着整个人类相近的思维与认知方式，人类相近的情感价值观方向，也就是说，形形色色的语言背后，有民族的、人类的共有的思维图式、精神图式和审美图式在，正因为这样，不同语言的人群之间才能进行沟通和理解。而这些共有的图式，就是洪堡特所谓共有的语言，这些共有的思维图式，实际上就是民族和人类的文化基因。而经典，之所以能成为经典，就是因为承载了民族的、人类的共同的思维与情感的成果，隐含了一个民族甚至整个人类的共有图式。因此，民族的、人类的共有的思维图式、精神图式、审美图式应该是经典的内核。

  经典之所以成为经典，固然与经典语言的规范与生动有关，但经典往往并不代表当时语言的最高法则，即使经典的语言代表当时语言的最高法则，这些法则对于当今时代，其价值也是极其有限的。经典的最高价值，是人类和民族某一阶段、某一方面的思维图式、精神图式乃至审美图式的精致的凝固，是民族和人类的思维图式、精神图式、审美图式的瑰宝，是人类文化的优秀基因。这才是我们阅读经典最应关注的东西！对于读者来说，人生也许没有非读不可的书，就像苏轼没有读过《红楼梦》，奥巴马不一定读过《论语》，但是，人生一定有必须面对和思考的问题，所以，《红楼梦》中涉及的许多话题，苏轼都有过深邃的思考，《论语》中涉及的许多问题，奥巴马也应该做过探索。所以，今天读经典，可能并非必须读某一本书，但是，我们应该从经典中吸取往圣先贤应对人生问题的优秀的思维图式、精神图式和审美图式，从而优化我们自己的思维结构、精神世界和审美趣味，进而提升我们的核心素养。

---

① 威廉·冯·洪堡特.论人类语言结构的差异及其对人类精神发展的影响[M].姚小平，译.北京：商务印书馆，1999.

这样，经典阅读，实际上有三个层面，第一个层面是语音、文字、词汇和语法，这是最表层的东西，也是入门的东西；第二个层面是语言的技巧，包括修辞、章法、为文技巧等；第三个层面是思维图式、精神图式和审美图式。而第三个层面，实际上又包括两个层次：一是民族的思维图式和精神图式；二是人类的思维图式和精神图式。第三个层面才是经典阅读的关键所在。

但是，我们怎样从经典中获取这些高贵的文化基因？我们怎样才能掌握人类几千年来传承的思维图式、精神图式和审美图式？按照前文所述的第一种方式，一头扎进去，找几本书读一读，固然可能获取某一个作家的某种文化基因，但，一则可能将不良基因也一并收取，二则所获有限。如果按上述第二种方式，阅读各种优秀文章堆砌的读本，可能避免了不良基因的吸收，但是，这些选本多是文章的碎片化堆砌，并没有从思维图式、精神图式和审美图式的角度进行整合，在阅读中，我们可能只能形成碎片化的记忆，难以形成我们自己的优秀的思维、精神、审美的图式。

基于这样的思考，我们尝试着从人生必须思考的问题出发，精选人生问题的12个主题，研究往圣先贤对这些问题的思考、态度与趣味，从浩如烟海的经典中，抽取我们认为承载了优秀的思维图式、精神图式、审美图式的经典文本，按相关主题，从这三个图式的角度加以梳理，编辑了这一套"青少年核心素养经典阅读课"主题阅读丛书，以求有助于构建我们的思维图式、精神图式和审美图式。

本丛书共分12个主题。包括人生首先必须面对的生命问题、人生发展问题、情感问题，从这个层面，我们编辑了《生命的长河》《人生的智慧》和《情感的咏叹》三个主题读本；然后是人与自然的关系、人与家国的关系和人与历史的关系，从这个层面我们编辑了《自然的密码》《家园的守望》和《历史的声音》三个主题读本；再上升一层是本民族的文化传承、科学的问题和哲学思考，在这个层面，我们编辑了《传统的精髓》《科学的边界》和《智者的哲思》三个主题读本；作为经典的语文读本，我们还从审美的角度选取了三个主题，包括审美与艺术、经典美文、古典诗词，由此编辑了《审美的盛宴》《美文的品鉴》和《诗词的韵味》三个主题读本。

为了引导读者从思维图式、精神图式和审美图式的角度思考相关主题，在编辑中，我们力图体现以下编创原则：

一是经典性。在选文上，力求将人类关于相关主题的思想精华和最具艺术化的作品呈现给读者，尽量让读者占领相关主题的人类思维制高点。

二是建构性。该丛书与其他读本类丛书最大的区别在于，编者以人生必须面对的问题为切入口，以问题的思辨和解决为逻辑主线，选取相关经典，力图以此引导读者建立起相关的精神图式、思维图式。

三是可读性。考虑到本丛书的主要读者对象为青少年，在选文上尽量做到经典性的同时，适当降低了选文难度，难度稍大的选文，在"导读"和"交流之窗"中对阅读做一些梳理性的提示。在导读的用语上也尽量考虑以青少年为读者对象，尽量增强导读的活泼性和可读性。

四是思辨性。在选文上，将思辨性放在优选地位，以期给读者思想启迪，不少章节有意识地选取了一些持不同观点的文章，目的在形成思想的冲击波。编者还为读者提供了相关主题的研究范本，试图引导读者对相关主题结合当下进行深入思考与研究，帮助读者形成相关主题的健全的意识与感悟、思考。

五是原创性。在编辑中尽量做到体例的原创，导读的原创，注释的部分原创。在体例上，根据相关主题的思维结构设计相关章节，试图以此形成相关主题的完整的思维结构和精神样式。每个主题的每一章设计有相关的导读，每篇选文设计有编者与读者的"交流之窗"，以引导读者深入思考。

六是大视野。选材范围力争广阔，力争站在一定的学术高度，所以除了国学主题之外，其他主题所选文章都涉及古今中外。而国学主题的选文则尽量从整个国学史的大视野，提取中华文化的优秀基因，选取国学经典，并从源流上对中华民族的优秀的思维图式、精神图式进行梳理。

本丛书能够顺利出版，非常感谢胡立根工作室的所有成员及编写工作的所有参与者的辛勤劳动。当然更要感谢促成本丛书出版的谢晨先生，感谢海天出版社的领导和编辑的大力支持。尤其要感谢安徒生文学奖得主曹文轩先生欣然担任本丛书的文学顾问并为本丛书作序，曹先生对本丛书的编辑给予了多方面的指导，提出了许多宝贵的具体建议，才能使本丛书有今天的高度。

当然，由于编者视野和水平所限，选文、体例、导读等等，难免有不尽如人意的地方，我们期待读者的宝贵意见。

胡立根
2017年12月于深圳羊台山

前 言

谈人生的问题,首先涉及的是"人是什么?"这一问题的追问。

古希腊哲学家普罗塔哥拉说:"人是万物的尺度。"这一命题令人感动。他强调了人的地位与尊严、作用与价值。让人区别于外物而独立存在,尤其是其精神的自由与高扬。帕斯卡认为人是一根会思想的芦苇,人的全部尊严在于他的思想。西方启蒙主义者发出"我从哪里来?我是谁?我要到哪里去?"的深沉的哲学追问。这一追问激励着人们不断反思与觉醒。而马克思则认为人是社会关系中的人,人的本质是一切社会关系的总和。法国现代哲学家柏格森认为人的本质在于创新,人是创新的动物。中国古代的智者老子提出"自知者明"的思考,而禅宗提出"明心见性"的认识自己的方式。魏晋南北朝时期人们发现了人的身体美和精神美,对人的个体尊严的发现和尊重可谓前所未有。可见人类一直都未停止对"人是什么?"这一问题的思考。其实,我们能从中找出共同点:人的本质在于人的思想和精神世界。人一旦失去思想,失去丰盈的精神生活和精神创造,从根本上讲就脱离了人这个概念。难怪苏格拉底要说:"这个世界上有两种人,一种是快乐的猪,一种是痛苦的人。做痛苦的人,胜过做快乐的猪。"是啊,做痛苦的人是真正的人,是幸福的人啊!

其次涉及"人生的意义或价值何在?"的问题。

关于人生的价值问题。中国儒家的入世思想赋予人更多的社会责任与担当，以"仁"为核心的儒家思想是一套衡量人政治和道德价值的标准。由此儒家提出"天行健，君子以自强不息"的奋斗精神，范仲淹在孟子"乐以天下，忧以天下"的基础上提出"先天下之忧而忧，后天下之乐而乐"的思想。张载提出"为天地立心，为生民立命，为往圣继绝学，为万世开太平"的理想。而道家在人生价值上却强调出世，强调返璞归真，顺应自然，强调回归自我，活出自我。因此，在人生的价值取向上，人们往往采取儒道互补的人生态度。

在西方，苏格拉底说："未经审视的生活不值得过。无灵魂的生活就失去了人的生活价值。"苏格拉底注重理性思考的人生价值观一直影响着西方的哲人。笛卡儿说："我思故我在。"现代哲学家维特根斯坦则认为："人类生活的核心是思考。"其实，西方在人生的价值上一直崇尚精神的独立和思想的自由，以此来达到智慧而有意义的人生的目的。

纵观中西方在人生价值问题上的探索历程，我们会发现，他们在追求人生的价值上有相通的地方，即都追求人生的社会责任和担当，突出人的思想的价值，追求幸福的人生。只不过西方更强调个体精神，而东方更多地强调集体精神。但不管怎样，都追求达到人生的智慧化和个人生活的艺术化。我们期望青少年读者能通过不断地阅读、思考和实践，达到人生的诗意化和智慧化。

本书是"青少年核心素养经典阅读课"丛书中的人生智慧读本。读者对象为正在成长中的青少年。青少年涉世未深，对人生充满好奇与渴望，他们渴望能拥有一个美好而充满智慧的人生，阅读无疑是达到目标的手段之一。本书围绕人生与认知问题选取了古今中外阐述人生的经典文章，旨在为青少年的成长提供优秀而丰富多彩的阅读材料，促进青少年在阅读中丰盈自己的内心世界，为他们的成长打下坚实的精神底子。帮助他们更好地认识人生和丰富人生，从而实现追求智慧人生的理想。

本书按人对个体和群体的认识到对人与周围世界的认识这一主线来选文，全书共分六编，每编又分"文学之花"和"理性之光"。"文学之花"旨在突出文章的文学性和艺术性，"理性之光"偏向理性思考，旨在突出思维的概括性与深刻性。两者交替出现，有助于培养青少年读者的形象思维与理性思维。这六编是按以下顺序编排的：

我是谁——人的个体认知；

人啊人——人的群体认知；

此山中——人类的认知局限；

这一生——人这辈子的经历与遭遇；

物与我——人和周围的世界；

真境界——人生的智慧与追求。

采用这种编选顺序目的是为了符合人的认知规律，以期有助于读者做逐步深入的认识与思考。

本书按照经典而又通俗的原则选择文章。从文体上讲有寓言、诗词、散文和小说等，范围包括古今中外。每编按主题选择若干篇文章。选文上尽量选名篇，但同时又尽量避免与现行中小学语文课本上的篇目重复。尽可能多地选择一些外国作品，目的在于扩大青少年读者的阅读视野，丰扩他们的胸襟，让他们读完后能站在一个较高的点上来思考人生。

一般来说，本书每篇文章包括作者简介、正文、文章出处、必要的注解和"交流之窗"等几个部分。注解尽量从简，旨在动员读者边读边主动查阅相关不懂的词语和问题，得到实在的动手动脑的训练。每篇文章后的"交流之窗"，是编者和读者的交流平台。"交流之窗"是编者写的新鲜而又富于个性的理解，为读者提供一个思考的参照，同时又向读者提出了一些有益的问题，促进读者思索。

本书作为"青少年核心素养经典阅读课"丛书之一，也可以作为资料供鉴赏者备用。当然，我们的主要目的还在于为青少年的阅读提供一种选择和便利。这种体例的安排也只是我们的一种尝试，希望这种尝试能有益于激发青少年的阅读兴趣从而丰富他们的人生。既然是尝试，那肯定有不足之处。请读者在使用过程中批评指正。

本册选文由胡立根负责，各篇的导读、作者简介、文章出处、注解和"交流之窗"的编写分工如下：第一编胡立根，第二编和第三编易春保，第四编谭轶珊，第五编杨茂华，第六编陈林芝。最后由胡立根负责审稿。

编　者

目录 contents

001　第一编　我是谁——人的个体认知

　　文学之花

004　哲学家和船夫　　　　　　　　　　　阿拉伯寓言
005　小树　　　　　　　　　　　　　　　　　杨千山
007　一头夸耀家世的骡子　　　　拉封丹　　远方译
008　在水里照见自己的鹿　　　　拉封丹　　远方译
010　烛　　　　　　　　　　土耳其寓言　　王世颖译
011　蛙　　　　　　　　　　　　　　　　芥川龙之介
014　象和蛇　　　　　　　　　　　　　　　泰国寓言
015　东施效颦　　　　　　　　　　　　　　　庄　子
016　临江之麋　　　　　　　　　　　　　　　柳宗元
017　看镜　　　　　　　　　　　　　　　　　冯梦龙
018　认识自我　　　　　　　　　　　　　　　纪伯伦
020　读己——自戒篇　　　　　　　　　　　　从维熙
022　重视自己的价值　　　　　　　　　　奥格·曼狄诺
025　风筝　　　　　　　　　　　　　　　　　鲁　迅
028　和自己的心灵对话　　　　　　　　　　　李雪峰

　　理性之光

030　《贞观政要》节选　　　　　　　　　　　吴　兢
031　禅宗公案：自家宝藏　　　　　　　　　　道　原
032　我从何处来　　　　　　　　　　　　　　刘后一
036　与真实的自我相处　　　克里希那穆提　　若水译

039	论自私	培 根	高 健 译
041	人能衡量一切，却不能衡量自己		蒙 田
044	相信自己吧	爱默生	蒲 隆 译

047　第二编　人啊人——人的群体认知

文学之花

050	大梦谁先觉	罗贯中
051	差不多先生传	胡 适
053	阿Q正传（节选）	鲁 迅
060	男人	梁实秋
063	邻人	丰子恺
065	当我还是年少时……	荷尔德林　顾正祥 译

理性之光

067	两性比较	周国平
070	中国的国民性	林语堂
076	中国人之聪明	林语堂
079	人是能思想的苇草	帕斯卡　何兆武 译
082	人群	波德莱尔　亚 丁 译
084	孟子·告子（节选）	孟 子
085	性恶（节选）	荀 子

087　第三编　此山中——人类的认知局限

文学之花

090	佛经寓言两则
	瞎子摸象
	瓮中藏影
093	列子寓言一则
	九方皋相马

094	庄子寓言一则	
	子非鱼	
095	韩非子寓言三则	韩非子
	智子疑邻	
	和氏献璧	
	三人成虎	
098	登飞来峰	王安石
099	题西林壁	苏　轼
100	女巫的面包	欧·亨利　黄源深 译

　　理性之光

104	论帽子哲学	加德纳　黄雨石 译
108	积雪	金子美铃　吴菲 译
109	从孩子得到的启示（节选）	丰子恺
112	我知道什么呢	蒙　田　潘丽珍 译

117　第四编　这一生——人这辈子的经历与遭遇

　　文学之花

120	寓言两则	
	揠苗助长	孟　子
	蜀之鄙有二僧	彭端淑
122	临江仙·夜登小阁忆洛中旧游	陈与义
123	中吕·山坡羊	陈　英
124	临江仙·滚滚长江东逝水	杨　慎
125	春水（节选）	冰　心
127	孤独之旅	曹文轩
133	家庭作业	帕姆·罗曼　陈　明 译
137	愿站成一棵树	金　波
139	做最好的自己	道格拉斯·马罗奇
141	上帝的安排	洛伦·黑赛伯尔德　艾　柯 译

145	年年岁岁岁岁年年	张晓风
149	人生的七个阶段	莎士比亚　朱生豪 译
150	人生多不如意	张笑恒
152	像大麦那样	沙拉·迪斯德尔　郭沫若 译

理性之光

153	十八岁以下的决定	戴尔·卡耐基
155	生命的起点在哪里	列夫·托尔斯泰
157	你不必完美	哈罗德·斯·库辛
159	论青年与老年	培根　徐飞 译
161	人生的真谛	亚历山大·辛德勒　史兰亭 译
163	人生没有意义	毕淑敏
165	缘分与命运	季羡林

167　第五编　物与我——人和周围的世界

文学之花

170	浪子回头	圣经寓言
172	獾貂争肉	朝鲜寓言
174	毒蛇之啮	尼采寓言
175	荆人遗弓	《吕氏春秋》寓言
176	曲江二首其一	杜甫
177	一切都在故事里	凯特·迪卡米洛　王昕若 译
181	八风吹不动	佛教公案
183	半个自己	陈染
185	冬天的豪猪	叔本华　林语堂 译
186	爸爸最值钱	阿特·布赫瓦尔德　李健生 译
189	在生活面前	高尔基　陈学迅 译
192	生活是美好的——写给企图自杀的人	契诃夫　汝龙 译
194	世态炎凉	季羡林

196	跨越百年的美丽		梁 衡
201	什么东西是我的	切斯瓦夫·米沃什	绿 原 译

理性之光

204	孔子论交		《论语》
205	孟子收礼拒礼之道		孟 子
206	爱人者人恒爱之		孟 子
207	君子周而不比		余秋雨
210	论嫉妒	培 根	何 新 译
214	社会的不公正	拉布吕耶尔	程依荣 译
216	论平等	伏尔泰	余兴立 吴 萍 译
219	占有还是存在		埃里希·弗洛姆
221	宠辱不惊		卢 梭

223　第六编　真境界——人生的智慧与追求

文学之花

226	双面神的哭泣	阿尔伯特·哈伯德	郭曼丽 译
227	牧羊少年奇幻之旅（节选）	保罗·柯艾略	丁文林 译
230	江亭		杜 甫
231	终南别业		王 维
232	西江月		朱敦儒
233	颂平常心是道		慧 开
234	处处逢归路		本 如
235	【一枝花】不伏老·尾		关汉卿
236	螳螂捕蝉		刘 向
237	江盈科寓言两则		江盈科
	一、妄心（节选）		
	二、蛛蚕		
239	对一朵花微笑		刘亮程

241	怕败者败	诺拉·普罗菲特
243	最后的买卖	泰戈尔　郑振铎 译

理性之光

245	《论语》六则	
246	诫子书	诸葛亮
247	心烛	鲍尔吉·原野
249	我要笑遍世界	奥格·曼狄诺　安 辽 译
251	糊涂的哲学	戴尔·卡耐基
255	中国人，你为什么不生气	龙应台
258	为小事而生气的人，生命是短促的	戴尔·卡耐基　张树满 等译
260	人可以有所为，又必须有所不为	约翰·罗斯金
262	论责任	西塞罗
263	《我的精神家园》自序	王小波
266	做一个精神贵族	雅斯贝尔斯　邹 进 译
269	阅读（节选）	亨利·戴维·梭罗　徐 迟 译
271	人生的智慧（节选）	叔本华　韦启昌 译

第一编
我是谁——人的个体认知

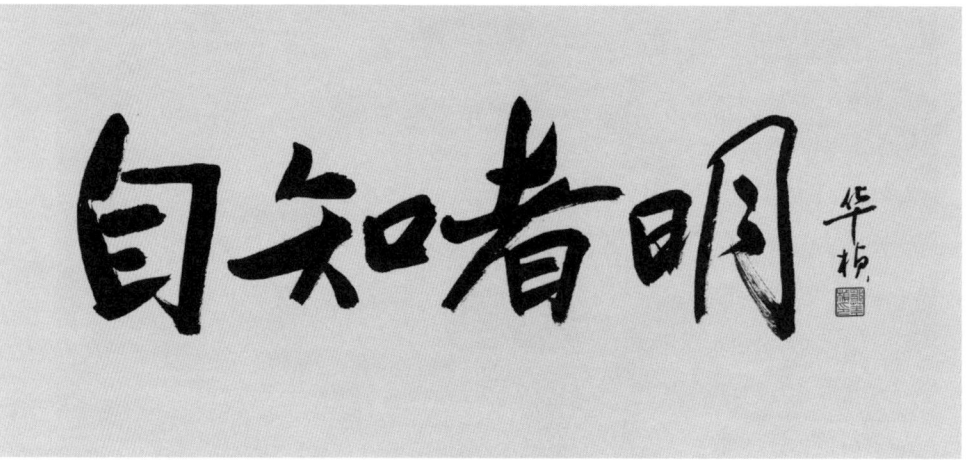

⊙ 自知者明　邹华桢书

我是谁？我从哪里来？你曾经这样问过吗？如果这样问过，恭喜你，你已经有成为哲学家的潜质了，不妨继续追问。如果没有，那也无妨，跟我们一起来探索吧。

"我是谁？"几千年前，我们的先民就曾这样问过。古希腊德尔斐阿波罗神庙金顶上就刻着这样一句神谕："人呐，认识你自己吧。"两千多年来，这句神谕一直在警醒着人们不断地自我追问。伟大的哲学家苏格拉底将"认识自己"作为他哲学研究的终身主题，他曾自问自答，"哲学是什么——哲学就是认识你自己。"有人问哲学家泰勒，什么是最困难的事情，泰勒也回答说："认识你自己。"在东方，智者老子说，"知人者智，自知者明"；孔门的曾子强调"吾日三省吾身"；"亚圣"孟子则强调"反身而诚"。佛说：认识自己，降伏自己，改变自己，才能改变别人。而具有中国特色的佛教流派——禅宗，更以"明心见性"为其基本思想，所谓明心见性，就是明白自己的本心，明了自己的本性。可见人类的智者，都在强调对自我的认识。对那些自我认识不足者，智者们往往会不遗余力地予以讽刺，而寓言往往是讽刺的有力武器，无论是佛经寓言、阿拉伯寓言，还是中国寓言，都有不少这样的优秀作品。

不仅是哲学家们在强调自我认识，优秀的政治家更是看到了自我认识的价值，唐太宗就是凭借"以铜为镜可以正衣冠，以史为镜可以知兴替，以人为镜可以知得失"成就了辉煌的贞观盛世。

● 文学之花

哲学家和船夫

阿拉伯寓言

有一个船夫准备好在激流的河水中驾驶小船,船上坐着一个想渡到对岸去的哲学家。

哲学家:船夫,你懂得历史吗?

船夫:不懂!

哲学家:那你就失去了一半生命!

哲学家又问:你研究过数学吗?

船夫:没有!

哲学家:那你就失去了一半以上的生命。

哲学家刚刚说完这句话,风就把小船吹翻了,哲学家和船夫两人都落入水中。

于是船夫喊道:你会游泳吗?

哲学家:不会!

船夫:那你就失去了你的整个生命!

(选自《马列著作编译资料·第5辑》,人民出版社,1979年版)

【交流之窗】

饱学的哲学家最后丢了整个生命,为什么呢?是因为不会游泳吗?这可能是这个故事的第一层理解。往深一点想呢?哦,他瞧不起那船夫,瞧不起体力劳动者。还有更深的理解吗?可不可以这样想——人啊,全面地衡量别人,正确地认识自我,正确定位吧,切不可主观片面,自我膨胀啊。

小树

杨千山

杨千山,生于1971年,儿童诗作家,江西省宜春市人。

小树的种子,
深埋在大地里。
油油的漆黑,
是地母温暖的安慰。
种子甜甜地抽芽。
这周边的黑暗,
就是它的美丽世界。

幼苗破土而出,
小树已亭亭玉立。
阳光画在它脸庞,
小树五光十色。
微风抱住它腰肢,
小树婀娜多姿。
这身边的阳光与微风,
就是它的美丽世界。

终于,小树高可参天。
它惊讶地发现,
蓝天无边无垠,

星河遥遥。
它手搭云的肩膀,
掩面痛哭。
我那美丽的世界,
竟如此的些微。

(选自《儿童诗选》,江西教育出版社,2008年版)

【交流之窗】

  小树在温暖的地母怀里抽芽,在阳光与微风陪伴下成长,它的世界可谓温馨而美丽。然而,当它高可参天看到宇宙的浩瀚无垠时,却掩面痛哭。它知道自己原来的世界是多么的渺小。

  小树可爱之处就在于它能知道自己的无知,痛哭的过程就是它认识自己、认识世界的过程。年轻的朋友,小树能给你其他启示吗?

一头夸耀家世的骡子

拉封丹　远　方　译

⊙拉封丹　何作栋绘

拉封丹（1621—1695），法国寓言作家，被誉为"法国的荷马"，代表作《寓言诗》。

主教的骡子夸耀自己出身显贵，
他总是不断地谈到自己的母亲——
那匹雌马，
叙述她无数的英勇业绩，
她做过这事，她又到过那里，
因此她的孩子就认为
人们也该把他写进历史，
并且认为要是让他去为医生服役
那真是辱没了自己的家世。
但是他老了之后，人家就把他放进磨坊，
他这才想起了自己的生身父亲驴子。
灾祸只有在
使执迷不悟的人醒悟时才成为好事，
人们谈它对某事起好的作用，
说得真是非常有理。

（选自《世界文学金库·寓言卷》，上海文艺出版社，1994年版）

【交流之窗】

　　这头骡子，老是夸耀自己出身显贵，夜郎自大，全然忘记了自己原来只是头骡子。捧笑之余，你想起了谁？哦，对了，是鲁迅笔下的阿Q吧？你听，"我们先前——比你阔的多啦！你算是什么东西！"当然，阿Q更夸张，不仅夸耀祖上，还夸耀儿子，他老是想，"我的儿子会阔得多啦！"

在水里照见自己的鹿

拉封丹　远　方 译

从前有一只鹿,
在晶莹清澈的泉水里照见了自己。
他赞美自己的双角,
但对那反映在水里的、像纺锤一样的脚
却感到非常难过。
他望着自己的影子痛苦地说:
"我的头和脚是多么的不相称!
我的额角能碰到最高的小树的树梢,
但是我的脚却一点也不能给我增添光辉。"
正当他这样说着,
有只猎狗来追他,
他想方设法来保全自己,
就逃进了森林。
他的角,那有害的装饰品,
时刻都把他绊住,
使他那为了生存必不可少的脚
也受到角的拦阻。
于是他就一反过去的论调,
开始骂起那老天爷年年要赐给他的那份礼品来了。
我们重视美,轻视实用,
但是恰恰是美常给我们带来灾祸。
这鹿斥责那使他行动轻捷的脚,
而去珍惜那副对他有害的角。

(选自《外国寓言大系(第二卷)》,山西教育出版社,1999年版)

【交流之窗】

你喜欢看那鹿的长角吗？是的，它的确很漂亮，鹿也以此为荣。同时，鹿还以那纺锤似的细腿为丑。这有什么不对吗？爱美之心人皆有之，谁说鹿就不能爱美？可是，从求生的和实用的角度来说呢，那美丽的长角恰是鹿的累赘，而那强劲有力的细腿和纺锤似的丑脚却是鹿的逃生法宝。这则寓言令人纠结啊，它要说什么呢？审美与实用的关系？虚荣心？怎么看待自己的长处和短处？看来对自我的认识也还有一个角度问题啊。

烛

土耳其寓言　　王世颖　译

一支用蜡做成的软弱而易曲的烛,因为一碰便要损坏,所以非常悲哀。它除了长叹以外,没有方法可想,苦苦诅咒着它悲惨的命运。它想:那些砖头当初也是脆弱而黏软的,为什么在火里一烧便硬了起来,经过若干年不坏呢?为了获得像砖头一样的硬度及好处,它奋身跃进火中,于是便被火熔化了。

(选自《中外寓言鉴赏辞典》,湖南出版社,1990年版)

【交流之窗】

烛是干什么用的呢?烛的本性是什么?对呀,不就是以燃烧自身来发出光芒、驱除黑暗吗?所以它也往往成为光明的使者和自我牺牲的象征。

但寓言中的蜡烛却对自身的这一传统形象不满,希望获得砖石那样的硬度以求不朽,结果是由自我否定到自我毁灭。你觉得原因在哪里呢?

蛙

芥川龙之介

⊙ 芥川龙之介　何作栋绘

芥川龙之介(1892—1927)，日本大正时代的著名作家。

在我的住所旁边，有一个旧池塘，那里有很多蛙。

池塘周围长满了茂密的芦苇和菖蒲。在芦苇和菖蒲的那边，高大的白杨树矫健地在风中婆娑。在更远的地方是寂静的夜空，那儿经常有破碎玻璃片似的云，闪着光辉。而这一切都映照在池塘里，比实物更美丽。

蛙在这池塘里，每天无休止地呱呱呱叫着。乍一听那只是呱呱呱的叫声，然而实际上却是在进行着紧张激烈的辩论。蛙类之善于争辩并不只限于伊索的时代。

那时在芦苇叶上有一只蛙，摆出大学教授的姿态说道："为什么有水呢？是为了我们蛙游泳。为什么有虫子呢？是为了给我们蛙吃。"

"对呱！对呱！"池塘里的蛙一片叫声。辉映着天空和草木的池塘水面几乎都让蛙给占满了，赞成的声音当然也是很大的。恰好这时候，在白杨树根睡着一条蛇，被这呱呱呱的喧闹声给吵醒了。于是抬起镰刀似的脖子，朝池塘方向看，困倦地舔着嘴唇。

"为什么有土地呢？是为了草木生长。那么为什么有草木呢？是为了给我们蛙遮阴凉。所以，整个大地都是为了我们蛙啊！"

"对呱！对呱！"

蛇，当它第二次听到这个赞成的声音的时候，便突然把身体像鞭子似的挺起来，优哉游哉地钻进芦苇丛里去，黑眼睛闪着光辉，凝神窥视着池塘里的情况。

芦苇叶上的蛙，依然张着大嘴巴进行雄辩。

"为什么有天空呢？是为了悬起太阳。为什么有太阳呢？是为了把我们蛙的脊背晒干。所以，整个的天空也都是为了我们蛙啊！水、草木、虫子、土地、天空、太阳，总之所有的一切都是为了我们蛙的。自然万物皆为我，这一事实已完全没有任何怀疑的余地。当敝人向各位阐明这一事实的同时，还愿向为我们创造了整个宇宙的神，致以衷心的感谢！应该赞颂神的名字啊！"

蛙仰望着天空，转动了一下眼珠儿，接着又张开大嘴巴说："应该赞颂神的名字啊……"

蛙的话音还没落，蛇脑袋好像抛出去似的向前一伸，转眼之间这雄辩的蛙被蛇嘴叼住了。

"糟啦！呱呱呱！"

"嘎嘎嘎，糟啦！"

在池塘里的蛙一片惊叫声中，蛇咬着蛙藏到芦苇里去了。这之后的激烈吵闹，恐怕是整个池塘从来也没有过的啊。

在一片吵闹声中，我听到年轻的蛙一边哭一边说："水、草木、虫子、土地、天空、太阳，都是为了我们蛙的。那么，蛇是干什么的呢？蛇也是为了我们蛙的吗？"

"是呀！蛇也是为了我们的。要是蛇不来吃，蛙必然会繁殖起来。要是繁殖起来，池塘——世界必然会狭窄起来。所以蛇就来吃我们蛙。被吃的蛙，也可以说是为多数蛙的幸福而做出的牺牲。是啊，蛇也是为了我们蛙的！世界上所有的一切，悉皆为蛙！应该赞颂神的名字啊！"

我听到一个年老的蛙这么回答道。

1917年9月

（选自《中外寓言鉴赏辞典》，湖南出版社，1990年版）

【交流之窗】

作品对蛙的形象描写得太好啦，可谓形神兼备，惟妙惟肖；那环境描写也让人产生如临其境之感。

那只苇叶上的蛙炮制了什么理论？全世界的一切似乎都是为了蛙而产生的，那就叫"蛙群中心论"吧。

从那一片"对呱对呱"的叫声中，能看出什么呢？还有那"蛙群中心论"的炮制者丧生蛇口之后，从那老蛙的振振有词中，你又看出了什么呢？原来这是蛙们的族群心态啊。

蛙们的这种族群心态，让你联想到什么没有？一百年前的日本民族，就有这种心态，两百年前的中国是不是也有这种心态？

第一编 我是谁——人的个体认知

象和蛇

泰国寓言

几千年前,象和蛇是朋友。他们很骄傲,认为自己了不起,不需要任何他人,多交朋友并无好处,只会给自己添麻烦。所以除他俩外,一概不和别的动物来往。

后来,象对蛇也开始讨厌起来了,觉得蛇随便到哪儿都是爬来爬去,看着很不舒服,遇到危险还经常要自己帮助,就奚落蛇说:"瞧你这么丁点儿个子,身子又细又长,经常要我帮你逃命,讨厌死了。"

蛇听了很生气地说:"你自己也好不了多少,又肥又笨,一副蠢样。而我呢,既有本事,又有毒液,比你强多了。"

象听了大怒:"你虽然有毒,但没啥本事。我今天倒要和你比试比试!"说完,象抬起脚想把蛇踩死。蛇灵活地躲来躲去,正巧附近有个洞,就钻进洞里藏起来。象不肯罢休,躺下去用身体将洞口堵住,企图将蛇闷死。

蛇知道象要把自己害死,就在堵洞口的象身上咬了一口。毒液迅速渗透象的全身,象躺在洞口死去了,蛇因为没有空气,也窒息而死。

(选自《中外寓言鉴赏辞典》,湖南出版社,1990年版)

【交流之窗】

蛇和象的悲剧的根源在哪里?人生可怕的是什么?

他们自以为无比强大,全能无敌,盲目地争强斗狠,却不知任何个体的生命,无论多么强大,也是有局限性的。其实个体生命局限并不可怕,可怕的是自己认识不到这种局限,而比认知缺陷更可怕的是胸怀的局限。

东施效颦

庄 子

⊙ 庄子 王博绘

庄子（约前369—前286），战国时哲学家，道家重要代表人物。

……西施病心而矉①其里，其里之丑人见而美之，归亦捧心而矉其里。其里之富人见之，坚闭门而不出；贫人见之，挈妻子而去之走。彼知矉美而不知矉之所以美。

（选自《庄子》，吉林文史出版社，2001年版）

【交流之窗】

爱美之心人皆有之啊，我爱美有错吗？为什么大家都对我避而不见？东施可觉得冤啊。

也许东施错在盲目模仿，也许东施错在不知美是有个性的。但可能这些还不是她的根本错误，她的根本错误是什么呢？

---

① 矉，通"颦"，皱眉。

临江之麋

柳宗元

柳宗元（733—819），唐代文学家、政治家，与韩愈两人一同倡导了古文运动。

临江之人，畋得麋麑①，畜之。入门，群犬垂涎，扬尾皆来。其人怒，怛②之。自是日抱就犬，习示之，使勿动。稍使与之戏。

积久，犬皆如人意。麋麑稍大，忘己之麋也，以为犬良我友，抵触偃仆③，益狎④。犬畏主人，与之俯仰甚善。然时啖其舌。

三年，麋出门，见外犬在道甚众，走欲与为戏。外犬见而喜且怒，共杀食之，狼藉⑤道上。麋至死不悟。

（选自《柳宗元诗文选注》，上海人民出版社，1974年版）

【交流之窗】

是狗仗人势？还是忘了谁是自己的敌人？还是忘了自己姓什么？

作者在寓言的序言中说："吾恒恶世之人，不知推己之本，而乘物以逞。"意思是，他痛恨那些不能认识自己本来面目和实际能力而妄图依仗某种外在力量或时机而为所欲为的人。

---

① 畋（tián）：打猎。麋麑（mí ní）：小鹿。
② 怛（dá）：惊吓，呵斥。
③ 偃仆：放倒。
④ 狎：不庄重地亲近。
⑤ 狼藉：散乱。

看镜

冯梦龙

冯梦龙(1574—1646),明长洲(今苏州)人,文学家、思想家、戏曲家。

有出外生理①者,妻嘱回时须买牙梳,夫问其状,妻指新月示之。夫货毕将归,忽忆妻语,因看月轮正满,遂买一镜回。妻照之,骂曰:"牙梳不买,如何反娶一妾!"母闻之,往劝,忽见镜,照云:"我儿有心费钱,如何娶个婆子?"遂至评讼。官差往拘之,见镜,慌云:"如何就有捉违限的?"及审,置镜于案,官照见,大怒云:"夫妻不和事,何必央乡宦来讲!"

(选自《笑府》,海峡文艺出版社,1992年版)

【交流之窗】
一场可笑的误会,一场可笑的风波,更是一场自我意识失落和自我形象陌生化的悲剧。可笑,可叹,可悲。

---

① 生理:做生意。

认识自我

纪伯伦

纪伯伦（1883—1931），黎巴嫩诗人，代表作有《泪与笑》《沙与沫》《先知》。

一个雨夜，赛艾姆坐在书房的书架前开始翻阅起旧书。他叼着一支土耳其大雪茄，厚厚的嘴唇不时喷涌出一阵烟雾。柏拉图记录的他的老师苏格拉底关于"认识自我"的一段对话引起了赛艾姆的注意……赛艾姆掩卷深思，心中油然漾起一种对东西方哲人圣贤敬佩的感情。

"认识你自己。"他嘟囔着苏格拉底这句名言，猛地从座椅上站了起来，展开双臂大声叹道，"对！我必须要认识自我，洞察自己那秘密的心灵，这样我就抛脱了一切疑惧和不安，从我物质的人中找出我精神的人，从我血与肉的具体存在中找出我的抽象实质，这就是生命赋予我的至高无上的神圣使命！"赛艾姆像害了场热病，眼中闪烁着酷爱"认识自我"的狂热光芒。

他踱到邻屋，像座塑像一样伫立在穿衣镜前，凝视着镜子里鬼一般可怕的自我，并默默地估量着自己的头型、面庞、躯干和四肢。

赛艾姆的这种塑像神态持续了半小时，空灵缥缈的"认识自我"，仿佛给他灌注了一套足以揭示自我灵魂秘密的奇异、升华了的思想，并使他心里充满了理性之光。他平静地启动双唇，自言自语地说："嗯！从身材上看，我是矮小的，但拿破仑、维克多·雨果两位不也是这般吗？我的前额不宽，天庭欠圆，可苏格拉底和斯宾诺莎也是如此；我承认我是秃顶，这并不寒碜，因为有大名鼎鼎的莎士比亚与我为伴；我的鹰鼻弯长，如同伏尔泰和乔治·华盛顿的一样；我的双眼凹陷，使徒保罗和哲人尼采亦是这般；我那肥厚嘴唇足以同路易十四媲美，而我那粗胖的脖子堪与汉尼拔和马克·安东尼齐肩。""不错，我的身体是有缺陷，但要注意，这是伟大的思想家们的共同特点。更奇怪的是，我与巴尔扎克一样，阅读写作时，咖啡壶一定要放在身旁；我同托尔斯泰一样，愿意与粗俗的民众交际攀谈；有时我三四天不洗手脸，贝多芬、惠特曼亦有这一习惯；我的嗜酒如命，足令马娄和诺亚自愧弗如；我的饕餮般暴食暴饮使巴夏酋长和亚历山大王也要大出冷汗。"

又沉默了片刻，赛艾姆用肮脏的指尖点了点脑门，继续发言："这就是我！这就是我的实在。我拥有迄今为止人类历史上的伟人们的种种品质。一位拥有这么多伟大品质的青年是一定能干一番惊天动地的事业的。"

"睿智的实质是认识自我。伟人们把宇宙的这一伟大思想根植于我心灵深处，并激励我开始去干伟大的工作。从诺亚到苏格拉底，从薄伽丘到雪莱，我伴随着伟人们一起度过了历史的风风雨雨。我不知道我会以什么样的伟大行动开始，不过一个兼备在白昼的劳作和夜晚的幻梦中所形成的神秘自我与真正本性的人，无疑是可以开创伟业的……是的，我已经认识了自己，而神灵也已洞鉴了我。啊！我的灵魂万岁！自我万岁！愿天长地久，诸事如愿！"

赛艾姆在屋里踱来踱去，他那丑陋的脸上荡漾着欢乐的光泽，嘴里不时发出一阵像猫啃骨头时的欢快叫声。他反复吟哦着阿比·阿拉的一段诗文："尽管我是这个时代的晚辈，创业祖先的未竟之业，总会历史地压在我的肩背。"

过了一会儿，我们的这位赛艾姆穿着他那肮脏的衣服倒卧在乱七八糟的床上，进入了鼾声如雷的梦乡。

（选自《世界最美的散文》，立信会计出版社，2012年版）

【交流之窗】

是啊，认识自我，赛艾姆真的认识自己了吗？赛艾姆认识到的自我与你看到的赛艾姆形象是否一致？也许是错位的吧？正是这错位，纪伯伦告诉我们，认识自我到底该认识自我的什么呢？怎么才叫认识了自我？阅读时，也许要注意作者的直接描写与赛艾姆的自我认知的对比。

读己——自戒篇

从维熙

从维熙，生于1933年，河北玉田人。中国当代作家。

　　读别人易，读自己难。

　　即使自己每日对镜匡正衣冠，也许只能净化其外表，而不能审正自己的灵魂。特别是文人，"文章总是自己的好"已流传千古，因而似更需要不断阅读自己的人文行为。比如，当你我拿起笔，在填满稿纸的方格格之前，是否掂量过即将播进稿纸里的种子，是一粒饱满的种子，还是一粒干瘪的霉种？当你我把中国汉字填满方格格之后，是否回眸过那一行行、一堆堆的文字，到底是附庸时尚之作，还是怀胎十月不得不生的产儿？

　　文学来不得对自己的宽容，宽容就如同往酒里掺水，饮者沾唇，便知你有几分真诚、多少假意。所以，"只问耕耘，不问收获"之说，似乎不能成为行文者的方圆。

　　其实，常常阅读自己是一种自戒自励的行为。使我常常感到寒窘的是，每次应出版社之约编选自己的集子时，都能发现自己的"少作"及"旧作"中，"酒"货绝非都属上乘；甚至发现有些作品——包括在历史新时期引起轰动效应和爆炸效能的获奖小说，其中也不乏可以避免出现的败笔之痕。

　　何故？

　　反复阅读自己，满面汗颜之后，答案则从朦胧而变得清晰。我是从50年代文学的狭窄胡同走出来的，虽然历经风雨凋蚀以及冰霜的洗礼，但仍难以摆脱历史年轮的胎记。除了这个强大的客体的缘由之外，主体上挣脱这种禁锢的力度不够，因而常常本能地扼杀严酷生活中赤裸裸的真实。近读巴老的《随想录》，使人肃然起敬的三个字就是"讲真话"。法国卢梭日记体的自剖自析，向读者亮出一个灵魂斑驳的自己，本身就是一种文品的臻美和完善。文学不是春夏秋冬的服装模特，可以用其华丽的霓裳，掩盖起自身体躯上的霉痣或用假乳隆起自己凹陷之胸，在舞台上的技艺性表演。

文学更需要展现生活和生命的底色，而不是时装模特的染发、红粉以及粘贴在眼睑上毛葫芦一般茸茸的、楚楚动人的睫毛！这些，正是自己昔日没有感悟到，或虽然有所悟觉但没有对之苦恋、苦耕的文学底蕴吧！

读人能丰富自己。

读己能自律笔锋。

去年夏天，我曾在《文汇报》写过《"张果老倒骑驴"新析》随笔一章。小文是用几句顺口溜收尾的：

大步朝前走

莫忘常回首

温故自知新

日行九百九

文章发表后，收到江西婺源县九尾砚厂的金石书法家王涌华馈赠的大理石镇尺一具。他来信说他一贯是我作品的热心读者，感到这几句"诗"俗中藏雅，浅中藏深，颇有人生的哲理内涵，便将其雕刻于镇尺之上，寄赠给我。

我很感动。除了回赠自己的新作两册求正之外，即刻将此墨绿色镇尺，置于写作的案头，使其成为审视灵魂的一面镜子，以不断求实读己；力戒向稿纸上播撒瘪种，收获无愧于良知的真诚……

（选自《20世纪中国著名作家散文经典·寻瀑》，吉林摄影出版社，2003年版）

【交流之窗】

"读己"，读自己的什么呢？纪伯伦笔下的赛艾姆是那样读的，而从维熙却是另外一种读法。那么由此就应该有这一种思考，为什么同样是读自己，赛艾姆与从维熙却完全相反呢？也许关键在于认识自己的目的到底是什么。为什么要认识自我？纪伯伦告诉我们了吗？从维熙告诉我们了吗？

重视自己的价值

奥格·曼狄诺

奥格·曼狄诺(1924—1996),世界上最具激励效应的畅销书作家、演讲家之一。

我们应该重视自己的价值。
桑叶在聪明人的手中变成了丝绸。
黏土在聪明人的手中变成了堡垒。
柏树在聪明人的手中变成了殿堂。
羊毛在聪明人的手中变成了袈裟。
假若桑叶、黏土、柏树、羊毛通过人的处理,可以成百上千倍地提高自身的价值,那么我们更有理由使自己身价百倍。

我们应该重视自己的价值。其实,人的命运犹如一颗刚刚成熟的麦粒,有着三种截然不同的道路。一颗麦粒可能被装进麻袋,堆在家里,等着喂猪;也可能被磨成面粉,做成面包;还可能撒在地里,到又一个收获季节结出成百上千颗麦粒。人比麦粒优越的是:麦粒无法选择是变得腐烂还是做成面包,或是种植生长。而人却有选择的自由,我相信谁也不愿让生命腐烂,更不会让它在失败、绝望的岩石下徘徊。

我们应该重视自己的价值。

如果想让麦粒结实地生长,必须把它种植在黑暗的泥土中,人的失败、失望、无知、无能便是那黑暗的泥土,须深深地扎在泥土中,等待成熟。麦粒在阳光雨露的哺育下,终于发芽、开花、结果。同样,人也要健全自己的身体和心灵,以实现自己的梦想。麦粒须等待大自然的契机方能成熟,而人却无须等待,因为人有能力选择自己的命运。

我们应该重视自己的价值。

如何做到呢?首先,你要为每一天、每个星期、每个月、每一年,甚至一生确立目标。正像种子需要雨水的滋润才能破土发芽,人的生命也须有目的方能结出硕果。在制定目标的时候,不妨参考过去最好的成绩,使其发扬光大。这必须成为你未来生活的目标。永远不要担心目标过高，因为高标准可能取得中等的成绩，而低标准更可能取得下等的成绩。虽然在达到目标以前可能屡受挫折。摔倒了，再爬起来，不要灰心，因为每个人在抵达目标之前都会受到挫折。只有小爬虫才担心摔倒。人不是小爬虫，不是洋葱，不是绵羊。让别人做他们的黏土茅草屋吧，你应该造的是一座城堡。

我们应该重视自己的价值。

太阳照耀大地，麦粒吐穗结实。刻苦的实践，将使你梦想成真。今天我要超越昨天的成就，竭尽全力攀登今天的高峰，明天则要更上一层楼。超越别人并不重要，重要的是超越自己。

麦穗在春风的吹拂下，成熟了。我的声音也被吹向远方。我要宣告我的目标。君子一言，驷马难追。我要成为自己的预言家，虽然大家可能嘲笑我的言辞，但会倾听我的计划，了解我的梦想。因为无可逃遁，除非兑现诺言。

我们应该重视自己的价值。

不能放低目标。勇敢地做失败者不屑一顾的事。

不满足于现状。

不窃喜已有的荣誉。目标达到后再定一个更高的目标。

努力使下一刻比此刻更好。常常向世人宣告我的目标。

当然也决不要自满。让世人来赞美吧，但愿我能明智而谦恭地接受它们。

我们应该重视自己的价值。

一颗麦粒植入土壤以后，可以变成千株麦苗，再把这些麦苗增加数倍，如此数十次，它们可以供养世上所有的城市。难道一个人的能力还不如一颗麦粒吗？假若我们像麦粒一样再接再厉，当实现自己的目标时，世上谁不会惊叹你的伟大呢？

（选自《世界上最佳的励志美文》，华中师范大学出版社，2012年版）

【交流之窗】

　　我们应该重视自己的价值。你一定深深地感受到了发自作者内心深处的亲切而带有磁性般的呼唤。是的,麦粒没有自由选择自己的未来,而我们人却能够自由地选择。因此,当我们走在漫长的人生路上时,你是否意识到了自己的重要价值?是否有意识地不断超越自己?

风筝

鲁　迅

⊙鲁迅　莫丹绘

鲁迅(1881—1936),浙江绍兴人,中国现代伟大的文学家、思想家和革命家。

　　北京的冬季,地上还有积雪,灰黑色的秃树枝丫叉于晴朗的天空中,而远处有一二风筝浮动,在我是一种惊异和悲哀。

　　故乡的风筝时节,是春二月,倘听到沙沙的风轮声,仰头便能看见一个淡墨色的蟹风筝或嫩蓝色的蜈蚣风筝。还有寂寞的瓦片风筝,没有风轮,又放得很低,伶仃地显出憔悴可怜的模样。但此时地上的杨柳已经发芽,早的山桃也多吐蕾,和孩子们的天上的点缀相照应,打成一片春日的温和。我现在在哪里呢?四面都还是严冬的肃杀,而久经诀别的故乡的久经逝去的春天,却就在这天空中荡漾了。

　　但我是向来不爱放风筝的,不但不爱,并且嫌恶他,因为我以为这是没出息孩子所做的玩艺。和我相反的是我的小兄弟,他那时大概十岁内外罢,多病,瘦得不堪,然而最喜欢风筝,自己买不起,我又不许放,他只得张着小嘴,呆看着空中出神,有时至于小半日。远处的蟹风筝突然落下来了,他惊呼;两个瓦片风筝的缠绕解开了,他高兴得跳跃。他的这些,在我看来都是笑柄,可鄙的。

　　有一天,我忽然想起,似乎多日不很看见他了,但记得曾见他在后园拾枯竹。我恍然大悟似的,便跑向少有人去的一间堆积杂物的小屋去,推开门,果然就在尘封的什物堆中发见了他。他向着大方凳,坐在小凳上;便很惊惶地站了起来,失了色瑟缩着。大方凳旁靠着一个胡蝶风筝的竹骨,还没有糊上纸,凳上是一对做眼睛用的小风轮,正用红纸条装饰着,将要完工了。我在破获秘密的满足中,又很愤怒他的瞒了我的眼睛,这样苦心孤诣地来偷做没出息孩子的玩艺。我即刻伸手折断了胡蝶的一支翅骨,又将风轮掷在地下,踏扁了。论长幼,论力气,他是都敌不过我的,我当然得到完全的胜利,于是傲然走出,留他绝望地站在小屋里。后来他怎样，我不知道，也没有留心。

　　然而我的惩罚终于轮到了，在我们离别得很久之后，我已经是中年。我不幸偶而看了一本外国的讲论儿童的书，才知道游戏是儿童最正当的行为，玩具是儿童的天使。于是二十年来毫不忆及的幼小时候对于精神的虐杀的这一幕，忽地在眼前展开，而我的心也仿佛同时变了铅块，很重很重的堕下去了。

　　但心又不竟堕下去而至于断绝，他只是很重很重地堕着，堕着。

　　我也知道补过的方法的：送他风筝，赞成他放，劝他放，我和他一同放。我们嚷着，跑着，笑着。——然而他其时已经和我一样，早已有了胡子了。

　　我也知道还有一个补过的方法的：去讨他的宽恕，等他说，"我可是毫不怪你呵。"那么，我的心一定就轻松了，这确是一个可行的方法。有一回，我们会面的时候，是脸上都已添刻了许多"生"的辛苦的条纹，而我的心很沉重。我们渐渐谈起儿时的旧事来，我便叙述到这一节，自说少年时代的胡涂。"我可是毫不怪你呵。"我想，他要说了，我即刻便受了宽恕，我的心从此也宽松了罢。

　　"有过这样的事吗？"他惊异地笑着说，就像旁听着别人的故事一样。他什么也不记得了。

　　全然忘却，毫无怨恨，又有什么宽恕之可言呢？无怨的恕，说谎罢了。

　　我还能希求什么呢？我的心只得沉重着。

　　现在，故乡的春天又在这异地的空中了，既给我久经逝去的儿时的回忆，而一并也带着无可把握的悲哀。我倒不如躲到肃杀的严冬中去罢，——但是，四面又明明是严冬，正给我非常的寒威和冷气。

一九二五年一月二十四日

（选自《鲁迅全集》，人民文学出版社，1981年版）

【交流之窗】

　　鲁迅说："我的确时时解剖别人，然而更多的是更无情面地解剖我自己。"你还记得先生的《一件小事》中那"皮袍下面藏着的'小'"吗？读过

《祝福》的,会想起那"说不清"而老想着绍兴楼的清炖鱼翅的"我"吗?先生的许多作品,都在严格地解剖自己,比如《孤独者》和《伤逝》,简直就是自我灵魂的独白。也许正是因为先生自我解剖的深刻,才让他将人性和社会看得更清楚,才能写出像《药》和《阿Q正传》这种能将人性赤裸裸地解剖给你看的惊世之作,就像他的《灯下漫笔》解剖出这世界只有两个时代,便是"想做奴隶而不得的时代"与"暂时做稳了奴隶的时代",这一伟大发现,便是从他的自我解剖开始的。

第一编 我是谁——人的个体认知

和自己的心灵对话

李雪峰

李雪峰，1967年生于河南。作品有《尊严》《生命的林子》等。

那时他刚刚参加工作，场领导决定让他和其余五个年轻人去森林深处做护林员。他愉快地背着行李进驻到了莽莽原始森林的深处。

那是怎样原始而远离尘世的森林啊，每一棵树都生长了几百年，林间的落叶堆积得厚厚的，弥漫着一缕缕远古的腐殖质腥臭，许多粗大的树干上都生满了斑斑驳驳的青苔。那些草鹿和狼等动物还没有见识过人，它们对他一点也不害怕，只是好奇地远远望着他。他们每一个人看护的林地有方圆三十多公里那么大，林区没有一户人家，也没有一条路。到这里生活，自己像突然被抛弃到了世界尽头，同那些参天的一棵棵古树一样，自己从现代社会里被剥离出来，一下子成了原始人。

临走之前，熟悉的人对他说，到原始森林里去生活，最重要的是要时常记住自己和自己说话，要不，三年五年过去，一个人就连话也不会说了。他听了，心里很好笑，一个说了二十多年话的人，怎么会突然不会说话了呢？但刚到这原始森林里生活了半个月，他就明白了，人们告诫他的并不是骇人听闻，因为这里远离尘世，没有人和他说话，来了半个月，除了自己面对莽莽林野吼过几首歌，自己连半句话也没有说过。如果这样下去，总有一天，自己肯定会变成一个不会说话的哑巴的。他害怕了，于是，他开始尝试着同自己说话。

他对着自己的影子说："你好！"

他对着大树滔滔不绝地说话，对着林间啁啾的小鸟说话，对林地里的小草和野花说话，对汩汩流淌的小溪说话。夜里，躺在窝棚里，他一个人对着自己的心灵说话。开始的时候，任他怎么说，自己的心灵只是那么默默地倾听，一句话也不说，一点反应都没有。过了一段时间，他发觉心灵会同自己对话了，就像一个耐心的朋友，有时他说话，他的心灵在倾听，有时，他的心灵在说话，他的耳朵在倾听。

两年多后，他和其他四个护林员回到林场里，他惊讶地发现，除了自己，他们四个人已经不会说话了。别人同他们说话，他们只是沉默地瞪着眼睛听，然后不声不响地转身走了，成了并不残疾的哑巴。但他却不同，他不仅话语流畅，而且每句话都清新而充满哲思，后来他用笔把自己的话记录下来，成为字字珠玑的灵性散文，频频发表在报纸杂志上，他成了一位小有名气的作家。

人们很奇怪，同在大森林形影相吊地孤独生活，那些人成了哑巴，而他却成了一位充满哲思的作家。人们问他为什么，他笑笑说："因为我常常和自己的心灵对话，而他们却没有。"

是啊，哪一位伟人不是常常和自己的心灵对话呢？只有和自己的心灵对话，你才能够听到上帝的声音；只有和自己的心灵对话，你才能够听到生命和灵魂的声音；只有和自己的心灵对话，你才能够常常自省，才能听见自己渐渐走近成功的声音。

（选自《为他人开一朵花》，二十一世纪出版社，2007年版）

【交流之窗】

是写实，是小说，还是寓言？不管是什么，文章的结尾确实富含哲理，与心灵对话，才能听到上帝的声音。曾子的"吾日三省吾身"是自我心灵对话，孟子的"反身而诚"也是心灵对话，苏轼的《赤壁赋》的主客问答，当然也是与心灵对话。苏子才华横溢却屡受打击，一贬再贬，他面对的与本文主人公的原始森林有何差别？苏子正是靠不断的主客问答，才将自己从人生的沼泽中拯救出来。

● 理性之光

《贞观政要》节选

吴 兢

吴兢(670—749),汴州浚仪(今河南)人。唐代史学家,著有《贞观政要》等。

太宗后尝谓侍臣曰:"夫以铜为镜,可以正衣冠;以古为镜,可以知兴替;以人为镜,可以明得失。朕常保此三镜,以防己过。今魏徵殂逝,遂亡一镜矣!"因泣下久之。

——《贞观政要·论任贤》

贞观十六年,太宗谓房玄龄等曰:"自知者明,信为难矣。如属文之士,伎巧之徒,皆自谓己长,他人不及。若名工文匠,商略诋诃,芜词拙迹,于是乃见。由是言之,人君须得匡谏之臣,举其愆①过。一日万机,一人听断,虽复忧劳,安能尽善?常念魏徵随事谏正,多中朕失,如明镜鉴形,美恶必见。"因举觞赐玄龄等数人勖②之。

——《贞观政要·论求谏》

(选自《贞观政要》,岳麓书社,1991年版)

【交流之窗】

有不愿意治理好自己国家的皇帝吗?有想当个昏君的统治者吗?有不希望自己受人拥戴的领袖吗?有标榜自己从不听下属意见的领导吗?如果有,那他一定不正常。可是事实上为什么有那么多人拒听人言、刚愎自用呢?别人做不到,唐太宗为什么又做到了呢?问题的关键在哪里?答案就在《贞观政要》一书里,这里所选的两则不过金秋一叶而已。

① 愆:同"愆"。
② 勖(xù):勉励。

禅宗公案：自家宝藏

道　原

道原，中国北宋时期禅宗法眼宗人。

越州大珠慧海禅师者，建州人也，姓朱氏。依越州大云寺道智和尚受业。初至江西参马祖。祖问曰："从何处来？"曰："越州大云寺来。"祖曰："来此拟须何事？"曰："来求佛法。"祖曰："自家宝藏不顾，抛家散走作什么，我遮里一物也无，求什么佛法？"师遂礼拜，问曰："阿那个是慧海自家宝藏？"祖曰："即今问我者，是汝宝藏。一切具足，更无欠少，使用自在，何假向外求觅。"师于言下自识本心，不由知觉，踊跃礼谢。

（选自《景德传灯录译注（一）》，上海书店出版社，2010年版）

【交流之窗】
公案在佛教禅宗里面是指前辈祖师的言行范例，是禅宗参禅悟道的重要形式。主要用来记录对谈、解悟过程、传授义理，或者用来印证对方是否悟道，或者期望读者解悟，这近似于今天的案例教学；或体现禅宗祖师风采。禅宗公案常常体现一种特殊的审美情趣与智慧。禅宗为什么如此钟情公案呢？因为既然"道"不可道，佛曰不可说，若一定要说，难免落入执著，那就不如让你在公案故事中参详吧。

由这一则公案你参悟到了什么？慧能有一偈语也许可以帮我们参悟：菩提只向心觅，何劳向外求玄？听说依此修行，西方就在目前！

我从何处来

刘后一

刘后一（1924—1997），笔名湘江、祥夫、刘博夫。湖南省湘潭县人。高级编辑。

茫茫无际的空间啊，不可思议！悠悠无尽的时间啊，不可思议！在这空间和时间交叉点的此时此地而有小小的我，尤其不可思议。

我是从哪里来的呢？没有我之前，我在哪里呢？没有我之后，我将到哪里去呢？

我为什么不在别的星球上呢？不在别的星系里呢？

我为什么不在古代呢？比方说，我为什么不是春秋的孔子，周游列国之后，整理《诗》《书》，和弟子谈什么"己所不欲，勿施于人"的道理呢？我为什么不是宋代的苏东坡，坐在西湖边上，把酒拈须，吟什么"欲把西湖比西子，淡妆浓抹总相宜"呢？我为什么不觉得自己是法国的拿破仑，美国的富兰克林，或者异时异地的一个普通的、不知名的人呢？我为什么不是我国的张三、李四，英国的约翰、玛丽，俄国的伊万、安娜……呢？

你聪明的，请告诉我。

无穷的父母的父母

你说，我是我的父母生的。

好！我不必去思考我为什么不生在别的天体上了。因为我的父母就出生在地球上。

同样的道理，我为什么不发现自己在异时异地，因为我的父母生活在此时此地。

没有父和母，就没有我。

他们都走过一条艰难曲折的路，比方父亲几乎被淹死，母亲曾经被炸弹炸伤过。他们都见过许多异性，但他俩结婚了，因为他俩年龄相差不多,性情比较相投,趣味比较相近。

他们或许是谁某介绍的,而这谁某又有他艰难曲折的生活史。由于一个偶然的原因,作了这么一个偶然的介绍。

再往前推,父亲有他的父亲和母亲,母亲也有她的父亲和母亲。

这样,我的直系血亲尊亲属,由两个变成了四个。同样,他们又各有各的复杂的生活史。

再往前推,我的"父母"——也就是直系血亲尊亲属——的个数愈来愈多;而你可知道:世界上当时的人口却愈来愈少。大约在我的祖宗28—29代之间,正是公元12世纪,当时你的,也就是我的父母共有四亿多人,和当时全世界人口总数相等。

是不是说,当时全世界所有的人都是你的父母呢?你当然不承认。不光是你,其实我也不承认。

这是什么道理呢?道理也许很简单:其中有些枝丫上的父母必定和另一些枝丫上的父母大量重复。

当我的n代某个父母未形成受精卵前,我的n+1代的他的父母必须健康地活着呢?那是一定的。否则,就不会有我的n代某个父或母,最终也不会有我,真是侥幸得不可思议。

我的分子和原子

有一次我问一个朋友:"当成百万上千万的精子(有的书上说:每次射出的精子数为2亿—5亿,有的书上说几百万个)奔向一个卵子的时候,只有那方向对头、游泳得最快的一个精子,才有可能与卵子结合而成为受精卵。后到的其他千千万万个精子都被拒之卵外了(当然有一卵或n卵双生或多生的孪生子,但不影响我下面提的问题)。这个受精卵后来发育成为今天的你了。现在我要问的问题是:如果当初不是这个精子,而是另一个精子跑在前面与卵结合了,那么这个受精卵发育出来,是不是还是今天的你呢?"

"当然不是!"他斩钉截铁地说。

我认为我这个朋友的答案是正确的。

"换一个精子不是你,同样,换一个卵子也不会是你,而一个卵子只能活几小时到几天,再加上刚才说的精子数目,你之成为你的概率真是太小了,你应当为你的出现庆贺!"

现在再回到分子或原子。

今天我们每一个活着的人,每时每刻每分每秒都在进行新陈代谢,也就是吸进氧气,吐出二氧化碳,吃进蛋白质、脂肪、碳水化合物,排出尿素、尿酸、食物残渣、废物等等。我们身体的各种组织、器官,不同长短时期都全部变换更新。总之,许多分子、原子在我们身体里出出进进。

共同生活在一个室内的人,空气从你的鼻孔里钻出来,又从我的鼻孔里钻进去;共同生活在一个地区的人,许多分子、原子,从一个人的身体里跑出来,通过食物、水、空气,又钻进另一个人的身体里去;扩大到整个地球,所有参加生命史循环的分子、原子,都出出进进于所有植物、动物、人类(包括你和我)的身体。

我不可能是孔子、苏东坡、拿破仑、富兰克林等人,但曾经出入过他们身体的,甚至曾组成过他们身体的某个分子、原子,也许曾经在我的身体中出入过,甚至曾经组成过、组成着我的身体。同样,曾经是我的分子、原子,也会跑到别人(一个普通人或者未来的一个伟人)身体里去,暂住,或者呆一段时间。

我的起源

即使将受精卵算作我的开始,但是那时候根本不知道有我。

推迟到婴儿初生,也还没有自我意识。要到牙牙学语的时候,才渐渐有了自我意识的萌芽。

有人说:"我"是与"我的"相关联的。在外界,有我的父亲、我的母亲、我的花衣服、我的小手绢、我的布娃娃、我的皮球……在自身,有我的鼻子、我的眼睛、我的手、我的牙齿、我的舌头……所有这一切,形成了"我"这一意识。而这两方面,自然是我自身的一切:我的肌肉、皮肤、神经、牙齿……是形成"我"的主要方面。

我是我的肌肉、皮肤、神经、牙齿等的总和,然而又不是机械的拼凑。

有一次,我上医院拔了一颗牙,回到家中、回到办公室,亲人们、同志们都没有发现我有什么异样,仍然照常地招呼我。这使我发现了一个公式:

我——一颗牙齿＝我

依此类推，如果我拔掉几颗牙齿，挖掉一只眼睛，切掉两条腿，割掉一个肾脏，周围的人当然会发现我有些异样，但是仍然会亲切地招呼我，我自己也觉得我还是我。

如果再推下去，事情就会从量变引起质变。一个是去掉我的要害器官：心脏、大脑，就会意识不到我了。当然，这是就今天的科学水平说的，现在开始可以用人工心脏或者做心脏移植手术了，但是换脑袋还是明天或者科学幻想小说的事。自我意识会跟着脑袋转，而不会跟着别的任何器官，或所有其他器官的总和转。

另一个是去掉我的一般组织或器官，去到一定限度，生命也将解体。没有我的生命，当然也就失掉了我。

这就是说：我不是我的肌体各部分的简单的、机械的总和。当我一旦死后，我的各部分肌体都还在这里，即使并没有被分割开，但是我已经消逝了。

这就使人想起法国哲学家、物理学家、生理学家笛卡儿（1596—1650）的命题：我思故我在。我不思了，或者我不能思了，我就不在了。这话有些道理！

（选自《读者文摘》，1983年第9期）

【交流之窗】

前不见古人，后不见来者，念天地之悠悠，这茫茫宇宙的极小坐标点上的你我，也许都曾这样无数次地问过自己，我是谁？我从哪里来？为什么落在此处，为什么是这个父母的儿女？是啊，我们来得是那样偶然而又必然。想一想，很有意思，想一想也可能找不到答案，不过，自我的追问也应该是人与动物的重要区别之一吧？

与真实的自我相处[1]

克里希那穆提　　若　水　译

克里希那穆提（1895—1986），印度著名哲学家，被公认为20世纪最伟大的灵性导师。

如果你自问"如何才能从冲突中解脱出来"，你实际上又制造了另一个问题，同时加深了已有的矛盾。但如果你只是把它当作具体的东西一般清楚而直接地看着它，你就会了悟生命的真相里原来根本没有矛盾与冲突。

让我们从另一个角度来看，我们永远喜欢拿"真正的我"和"应该的我"互相比较，这个"应该"是我自己投射出来的标准。一有比较之心，就有了矛盾，不只是与某人某事相比，还要与昨日的自己比较高下，形成过去与当下之间的矛盾。只有停止比较，才能使自性呈现，能够活在自性中，才能有真正的平安。不论你内心深藏的是悲伤、丑陋、残忍、恐惧、焦虑、孤独，只要你能彻底观照它，毫不分心，与它安然共处，矛盾与冲突就会停止。

然而，我们却永远喜欢拿自己与那些比较富有、比较聪明、比较博学、比较热情、比较有名的此君彼君相比。"更多""更好"这些字眼在我们的生活中占了很重要的地位。这种不断与某人或某事较量的习惯，实在是冲突的主要原因。

那么，为什么会比较？为什么老是拿自己和别人相比？这其实是我们从小学来的本领。每个学校里都是张三李四比来比去，张三为了媲美李四，不惜毁灭自己的本质。如果你根本不和别人比较，如果你完全没有理想、没有反对物、没有二元对立的因素，也不再拼命改变自己的本来面目，你的心会怎么样？你的心会停止制造矛盾分裂，你会变成高智慧、高敏感度的人，你会有无限的热情，因为"过于努力"常常冷却了人的热情。

---

[1] 本文节选自《重新认识你自己》一书中第七章《人际冲突的真相》，标题为编者所拟。

热情就是生命力，缺少了它，任何事都做不成。

如果你不再和别人比较，你就会接纳自己。一经过比较，你就开始希望自己更加进步、成长，变得更聪明、更漂亮。但是你能做到吗？你本来的自我才是事实，一经比较，你就把这个整体肢解了，于是造成了能量的耗损。能够看到自己的本来面目而不与人相比，就能产生巨大的能量去观察一切。如果你能够观察自己而不带比较，你就已经超越了比较，这并不意味你的心因为自满而停滞不进。因此，认出自心是如何在耗费能量，就是了解整体真相不可或缺的要素。

我并不想去发现我和谁有冲突，我也不想知道我和周遭的环境之间有什么冲突，而只想知道为什么会有冲突的产生。我一提出这个问题，关键之处就立刻出现了。也许你已经看出来，那就是我们的欲望，以及它和周遭的冲突，解决的方法可以说一点也没有。如果我们不能确切地了解欲望的本质，冲突是很难避免的。

欲望本身就是一种矛盾，我们时常想要的，总是与事实相反的东西。这并不意味我们必须毁掉欲望，或者压抑、控制、升华它，我们只需要单纯地正视欲望的本质，而不是它的对象。我们必须先认识欲望的本质，才能认清冲突与矛盾。我们的内心就是因为这些追逐快感和逃避痛苦的欲望，才不断陷入矛盾之中。

我们已经认清欲望就是一切矛盾的根源，那种想要它又不想要它的二元对立的心态。当我们在做一件开心的事时，丝毫不会觉得费力，不是吗？可是跟着快感而来的却是痛苦，于是我们只好逃避痛苦，能量就不可避免地耗损了。为什么我们会有这种二元对立的心态？虽然自然界永远处在二元对立的状态——男人、女人；光明、黑暗；白天、夜晚——然而我们的心为何也会二元对立呢？请你们和我一起来思考这个问题，别等着我的答案，你必须练习用心追究下去。

我的话只是一面镜子，供你观察自己所用。为什么我们会有这种二元对立的心态？是不是因为我们在成长过程中一直被训练如何去分别"本来面目"和"应该面目"？我们早已在什么是对的，什么是错的；什么是好的，什么是坏的；什么是道德，什么是不道德的框框中受到了制约。我们一向认为，只要思考暴力的反面，思考嫉妒、凶恶的反面，就会有助于去除那个东西本身，却不知这种心态正助长了内心的对立。我们是用与真相对立的东西作为标准，来驱除本有的东西？还是把它当作一种逃避事实的途径？

如果你对一件事不知所措，你是否会借用与它相对的东西来逃避或克制它？还是你已经接受了数千年的洗脑，认为自己必须有一个与事实正好相反的理想标准，才能够应付当前的现实？你认为只要有了理想，就能去除当前的困境，但事实上却从来没有成功过。你也许一辈子宣扬"非暴力"的理念，却随时在为暴力播种而不自觉。

尽管你早有应该成为怎样的人以及应该如何待人处事的概念，事实上，你却活得完全不是那么一回事。因此，我们不难看出，那些原则、信仰、理想必然将你带入一种虚而不实的生活。就是这个理想制造了与事实相反的情境，如果你知道如何与真实的自我相处，相对的理想就不需要了。

总想和某人或与理想中的自己一样，是形成矛盾、困惑与冲突的主因之一。一颗困惑的心，不论做任何事、在任何一种层次上，都是一团混乱的。产生于困惑的行为时常导致更大的困惑。如果我深深了解了这个事实，看到它就好像看到切身的危机那么清楚，那么，我会怎么样？我就不会在困惑的心境下做任何反应了。于是这种不反应，便成了最完美的反应。

（选自《重新认识你自己》，群言出版社，2004年版）

【交流之窗】

克里希那穆提被誉为印度文明的奇葩，20世纪最伟大的心灵导师。在《重新认识你自己》中，他认为人生有一面镜子，可以让你看到完整的自己，这面镜子就是你与世界的各种关系："我只能在关系的网络中观察自己。"在本文中，作者呼吁重新认识你自己。但是他提出了两个自我——"真正的我"和"应该的我"，那么"应该的我"就不是真实的我了，那他是谁？如何准确理解作者笔下的"应该的我"呢？作者是在否定人生的理想吗？克里希那穆提是从什么角度来谈"应该的我"的呢？

论自私

培 根　高 健译

培根(1561—1626)，英国哲学家、思想家、作家和科学家。著有《新工具》等。

蚂蚁那种不思劳苦、不停工作的精神是值得赞扬的，但对于一座花果园，它却是一种很有害的生物。自私的人也如同蚂蚁，不过他们所危害的不是花果园而是社会。

人应用理智对利己之心与利人之心加以区分。在为自己谋利益时，不要损害他人，更不能损害君王与国家。

人不能奢求自己是圆心，一切都向其看齐。对于一个君王，他或许可以这样做，因为他所代表的不仅是个人，还有国家的利益。而对于一个公民，自私自利却是一种永不可取的品德。这种人总是把一切事物都按照自己私利的需要加以扭曲，然后就是祸及一方，扰乱社会。

所以，在为国家选拔良材时，君主的眼光千万要锐利些，莫让这种人滥竽充数。因为，一旦任用这种自私的家伙，他们就将为自己的私利而牺牲与公益有关的一切，成为最无耻的贪官污吏。他们所谋取的不过是自身一家的幸福，危害的却是整个国家和社会。俗话说："点着别人的房子煮自己的一个鸡蛋"，这正是极端自私者的本性。

事实上，这种人却最容易得主之心。因为为了达到利己的目的，这种人是宁愿不惜一切手段去阿谀奉承的。

自私者的行为是最见不得光的。这是那种打洞钻空了房屋，而在房屋将倒塌前及时迁居的老鼠式的行为。这是那种欺骗熊来为它挖洞，洞一挖成就立刻把熊赶走的狐狸式的行为。这是那种在即将撕碎落入口中的猎物时，却假装悲哀流泪的鳄鱼式的行为。

但是，那种"只知自爱却不知爱人的人"，最终总是没有好下场的。虽然他们时时在谋算怎样为了自己而牺牲别人，但命运之神却常常使他们自己,最终也成为自己的牺牲品。毕竟,纵使人再善于为自己打算,也无法走出掌握命运的神灵的巨手啊!

(选自《培根论说文集》,百花文艺出版社,2001年版)

【交流之窗】

蚂蚁与自私的人的相似点在哪里?为什么似乎君主就可以自私而一个公民自私自利却是不好的品德?2016年深圳市高三一模考试有这么一个作文题:"中国人一向认为自己是一个勤劳的民族,全世界也都知道中国人勤劳,工作辛苦。但中国人民大学著名学者张鸣教授最近撰文披露,据权威的盖洛普公司的一份调查,全球雇员的敬业度,中国籍雇员最低。敬业即专心致力于学业或工作,是一个人对自己所从事的工作及学习负责的态度。中国人究竟是敬业还是不敬业?你对这个问题是如何看的?"读了这篇文章,你对这个问题有了自己的看法了吗?

人能衡量一切，却不能衡量自己

蒙 田

蒙田（1533—1592），法国文艺复兴后期人文主义思想家。主要作品有《蒙田随笔全集》等。

自高自大是我们与生俱来的一种病，所有创造物中最不幸、最虚弱，也最自负的是人。他看到自己落在蛮荒瘴疠之地，四周是污泥杂草，生生死死在宇宙的最阴暗和死气沉沉的角落里，远离天穹，然而心比天高，幻想自己翱翔在太空云海，把天空也踩在脚下。就是这种妄自尊大的想象力，使人自比为上帝，自以为具有神性，自认为是万物之灵，不同于其他创造物；动物其实是人的朋友和伴侣，人却对它们任意支配，还自以为是地分派给它们某种力量和某种特性。他怎样凭自己的小聪明会知道动物的内心思想和秘密？他对人与动物作了什么样的比较就下结论说动物是愚蠢的？

我们的贪婪无度超出我们为了满足需要而获得的所有成就。

人对自己想入非非，既无实质也无意味。说来也是，动物之中唯有人有这种想象的自由，不着边际地对自己提出什么是、什么不是、什么要、什么不要，真真假假——这是人的一个长处，得来不易，但是不必为之兴高采烈，因为正由此产生了痛苦的源泉，使他困扰不安：罪恶、疾病、犹豫、骚乱、失望。

许多动物身上的东西我们几乎都爱，什么都投合我们的心意，以致它们的排泄分泌物，我们都甘之如饴，还用作饰物和香料。

为比动物优越，贬低它们，不与它们交往，不是出于理智，而是傲慢自大、顽固不化。

听一听西塞罗的论点，他用自己的幻想去解释他人的幻想："谁要了解我们对每个事物的想法，只会愈打听愈好奇。有一条哲学原则：对一切进行争辩，对什么都不作结论。这条由苏格拉底建立的，由阿凯西劳斯重提的，由卡涅阿德斯加强的原则，流传至今，还保持着生命力。我们属于这个学派，相信真与伪始终纠缠一起，两者如此相像，没有肯定的标志可以判断和区分它们。"

天、地、海加在一起，也无法与总和之和相比。

——卢克莱修

世人要用自己的尺度去丈量远远不能丈量的东西，弄得束手无策。"人稍有成功，就趾高气扬，其虚情假意的程度令人见了吃惊。"

"人是不可能想象出上帝是怎么样的，人自以为想象出了上帝，其实想象出的还是自己，他们看到的只是自己，不是他；他们拿自己与之比较的也是自己，不是他。"

我记不得是否柏拉图说过这句名言：大自然只是一首充满神秘的诗。仿佛大自然是隐藏在千万道斜光后面一幅扑朔迷离的画，锻炼我们的猜谜能力。

"大自然万物都笼罩在乌黑的浓雾中，没有一个人的智慧可以穿透天与地。"

心理活动如何对一个坚实的身体有穿透力，身体的各个器官又如何会串联沟通，像所罗门说的至今还没有人洞悉。普林尼说："所有这些事隐藏在峥嵘的大自然背后，对人的理智来说是深不可测的。"圣奥古斯丁说："心灵与肉体配合一致，真是妙不可言，人是无法理解的，也正因为这样才有了人。"

"仿佛人能够衡量一切，却不能衡量自己。"是的，普罗塔哥拉给我们说过这样的妙语，人从来不知道衡量自己，却会衡量一切。如果人不能衡量自己，他的自尊心也不允许其他创造物有这份能力。人本身那么充满矛盾，一个人有了想法后不断地会有人进行驳斥，这种兴高采烈的讨论仅是一场闹剧，不得不使我们得出这样的结论：衡量标准与衡量者都是虚无的。

当泰利斯认为人要认识人是很难的时候，他是在告诉人要认识其他东西也是不可能的。

有一句箴言说，绝不要相信任何人，因为任何人都可以信口雌黄。

距离近物体就大，距离远物体就小，这两种表面都是对的。

一名异教徒得出了这么一个宗教性的结论，我要再加上一名同样情况的证人所说的这句话，结束这篇令人生厌，却引起我无穷遐想的长文："人若不超越人性，是多么卑贱下流的东西！"

这是一句有价值的话，一种有益的期望，但同样也是无稽之谈，因为拳头要大于巴掌，伸臂要超出臂长，希望迈步越过两腿的跨度，这不可能，这是胡思乱想。人也不可能超越自己，超越人性：因为他只能用自己的眼睛观看，用自己的手抓取。只有上帝向他伸出特殊之手，他才会更上一层；只有他放弃自己的手段，借助纯属是神的手段来提高和前进，他才会更上一层。欲图完成这种神圣奇妙的变化，依靠的不是斯多葛的美德，而是我们基督教的信仰。

（选自《随笔集》，陕西师范大学出版社，2009年版）

【交流之窗】

"人是万物的尺度，存在时万物存在，不存在时万物不存在。"这是古希腊哲学家普罗塔哥拉留下的名言，黑格尔称赞这句话"是一句伟大的话"。但是，当我们以人为尺度来丈量万物时，我们是否思考过以什么为尺度来丈量人呢？那么人与世界到底是个什么关系？人是世界的中心吗？也许我们能从中国古人的"天人合一"那里找到答案。

相信自己吧

爱默生　蒲　隆　译

爱默生（1803—1882），19世纪美国思想家、散文家、诗人，被尊为"美国文艺复兴"旗手。

相信你自己的思想，相信你内心深处所确认的东西，众人也会承认——这就是天才。尽管摩西、柏拉图、弥尔顿的语言平易无奇，但他们之成为伟人，其最杰出的贡献乃在于蔑视书本教条，摆脱传统习俗，说出他们自己的，而不是别人的思想。一个人应学会更多地发现和观察自己心灵深处那一闪即过的火花，而不只限于仰观诗人、圣者领空里的光芒。可惜的是，人总不留意自己的思想，不知不觉就把它抛弃了，仅仅因为那是属于他自己的。

在天才的著作里，我们认出了那些自己业已放弃的思想，它们显得疏异而庄严。于是，它们为我们拱手接纳——即便伟大的文学作品也没有比这更深刻的教训了。这些失而复得的思想警谕我们：在大众之声与我们相悖时，我们也应遵从自己确认的真理，乐于不作妥协。

随着学识渐增，人们必会悟出：嫉妒乃无知，模仿即自杀；无论身居祸福，均应自我主宰；蕴藏于人身上的潜力是无尽的，他能胜任什么事情，别人无法知晓，若不动手尝试，他对自己的这种能力就一直蒙昧不察。

相信自己吧！这呼唤震颤着每一颗心灵。

伟人们向来如此，他们孩童般地向同时代的精英倾吐心声，把自己的心智公之于众，我行我素，从而拔萃超类。

但人们却常被自己的意识关进了囚牢。一旦他的言行给自己带来声誉，他便受制于众人的好恶，从此难免要取悦于人。他再也不能把别人的感情置之度外了。

对外界的妥协态度，威胁了人们的自信力。往往，你对自己往昔的言行且敬且畏,只图与之相协调,因为除了自己往昔的行为以外,再无其他数据可供别人来计算你的轨迹了;而让人失望又非你所愿。

但为什么要回顾过去,为什么为了不与你在大庭广众下陈述过的观点相抵触,就拖着记忆的僵尸不放呢?假如那是你务须反驳的谬论,那又怎样呢?看来即使在纯记忆的行为里,你也不能只依赖记忆力,而应该把往事摆在千目共睹的现在来判断,从此以后不断自赎自新——这才是智慧之道。

愚蠢的妥协调和是小人的伎俩,它为渺小的政治家、哲学家和神学家所崇拜。我们今天应该确凿地说出今天的想法,明天则应确凿地说出明天的意见,即使它与今日之见截然相悖。——"哎呀,这么一来你肯定会被误解的!"——难道被误解是如此不足取吗?毕达哥拉斯就曾被误解,还有苏格拉底、路德、哥白尼、伽利略、牛顿,还有古今每一个有血有肉的智慧精灵,他们唯谁未遭误解?欲成为伟人,就不可避免地要遭误解。

人往往懦弱而爱抱歉。他不敢直说"我想""我是",而是援引一些圣人智者的话语。面对一片草叶或一朵玫瑰,他也会抱愧负疚。他或为向往所耽,或为追忆所累。其实,美德与生命力之由来,了无规矩,殊不可知。你何必窥人轨辙,看人模样,听人命令——你的行为,你的思想、品格应全然新异。

(选自《人生的忠告》,甘肃人民出版社,1989年版)

【交流之窗】

伟人们一会说不能自以为是,不能师心自用,不能固执己见,一会儿又说要相信自己,要有自信力,怎么这么矛盾啊。真的矛盾吗?也许聪明人会回答说,该自信的时候自信,该"他信"的时候"他信",但我就是不知道这该是"什么时候"啊,这中间的界限是什么?

第二编
人啊人——人的群体认知

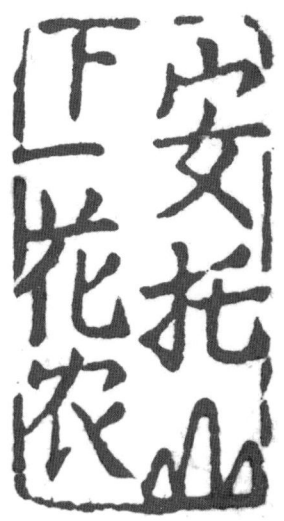
⊙ 秦秋寒印

在上一编中，我们对"我是谁"进行了叩问。无数先哲在强调"认识你自己"。然而，追问还不能停止。作为社会群体的人，他的本质是什么？不同的民族为什么会有不同的性格和信仰？男人和女人有着怎样的不同？人与人之间的关系该怎样处理？归结到一句话，我们该怎样认识人的群体呢？对这一问题的探寻，会扩大我们对人生追问的视野。

中国古代的先哲们对人性问题进行过探讨。孟子认为人性是善的，而荀子则认为人性是恶的。佛教和基督教认为人是有原罪的。英国启蒙主义思想家洛克认为，人刚出生时是一块"白板"，无所谓善与恶。直至今天，我们对这一问题还在继续研究。选文中的《孟子·告子》和《性恶论》值得我们好好品读。

作为社会群体的人，其本质究竟是什么呢？亚里士多德认为人是政治的动物；帕斯卡认为人的本质在于人的思想，人因思想而赢得尊严；存在主义哲学家认为，人是先于本质的存在；马克思则认为，人是一切社会关系的总和。读完选文中的《人是什么》和《人群》等文章，也许在这个问题上你会有意想不到的启发和收获。

不同的民族会有不同的性格和文化。法国人浪漫而自由，追求贵族精神；德国人思想精微，因而做事稳重踏实，追求完美。中国人的性格特征是怎样的呢？中国人的性格有什么优点，又有怎样的民族劣根性呢？读完《差不多先生》《中国人的国民性》和《阿Q正传》（节选），你可能会有深入的思考。

● 文学之花

大梦谁先觉

罗贯中

罗贯中（约1330—约1400），元末明初文学家。名本，号湖海散人，山西太原人。

大梦谁先觉？
平生我自知。
草堂春睡足，
窗外日迟迟。

（选自《三国志通俗演义》，人民文学出版社，1975年版）

【交流之窗】

道家认为人生若梦，谓生为大梦，谓死为大觉。庄周化蝶的故事给中国人对人生的认识抹上了诗意，也给人们对认识自己带来深深的思考。我们都是在梦中，有如鲁迅在《呐喊·自序》中所说的在铁屋中的睡者吗？诗中主人公是梦中的觉醒者吗？是一位淡泊明志、宁静致远的大智大贤者，抑或是一位自傲自夸的狂人？人生若梦，醒者几何？努力做一名人生路上的醒觉者吧。

差不多先生传

胡 适

胡适(1891—1962),字适之,安徽绩溪人。著名学者、诗人,新文化运动倡导者。

你知道中国最有名的人是谁?

提起此人,人人皆晓,处处闻名。他姓差,名不多,是各省各县各村人氏。你一定见过他,一定听别人谈起他。差不多先生的名字天天挂在大家的口头,因为他是中国全国人的代表。

差不多先生的相貌和你和我都差不多。他有一双眼睛,但看的不很清楚;有两只耳朵,但听的不很分明;有鼻子和嘴,但他对于气味和口味都不很讲究。他的脑子也不小,但他的记性却不很精明,他的思想也不很细密。

他常说:"凡事只要差不多,就好了。何必太精明呢?"

他小的时候,他妈叫他去买红糖,他买了白糖回来。他妈骂他,他摇摇头说:"红糖白糖不是差不多吗?"

他在学堂的时候,先生问他:"直隶省的西边是哪一省?"他说是陕西。先生说:"错了。是山西,不是陕西。"他说:"陕西同山西,不是差不多吗?"

后来他在一个钱铺里做伙计;他也会写,也会算,只是总不会精细。十字常常写成千字,千字常常写成十字。掌柜的生气了,常常骂他。他只是笑嘻嘻地赔小心道:"千字比十字只多一小撇,不是差不多吗?"

有一天,他为了一件要紧的事,要搭火车到上海去。他从从容容地走到火车站,迟了两分钟,火车已开走了。他白瞪着眼,望着远远的火车上的煤烟,摇摇头道:"只好明天再走了,今天走同明天走,也还差不多。可是火车公司未免太认真了。八点三十分开,同八点三十二分开,不是差不多吗?"他一面说,一面慢慢地走回家,心里总不明白为什么火车不肯等他两分钟。

有一天，他忽然得了急病，赶快叫家人去请东街的汪医生。那家人急急忙忙地跑去，一时寻不着东街的汪大夫，却把西街牛医王大夫请来了。差不多先生病在床上，知道寻错了人；但病急了，身上痛苦，心里焦急，等不得了，心里想道："好在王大夫同汪大夫也差不多，让他试试看罢。"于是这位牛医王大夫走近床前，用医牛的法子给差不多先生治病。不上一点钟，差不多先生就一命呜呼了。

差不多先生差不多要死的时候，一口气断断续续地说道："活人同死人也差……差……差不多，……凡事只要……差……差……不多……就……好了，……何……何……必……太……太认真呢？"他说完了这句格言，方才绝气了。

他死后，大家都称赞差不多先生样样事情看得破，想得通；大家都说他一生不肯认真，不肯算账，不肯计较，真是一位有德行的人。于是大家给他取个死后的法号，叫他做圆通大师。

他的名誉越传越远，越久越大。无数无数的人都学他的榜样。于是人人都成了一个差不多先生。——然而中国从此就成为一个懒人国了。

（选自《胡适散文选集》，百花文艺出版社，1990年版）

【交流之窗】

差不多先生的形象活灵活现，可爱、可恨又可悲。差不多先生至死都不明白自己死在了"差不多"上。然而我们分明又感觉到差不多先生向我们自己走来，走进我们的肉体，走进我们的灵魂，进而我们自己也就成了差不多先生。如果这样，那我们就将面临死亡的危险，我们的民族就将陷入危机。这样读来，我们是否应该和自己心中的"差不多先生"痛下决心地挥手告别呢？

阿Q正传（节选）

鲁　迅

第二章　优胜记略

　　阿Q不独是姓名籍贯有些渺茫，连他先前的"行状"也渺茫。因为未庄的人们之于阿Q，只要他帮忙，只拿他玩笑，从来没有留心他的"行状"的。而阿Q自己也不说，独有和别人口角的时候，间或瞪着眼睛道：

　　"我们先前——比你阔的多啦！你算是什么东西！"

　　阿Q没有家，住在未庄的土谷祠里；也没有固定的职业，只给人家做短工，割麦便割麦，舂米便舂米，撑船便撑船。工作略长久时，他也或住在临时主人的家里，但一完就走了。所以，人们忙碌的时候，也还记起阿Q来，然而记起的是做工，并不是"行状"；一闲空，连阿Q都早忘却，更不必说"行状"了。只是有一回，有一个老头子颂扬说："阿Q真能做！"这时阿Q赤着膊，懒洋洋的瘦伶仃的正在他面前，别人也摸不着这话是真心还是讥笑，然而阿Q很喜欢。

　　阿Q又很自尊，所有未庄的居民，全不在他眼睛里，甚而至于对于两位"文童"也有以为不值一笑的神情。夫文童者，将来恐怕要变秀才者也；赵太爷，钱太爷大受居民的尊敬，除有钱之外，就因为都是文童的爹爹，而阿Q在精神上独不表格外的崇奉，他想：我的儿子会阔的多啦！加以进了几回城，阿Q自然更自负，然而他又很鄙薄城里人，譬如用三尺三寸宽的木板做成的凳子，未庄人叫"长凳"，他也叫"长凳"，城里人却叫"条凳"，他想：这是错的，可笑！油煎大头鱼，未庄都加上半寸长的葱叶，城里却加上切细的葱丝，他想：这也是错的，可笑！然而未庄人真是不见世面的可笑的乡下人呵，他们没有见过城里的煎鱼！

　　阿Q"先前阔"，见识高，而且"真能做"，本来几乎是一个"完人"了，但可惜他体质上还有一些缺点。最恼人的是在他头皮上，颇有几处不知起于何时的癞疮疤。这虽然也在他身上,而看阿Q的意思,倒也似乎以为不足贵的,因为他讳说"癞"以及一切近于"赖"的音,后来推而广之,"光"也讳,"亮"也讳,再后来,连"灯""烛"都讳了。一犯讳,不问有心与无心,阿Q便全疤通红的发起怒来,估量了对手,口讷的他便骂,气力小的他便打;然而不知怎么一回事,总还是阿Q吃亏的时候多。于是他渐渐的变换了方针,大抵改为怒目而视了。

谁知道阿Q采用怒目主义之后,未庄的闲人们便愈喜欢玩笑他。一见面,他们便假作吃惊的说:

"哙,亮起来了。"

阿Q照例的发了怒,他怒目而视了。

"原来有保险灯在这里!"他们并不怕。

阿Q没有法,只得另外想出报复的话来:

"你还不配……"这时候,又仿佛在他头上的是一种高尚的光荣的癞头疮,并非平常的癞头疮了;但上文说过,阿Q是有见识的,他立刻知道和"犯忌"有点抵触,便不再往底下说。

闲人还不完,只撩他,于是终而至于打。阿Q在形式上打败了,被人揪住黄辫子,在壁上碰了四五个响头,闲人这才心满意足的得胜的走了,阿Q站了一刻,心里想,"我总算被儿子打了,现在的世界真不像样……"于是也心满意足的得胜的走了。

阿Q想在心里的,后来每每说出口来,所以凡是和阿Q玩笑的人们,几乎全知道他有这一种精神上的胜利法,此后每逢揪住他黄辫子的时候,人就先一着对他说:

"阿Q,这不是儿子打老子,是人打畜生。自己说:人打畜生!"

阿Q两只手都捏住了自己的辫根,歪着头,说道:

"打虫豸,好不好?我是虫豸——还不放么?"

但虽然是虫豸,闲人也并不放,仍旧在就近什么地方给他碰了五六个响头,这才心满意足的得胜的走了,他以为阿Q这回可遭了瘟。然而不到十秒钟,阿Q也心满意足的得胜的走了,他觉得他是第一个能够自轻自贱的人,除了"自轻自贱"不算外,余下的就是"第一个"。状元不也是"第一个"么?"你算是什么东西"呢!?

阿Q以如是等等妙法克服怨敌之后,便愉快的跑到酒店里喝几碗酒,又和别人调笑一通,口角一通,又得了胜,愉快的回到土谷祠,放倒头睡着了。假使有钱,他便去押牌宝,一堆人蹲在地面上,阿Q即汗流满面的夹在这中间,声音他最响:

"青龙四百!"

"咳……开……啦!"桩家揭开盒子盖,也是汗流满面的唱。"天门啦……角回啦……!人和穿堂空在那里啦……!阿Q的铜钱拿过来……!"

"穿堂一百——一百五十!"

阿Q的钱便在这样的歌吟之下,渐渐的输入别个汗流满面的人物的腰间。他终于只好挤出堆外,站在后面看,替别人着急,一直到散场,然后恋恋的回到土谷祠,第二天,肿着眼睛去工作。

但真所谓"塞翁失马安知非福"罢,阿Q不幸而赢了一回,他倒几乎失败了。

这是未庄赛神的晚上。这晚上照例有一台戏,戏台左近,也照例有许多的赌摊。做戏的锣鼓,在阿Q耳朵里仿佛在十里之外;他只听得桩家的歌唱了。他赢而又赢,铜钱变成角洋,角洋变成大洋,大洋又成了迭。他兴高采烈得非常:

"天门两块!"

他不知道谁和谁为什么打起架来了。骂声打声脚步声,昏头昏脑的一大阵,他才爬起来,赌摊不见了,人们也不见了,身上有几处很似乎有些痛,似乎也挨了几拳几脚似的,几个人诧异的对他看。他如有所失的走进土谷祠,定一定神,知道他的一堆洋钱不见了。赶赛会的赌摊多不是本村人,还到那里去寻根柢呢?

很白很亮的一堆洋钱!而且是他的——现在不见了!说是算被儿子拿去了罢,总还是忽忽不乐;说自己是虫豸罢,也还是忽忽不乐:他这回才有些感到失败的苦痛了。

但他立刻转败为胜了。他擎起右手,用力的在自己脸上连打了两个嘴巴,热刺刺的有些痛;打完之后,便心平气和起来,似乎打的是自己,被打的是别一个自己,不久也就仿佛是自己打了别个一般,——虽然还有些热刺刺,——心满意足的得胜的躺下了。

他睡着了。

第三章 续优胜记略

然而阿Q虽然常优胜,却直待蒙赵太爷打他嘴巴之后,这才出了名。

他付过地保二百文酒钱,忿忿的躺下了,后来想:"现在的世界太不成话,儿子打老子……"于是忽而想到赵太爷的威风,而现在是他的儿子了,便自己也渐渐的得意起来,爬起身,唱着《小孤孀上坟》到酒店去。这时候,他又觉得赵太爷高人一等了。

说也奇怪,从此之后,果然大家也仿佛格外尊敬他。这在阿Q,或者以为因为他是赵太爷的父亲,而其实也不然。未庄通例,倘如阿七打阿八,或者李四打张三,向来本不算一件事,必须与一位名人如赵太爷者相关,这才载上他们的口碑。一上口碑,则打的既有名,被打的也就托庇有了名。至于错在阿Q,那自然是不必说。所以者何?就因为赵太爷是不会错的。但他既然错,为什么大家又仿佛格外尊敬他呢?这可难解,穿凿起来说,或者因为阿Q说是赵太爷的本家,虽然挨了打,大家也还怕有些真,总不如尊敬一些稳当。否则,也如孔庙里的太牢一般,虽然与猪羊一样,同是畜生,但既经圣人下箸,先儒们便不敢妄动了。

阿Q此后倒得意了许多年。

有一年的春天,他醉醺醺的在街上走,在墙根的日光下,看见王胡在那里赤着膊捉虱子,他忽然觉得身上也痒起来了。这王胡,又癞又胡,别人都叫他王癞胡,阿Q却删去了一个癞字,然而非常渺视他。阿Q的意思,以为癞是不足为奇的,只有这一部络腮胡子,实在太新奇,令人看不上眼。他于是并排坐下去了。倘是别的闲人们,阿Q本不敢大意坐下去。但这王胡旁边,他有什么怕呢?老实说:他肯坐下去,简直还是抬举他。

阿Q也脱下破夹袄来,翻检了一回,不知道因为新洗呢还是因为粗心,许多工夫,只捉到三四个。他看那王胡,却是一个又一个,两个又三个,只放在嘴里毕毕剥剥的响。

阿Q最初是失望,后来却不平了:看不上眼的王胡尚且那么多,自己倒反这样少,这是怎样的大失体统的事呵!他很想寻一两个大的,然而竟没有,好容易才捉到一个中的,恨恨的塞在厚嘴唇里,狠命一咬,劈的一声,又不及王胡响。

他癞疮疤块块通红了,将衣服摔在地上,吐一口唾沫,说:

"这毛虫!"

"癞皮狗,你骂谁?"王胡轻蔑的抬起眼来说。

阿Q近来虽然比较的受人尊敬,自己也更高傲些,但和那些打惯的闲人们见面还胆怯,独有这回却非常武勇了。这样满脸胡子的东西,也敢出言无状么?

"谁认便骂谁!"他站起来,两手叉在腰间说。

"你的骨头痒了么?"王胡也站起来,披上衣服说。

阿Q以为他要逃了,抢进去就是一拳。这拳头还未达到身上,已经被他抓住了,只一拉,阿Q踉踉跄跄的跌进去,立刻又被王胡扭住了辫子,要拉到墙上照例去碰头。

"'君子动口不动手'!"阿Q歪着头说。

王胡似乎不是君子,并不理会,一连给他碰了五下,又用力的一推,至于阿Q跌出六尺多远,这才满足的去了。

在阿Q的记忆上,这大约要算是生平第一件的屈辱,因为王胡以络腮胡子的缺点,向来只被他奚落,从没有奚落他,更不必说动手了。而他现在竟动手,很意外,难道真如市上所说,皇帝已经停了考,不要秀才和举人了,因此赵家减了威风,因此他们也便小觑了他么?

阿Q无可适从的站着。

远远的走来了一个人,他的对头又到了。这也是阿Q最厌恶的一个人,就是钱太爷的大儿子。他先前跑上城里去进洋学堂,不知怎么又跑到东洋去了,半年之后他回到家里来,腿也直了,辫子也不见了,他的母亲大哭了十几场,他的老婆跳了三回井。后来,他的母亲到处说,"这辫子是被坏人灌醉了酒剪去的。本来可以做大官,现在只好等留长再说了。"然而阿Q不肯信,偏称他"假洋鬼子",也叫作"里通外国的人",一见他,一定在肚子里暗暗的咒骂。

阿Q尤其"深恶而痛绝之"的,是他的一条假辫子。辫子而至于假,就是没有了做人的资格;他的老婆不跳第四回井,也不是好女人。

这"假洋鬼子"近来了。

"秃儿。驴……"阿Q历来本只在肚子里骂,没有出过声,这回因为正气忿,因为要报仇,便不由的轻轻的说出来了。

不料这秃儿却拿着一支黄漆的棍子——就是阿Q所谓哭丧棒——大踏步走了过来。阿Q在这刹那，便知道大约要打了，赶紧抽紧筋骨，耸了肩膀等候着，果然，拍的一声，似乎确凿打在自己头上了。

"我说他！"阿Q指着近旁的一个孩子，分辩说。

拍！拍拍！

在阿Q的记忆上，这大约要算是生平第二件的屈辱。幸而拍拍的响了之后，于他倒似乎完结了一件事，反而觉得轻松些，而且"忘却"这一件祖传的宝贝也发生了效力，他慢慢的走，将到酒店门口，早已有些高兴了。

但对面走来了静修庵里的小尼姑。阿Q便在平时，看见伊也一定要唾骂，而况在屈辱之后呢？他于是发生了回忆，又发生了敌忾了。

"我不知道我今天为什么这样晦气，原来就因为见了你！"他想。

他迎上去，大声的吐一口唾沫：

"咳，呸！"

小尼姑全不睬，低了头只是走。阿Q走近伊身旁，突然伸出手去摩着伊新剃的头皮，呆笑着，说：

"秃儿！快回去，和尚等着你……"

"你怎么动手动脚……"尼姑满脸通红的说，一面赶快走。

酒店里的人大笑了。阿Q看见自己的勋业得了赏识，便愈加兴高采烈起来：

"和尚动得，我动不得？"他扭住伊的面颊。

酒店里的人大笑了。阿Q更得意，而且为满足那些赏鉴家起见，再用力的一拧，才放手。

他这一战，早忘却了王胡，也忘却了假洋鬼子，似乎对于今天的一切"晦气"都报了仇；而且奇怪，又仿佛全身比拍拍的响了之后更轻松，飘飘然的似乎要飞去了。

"这断子绝孙的阿Q！"远远地听得小尼姑的带哭的声音。

"哈哈哈！"阿Q十分得意的笑。

"哈哈哈！"酒店里的人也九分得意的笑。

（选自《阿Q正传》，花城出版社，2009年版）

【交流之窗】

阿Q受人欺负，挨打了，靠什么支撑自己活下去呢？"我总算被儿子打了"，这样想着阿Q就觉得自己"赢"了，因为打自己的人是自己的儿子。然而他真的"赢"了吗？只不过是一种自欺欺人的安慰罢了。有人认为，这是一种"精神胜利法"。正是这种"精神胜利法"蒙蔽了阿Q对自我的认识，是造成阿Q悲剧的真正的原因。

我们深入一层想想，我们每个人身上是不是或多或少地存在着"精神胜利法"式的自欺欺人，如果是，那阿Q这一形象就是我们人类认识自己的一面镜子。有人认为人活着是需要有一点阿Q精神（主要指精神胜利法）的，否则没法活下去。如果你是阿Q，你一直处于社会的底层，一直处于屈辱的困境，你该怎么办？该如何活下去？这又涉及更深的一个问题，我们人应该怎样认识自己，人活着特别是屈辱地活着的时候，人存在的意义究竟是什么？聪明的你，有答案吗？可怜的阿Q，可怜的你我。

男人

梁实秋

梁实秋（1903—1987），现代散文家、学者、文学批评家、翻译家，原籍浙江杭县（今杭州）。

男人令人首先感到的印象是脏！当然，男人当中亦不乏刷洗干净洁身自好的，甚至还有油头粉面衣裳楚楚的，但大体讲来，男人消耗肥皂和水的数量要比较少些。某一男校，对于学生洗澡是强迫的，入浴签名，每周计核，对于不曾入浴的初步惩罚是宣布姓名，最后的断然处置是定期强迫入浴，并派员监视；然而日久玩生，签名簿中尚不无浮冒情事。有些男人，西装裤尽管挺直，他的耳后脖根，土壤肥沃，常常宜于种麦！袜子手绢不知随时洗涤，常常日积月累，到处塞藏，等到无可使用时，再从那一堆污垢存货当中拣选比较干净的去应急。有些男人的手绢，拿出来硬像是土灰面制的百果糕，黑糊糊粘成一团，而且内容丰富。男人的一双脚，多半好像是天然的具有泡菜霉干菜再加糖蒜的味道，所谓"濯足万里流"是有道理的，小小的一盆水确是无济于事，然而多少男人却连这一盆水都吝而不用，怕伤元气。两脚既然如此之脏，偏偏有些"逐臭之夫"喜于脚上藏垢纳污之处往复挖掘，然后嗅其手指，引以为乐！多少男人洗脸都是专洗本部，边疆一概不理，洗脸完毕，手背可以不湿，有的男人是在结婚后才开始刷牙。"扪虱而谈"的是男人。还有更甚于此者，曾有人当众搔背，结果是从袖口里面摔出一只老鼠！除了不可挽救的脏相之外，男人的脏大概是由于懒。

对了！男人懒。他可以懒洋洋坐在旋椅上，五官四肢，连同他的脑筋（假如有），一概停止活动，像呆鸟一般："不闻夫博弈者乎……"那段话是专门对男人说的。他若是上街买东西，很少时候能令他的妻子满意，他总是不肯多问几家，怕跑腿，怕费话，怕讲价钱。什么事他都嫌麻烦，除了指使别人替他做的事之外，他像残废人一样，对于什么事都愿坐享其成，而名之曰"室家之乐"。他提前养老，至少提前三二十年。

紧毗连着"懒"的是"馋"。男人大概有好胃口的居多。他的嘴，用在吃的方面的时候多。他吃饭时总要在菜碟里发现至少一英寸见方半英寸厚的肉，才能算是没有吃素。几天不见肉，他就喊"嘴里要淡出鸟儿来！"，若真个三月不知肉味，怕不要淡出毒蛇猛兽来！有一个人半年没有吃鸡，看见了鸡毛帚就流涎三尺。一餐盛馔之后，他的人生观都能改变，对于什么都乐观起来。一个男人在吃一顿好饭的时候，他脸上的表情硬是在感谢上天待人不薄；他饭后衔着一根牙签，红光满面，硬是觉得可以骄人。主中馈的是女人，修食谱的是男人。

男人多半自私。他的人生观中有一基本认识，即宇宙一切均是为了他的舒适而安排下来的。除了在做事赚钱的时候不得不忍气吞声地向人奴颜婢膝外，他总是要做出一副老爷相。他的家便是他的国度，他在家里称王。他除了为赚钱而吃苦努力外，他是一个"伊比鸠派"，他要享受。他高兴的时候，孩子可以骑在他的颈上，他引颈受骑；他可以像狗似的满地爬；他不高兴时，他看着谁都不顺眼；在外面受了闷气，回到家里来加倍地发作。他不知道女人的苦处。女人对于他的殷勤委曲，在他看来，就如同犬守户、鸡司晨一样的稀松平常，都是自然现象。他说他爱女人，其实他不是爱，是享受女人。他不问他给了别人多少，但是他要在别人身上尽量榨取。他觉得他对女人最大的恩惠，便是把赚来的钱全部或一部分拿回家来，但是当他把一卷卷的钞票从衣袋里掏出来的时候，他的脸上的表情是骄傲的成分多，亲爱的成分少，好像是在说："看我！你行么？我这样待你，你多幸运！"他若是感觉到这家不复是他的乐园，他便有多样的借口不回到家里来。他到处云游，他另辟乐园。他有聚餐会，他有酒会，他有桥会，他有书会画会棋会，他有夜会，最不济的还有个茶馆。他的享乐的方法太多。假如轮回之说不假，下世侥幸依然投胎为人，很少男人情愿下世做女人的。他总觉得这一世生为男身，而享受未足，下一世要继续努力。

"群居终日，言不及义"原是人的通病，但是言谈的内容，却男女有别。女人谈的往往是"我们家的小妹又病了！""你们家每月开销多少？"之类。男人的是另一套，普通的方式，男人的谈话，最后不谈到女人身上便不会散场。这一个题目对男人最有兴味。如果有一个桃色案他们唯恐其和解得太快。他们好议论人家的阴私，好批评别人的妻子的性格相貌。"长舌男"是到处有的，不知为什么这名词尚不甚流行。

（选自《梁实秋散文》，中国广播电视出版社，1989年版）

【交流之窗】

　　我们常说"臭男人"。"臭"字意蕴丰厚，是否含有作者笔下的脏、懒、馋及自私的内容呢？"耳后脖根，土壤肥沃，常常宜于种麦"，令人捧腹，虽不免夸张，但若家中有一弟弟或哥哥，情况会不会大抵一样呢？

　　温婉幽默的笔调，亲切含情的不经意劝勉，你体会到了作者的用意了吗？文中概括的男人的形象，是中国男人，东方男人，还是全部男人的形象？男人形象背后的原因是什么？男人啊，认识你自己。

邻人

丰子恺

丰子恺(1898—1975),浙江桐乡人。中国现代漫画家、散文家、美术和音乐教育家。

前年我曾画了这样的一幅画:两间相邻的都市式的住家楼屋,前楼外面是走廊和栏杆。栏杆交界之处,装着一把很大的铁条制的扇骨,仿佛一个大车轮,半个埋在两屋交界的墙里,半个露出在檐下。两屋的栏杆内各有一个男子,隔着那铁扇骨一坐一立,各不相干。画题叫做"邻人"。

这是我从上海回江湾时,在天通庵附近所见的实景。这铁扇骨每根头上尖锐,好像一把枪。这是预防邻人的逾墙而设的。若在邻人面前,可说这是预防窃贼的蔓延而设的。譬如一个窃贼钻进了张家的楼上。界墙外有了这把尖头的铁扇骨,他就无法逾墙到隔壁的李家去行窃。但在五方杂处,良莠不齐的上海地方,它的作用一半原可说是防邻人的。住在上海的人有些儿太古风,"打牌猜拳之声相闻,至老死不相往来"。这样,邻人的身家性行全不知道,这铁扇骨的防备原是必要的了。

我经过天通庵的时候,觉得眼前一片形形色色的都市的光景中,这把铁扇骨最为触目惊心。这是人类社会的丑恶的最具体最明显最庞大的表象。人类社会的设备中,像法律,刑罚等,都是为了防范人的罪恶而设的;但那种都不显露形迹。从社会的表面上看,我们只见锦绣河山,衣冠文物之邦,一时不会想到其间包藏着人类的种种丑恶。又如城、郭、门、墙,也是为防盗贼而设的。这虽然是具体而又庞大的东西,但形状还文雅,暗藏。我们看了似觉这是与山岭、树木等同类的东西,不会明显地想见人类中的盗贼。更进一步,例如锁,具体而又明显地表示着人类互相防备的用意,可说是人类的丑恶的证据,羞耻的象征了。但它的形象太小,不容易使人注意;用处太多,混迹在箱笼门窗的装饰纹样中,看惯了一时还不容易使人明显地联想到偷窃。只有那把铁扇骨,又具体,又明显,又庞大地表出着它的用意,赤裸裸地宣示着人类的丑恶与羞耻。所以我每次经过天通庵，这件东西总是强力地牵惹我的注意，使我发生种种的感想。造物主赋人类以最高的智慧，使他们做了万物之灵，而建设这庄严灿烂的世界。在自称文明进步的今日，假如造物主降临世间，一一地检点人类的建设，看到锁和那把铁扇骨而查问它们的用途与来历时，人类的回答将何以为颜？对称的形状，均齐的角度，秀美的曲线，是人类文化最上乘的艺术的样式，把这等样式应用在建筑上，家具上，汽车上，飞机上，原足以夸耀现代人生活的进步；但应用在锁和这铁扇骨上，真有些儿可惜。上海的五金店里，陈列着各式各样的"四不灵"锁。有德国制的，有美国制的；有几块钱一把的，有几十块钱一把的；有方的，有圆的，有作各种玲珑的形状的。工料都很精，形式都很美，好像一种徽章。这确是一种徽章，这是人类的丑恶与羞耻的徽章！人类似嫌这种徽章太小，所以又在屋上装起很大的铁扇骨来，以表扬其羞耻。使人一见可就想起世间有着须用这大铁扇骨来防御的人，以及这种人的产生的原因。

　　我在画上题了"邻人"两字，联想起了"肯与邻翁相对饮，隔篱呼取尽余杯"的诗句。虽然自己不喝酒，但想象诗句所咏的那种生活，悠然神往，几乎把画中的铁扇骨误认为篱了。

（选自《艺术人生——丰子恺小品》，花城出版社，1991年版）

【交流之窗】

　　邻人，应该是熟悉温暖而相互信任的，可是文中那铁扇骨却给作者带来触目惊心的感受。因为它"可说是人类的丑恶的证据，羞耻的象征了"。在此，你是否感受到作者向我们提出了一个人类亘古难解的严肃问题：人如何相互认识，相互信任？他人即地狱。波德莱尔认为，即使是最亲密的情人之间大多数时候在心灵上也是陌路人。现代社会中住在钢筋水泥的房屋中的邻人们是否犹有"肯与邻翁相对饮，隔篱呼取尽余杯"的款款真心与实意？亲爱的你，能从文中想到些什么呢？

当我还是年少时……

荷尔德林　　顾正祥　译

荷尔德林(1770—1843),德国诗人,被誉为"哲学诗人""诗人中的诗人"。

当我还是年少时,
　　有位神灵保佑我
　　　　幸免于世人的打骂,
　　　　　　当年我无忧无虑地
　　　　　　　　与小树林里的花儿玩,
　　　　　　天空中的微风
　　　　　　　　也跟我玩耍。

正如你欢愉
植物的心地,
当它们向你伸出
稚嫩的手臂,

你也欢愉过我的心,
父亲赫里欧斯①! 你像埃狄米欧
我是你的情侣——
神圣的罗娜②!

各位忠贞的
友好之神呵,
但愿你们知晓

---

① 希腊神话中的太阳神。
② 据罗马神话故事,月神罗娜爱上了美丽的牧羊人埃狄米欧,私访他夜宿的山洞。

我的心灵多爱你们!

尽管当时我还未喊出
你们的名字,正如你们
也未喊过我,不比世人相互称呼,
彼此认识似的。

然而,我了解你们,
胜过了解世人,
我明白苍穹的静默,
世人的话却从不领会。

抚育我成长的是
小树林里的浅唱,
我的初恋
孕育在百花下。

我在众神的怀里长大。

(选自《荷尔德林诗新编》,商务印书馆,2012年版)

【交流之窗】

　　处于青春年少的你,心中是否有对神灵的敬畏,是否感受到在众神的怀抱里成长的欢乐?敬畏生命,虔敬神灵,反观自己心灵的成长过程,你的精神在美好的大自然的陶冶下是否丰盈高尚起来。"我明白苍穹的静默,世人的话却从不领会。"苍穹是阔远、静穆、深邃而充满着神性的,诗人的心灵与苍穹相通,以至于把世人的聒噪抛到脑后。诗人对内在的心灵需求充满着热情的渴望。难怪诗人会吟唱出"人类充满劳绩,却诗意地栖居在大地上"这样充满哲思而又注满温情的诗句。

　　愿年轻的你拥有一颗反省、丰赡、细腻、神性的心。

● 理性之光

两性比较

周国平

⊙ 周国平　莫丹绘

周国平,生于1945年,中国当代学者、作家、哲学研究者,研究尼采的著名学者之一。

一般而论,男性重行动,女性重感情,男性长于抽象观念,女性长于感性直觉,男性用刚强有力的线条勾画出人生的轮廓,女性为之抹上美丽柔和的色彩。

要确定一种气质究竟是男性气质还是女性气质,这是很困难的。至于据此来评优劣,就更是冒失了。通常以女性为阴,男性为阳,于是,人们常把敏感、细腻、温柔等阴柔气质归于女性,把豪爽、粗犷、坚毅等阳刚气质归于男性,我怀疑很可能是受了语言的暗示。事实上,女人也可以是刚强的,男人也可以是温柔的,而只要自然而然,都不失为美。

男人抽象而明晰,女人具体而混沌。

所谓形而上的冲动总是骚扰男人,他苦苦寻求着生命的家园。女人并不寻求,因为她从不离开家园,她就是生命、土地、花、草、河流、炊烟。男人是被逻辑的引线放逐的风筝,他在风中飘摇,向天空奋飞,直到精疲力竭,逻辑的引线断了,终于坠落在地面,回到女人的怀抱。

女人比男人更信梦。在女人的生活中,梦占据着不亚于现实的地位。

男人不信梦,但也未必相信现实。当男人感叹人生如梦时,他是把现实和梦一起否定了。

女人有一千种眼泪,男人只有一种。女人流泪给男人看,给女人看,给自己看,男人流泪给上帝看。女人流泪是期望,是自怜自爱,男人流泪是绝望,是自暴自弃。

上帝保佑我不要看见男人流女人的眼泪。上帝保佑我更不要看见男人流男人的眼泪。

"有人独倚晚妆楼"——何等有力的引诱! 她以醒目的方式提示了

爱的缺席。女人一孤独，就招人怜爱了。

相反，在某种意义上，孤独是男人的本分。

男人和女人，各有各的虚荣。世上也有一心想出名的女人，许多男人也很关心自己的外表。不过，一般而论，男人更渴望名声，炫耀权力，女人更追求美貌，炫耀服饰，其间似乎有精神和物质的高下之分。但是，换个角度看，这岂不恰好表明女人的虚荣仅是表面的，男人的虚荣却是实质性的？女人的虚荣不过是一条裙子，一个发型，一场舞会，她对待整个人生并不虚荣，在家庭、儿女、婚丧等大事上抱着相当实际的态度。男人虚荣起来可不得了，他要征服世界，扬名四海，流芳百世，为此不惜牺牲掉一生的好光阴。

女人在多数场合比男人更能适应环境，更经得住灾难的打击。这倒不是说女人比男人刚强，毋宁说，女人柔弱，但柔者有韧性，男人刚强，但刚者易摧折。大自然是公正的，不教某一性别占尽风流，它又是巧妙的，处处让男女两性互补。

男人凭理智思考，凭感情行动。女人凭感情思考，凭理智行动。所以，在思考时，男人指导女人，在行动时，女人支配男人。

有一种说法：男人而具女性气质，女人而具男性气质，是优秀的征兆。我承认这种说法有一定道理，即如果男人的力有温柔的表达，女人的美有恢弘的气度，便能取得刚柔相济的效果。

但是，倘若一个男人缺乏内在的力，阴柔气质在他身上就会成为令人恶心的"娘们气"，一个女人缺乏内在的美，阳刚气质在她身上就会成为令人反感的"爷们气"。

总之，重要的是内在的素质，是灵魂的力度和精致，唯有这才能赋予一个人的性格以风格，使男人和女人身上的不论男性气质还是女性气质都闪放出精神的光华。

女人总是把大道理扯成小事情。男人总是把小事情扯成大道理。

男人通过征服世界而征服女人，女人通过征服男人而征服世界。

男人是突然老的，女人是逐渐老的。

我最厌恶的缺点，在男人身上是懦弱和吝啬，在女人身上是粗鲁和庸俗。

（选自周国平新浪博客，2011年12月19日）

【交流之窗】

　　作者用冷静而富有哲学意味的笔调,剖析了男人和女人的不同特征,对两者的性格、气质、思维等进行了细致入微的概括和比较,深刻而又丰富。很多句子充满着哲学理性,如"女人总是把大道理扯成小事情,男人总是把小事情扯成大道理"。在相互比较中你对男人和女人的认识是否更加深刻了呢?

中国的国民性

林语堂

林语堂(1895—1976),中国现代著名作家、学者、翻译家、语言学家。

一

中国向来称为老大帝国。这老大二字有深意存焉,就是既老又大。老字易知,大字就费解而难明了。所谓老者第一义就是年老之老。今日小学生无不知中国有五千年的历史,这实在是我们可以自负的。无论这五千年中是怎样混法,但是五千年的的确确被我们混过去了。一个国家能混过上下五千年,无论如何是值得敬仰的。国家和人一样,总是贪生想活,与其聪明而早死,不如糊涂而长寿。中国向来提倡敬老之道,老人有什么可敬呢?是敬他生理上的一种成功,抵抗力之坚强;别人都死了,而他偏还活着。这百年中,他的同辈早已逝世,或死于水,或死于火,或死于病,或死于匪,灾旱寒暑攻其外,喜怒忧乐侵其中,而他能保身养生,终是胜利者。这是敬老之真义。敬老的真谛,不在他德高望重,福气大,子孙多,倘使你遇道旁一个老丐,看见他寒穷,无子孙,德不高望不重,遂不敬他,这不能算为真正敬老的精神。所以敬老是敬他的寿考而已。对于一个国家也是这样。中国有五千年连绵的历史,这五千年中多少国度相继兴亡,而他仍存在;这五千年中,他经过多少的旱灾水患,外敌的侵凌,兵匪的蹂躏,还有更可怕的文明的遗毒,假使在于神经较敏锐的异族,或者早已灭亡,而中国今日仍然存在,这不能不使我们赞叹的。这种地方,只可意会,不可言传。同时老字还有旁义,就是"老气横秋""脸皮老"之老。人越老,脸皮总是越厚。中国这个国家,年龄比人家大,脸皮也比人家厚。年纪一大,也就倚老卖老,荣辱祸福都已置之度外,不甚为意。张山来说得好:"少年人须有老成人之识见,老成人须有少年人之襟怀。"就是说少年识见不如老辈,而老辈襟怀不如少年。少年人志高气扬,鹏程万里,不如老马之伏枥就羁。所以孔子是非常反对老年人之状态的。一则曰"不知老之将至",再则曰"老而不死是为贼",三则曰"及其老也,戒之在得"。戒之在得是骂老人之贪财,容易患了晚年失节之过。俗语说"鸨儿爱钞,姐儿爱俏",就是孔子的意思。姐儿是讲理想主义者,鸨儿是讲现实主义者。

  大是伟大之义。中国人谁不想中国真伟大啊!其实称人伟大,就是不懂之意。以前有黑人进去听教师讲道,人家问他意见如何,他说"伟大啊"。人家问他怎样伟大,他说"一个字也听不懂"。不懂时就伟大,而同时伟大就是不可懂。你看路上一个同胞,或是洗衣匠,或是裁缝,或是黄包车夫,形容并不怎样令人起敬起畏。然而你试想想他的国度曾经有五千年历史,希腊罗马早已亡了,而他巍然犹存。他所代表的中国,虽然有点昏沉老耄,国势不振,但是他有绵长的历史,有古远的文化,有一种处世的人生哲学,有文学、美术、书画、建筑足与西洋媲美。别人的种族,经过几百年文明,总是腐化,中国的民族还能把河南犹太民族吸引同化。这是西洋民族所未有的事。中国的历史比他国有更长的不断的经过,中国的文化也比他国能够传遍较大的领域。据实用主义的标准讲,他在优胜劣败之战场上是胜利者,所以这文化,虽然有许多弱点,也有竞存的效果。所以你越想越不懂,而因为不懂,所以你越想中国越伟大起来了。

二

  老实讲,中国民族经过五千年的文明,在生理上也有相当的腐化,文明生活总是不利于民族的。中国人经过五千年的叩头请揖让跪拜,五千年说"不错,不错",所以下巴也缩小了,脸庞也圆滑了。一个民族五千年中专说"啊!是的,是的,不错,不错",脸庞非圆起来不可。江南为文化之区,所以江南也多小白脸。最容易看出的是毛发与皮肤。中国女人比西洋妇人皮肤嫩,毛孔细,少腋臭,这是谁都承认的。

  还有一层,中国民族所以生存到现在,也一半是靠外族血脉的输入,不然今日恐尚不止此颓唐萎靡之势。今日看看北方人与南方人的体格便知此中的分别。(南人不必高兴,北人不必着慌,因为所谓"纯粹种族"

在人类学上承认"神话",今日国中就没人能指出谁是"纯粹中国人"。）中国历史,每八百年必有王者兴,其实不是因为王者,是因为新血之加入。世界没有国家经过五百年以上而不变乱的;其变乱之源就是因为太平了四五百年,民族就腐化,户口就稠密,经济就穷窘,一穷就盗贼瘟疫相继而至,非革命不可。所以每八百年的周期中,首四五百年是太平的,后二三百年就是内乱兵匪,由兵匪起而朝代灭亡,始而分裂,继而迁都,南北分立,终而为外族所克服,克服之后,有了新血脉然后又统一,文化又昌盛起来。周朝八百年是如此。先统一后分裂,再后楚并诸侯南方独立,再后灭于秦。由秦至隋也是约八百年一期,汉晋是比较统一,到了东晋便五胡乱华,到隋才又统一。由隋至明也是约八百年,始而太平,国势大振,到南宋而浸微,到元而灭。由明到清也是一期,太平五百年已过,我们只能希望此后变乱的三百年不要开始,这曾经有人做过很详细的统计。总而言之,北方人种多受外族的混合,所以有北方之强,为南人所无。你看历代建朝帝王都是出于长江以北,没有一个出于长江以南。所以中国人有句话,叫做,吃面的可以做皇帝,而吃米的不能做皇帝。曾国藩不幸生于长江之南,又是湖南产米之区,米吃太多,不然早已做皇帝了。再精细考究,除了周武王秦始皇及唐太祖生于西北陇西以外,历朝开国皇帝都在陇海路附近,安徽之东,山东之西,江苏之北,河北之南。汉高祖生于江北,晋武帝生河南,宋太祖出河北,明太祖出河南。所以江淮盗贼之数,就是皇帝发祥之地。你们谁有女儿,要求女婿或是要学吕不韦找邯郸姬生个皇帝儿,求之陇海路上之三等车中,可也。考之近日武人,山东出了吴佩孚,张宗昌,孙传芳,卢永祥。河北出了齐燮元,李景琳,强之江,鹿钟麟。河南出一袁世凯,险些儿就登了龙座,安徽也出了冯玉祥,段祺瑞。江南向来没有产过名将,只出了几个很好的茶房。

三

但是虽有此南北之分,与外族对立而言,中国民族尚不失为有共同的特殊个性。这个国民性之来由,有的由于民种,有的由于文化,有的是由经济环境得来的。中国民族也有优点,也有劣处,若俭朴,若爱自然,若勤俭,若幽默。好的且不谈,谈其坏的。为国与为人一样,当就坏处着想,勿专谈己长，才能振作。有人要谈民族文学也可以，但是夸张轻狂，不自检省，终必灭亡。最要紧是研究我们的弱点何在，及其弱点之来源。

我们姑先就这三个弱点：忍耐性、散漫性及老猾性，研究一下，并考其来源。我相信这些都是一种特殊文化及特殊环境的结果，不是上天生就华人，就是这样忍辱含垢，这样不能团结，这样老猾奸诈。这有一方法可以证明，就是人人在他自己的经历，可以体会出来。本来人家说屁话，我就反对；现在人家说屁话，我点首称善曰："是啊，不错不错。"由此度量日宏而福泽日深。由他人看来，说是我的修养功夫进步。不但在我如此，其实人人如此。到了中年的人，若肯诚实反省，都有这样修养的进步。二十岁青年都是热心国事，三十岁的人都是"国事管他娘"。我们要问，何以中国社会使人发生忍耐，莫谈国事，及八面玲珑的态度呢？我想含忍是由家庭制度而来，散漫放逸是由于人权没有保障，而老猾敷衍是由于道家思想。自然各病不只一源，而且其中各有互相关系；但为讲解得清楚便利，可以这样暂时分个源流。

忍耐，和平，本来也是美德之一。但是过犹不及；在中国忍辱含垢，唾面自干已变成君子之德。这忍耐之德也就成为国民之专长。所以西人来华传教，别的犹可，若是白种人要教黄种人忍耐和平无抵抗，这简直是太不自量而发热昏了。在中国，逆来顺受已成为至理名言，弱肉强食，也几乎等于天理。贫民遭人欺负，也叫忍耐，四川人民预缴三十年课税，结果还是忍耐。因此忍耐乃成为东亚文明之特征。然而越"安排吃苦"越有苦可吃。若如中国百姓不肯这样地吃苦，也就没有这么许多苦吃。所以在中国贪官剥削小百姓，如大鱼吃小鱼，可以张开嘴等小鱼自己游进去，不但毫不费力，而且甚合天理。俄国有个寓言，说一日有小鱼反对大鱼的奸灭同类，就对大鱼反抗，说："你为什么吃我？"大鱼说："那么，请你试试看。我让你吃，你吃得下去么？"这大鱼的观点就是中国人的哲学，叫做守己安分。小鱼退避大鱼谓之"守己"，退避不及游入大鱼腹中谓之"安分"。这也是吴稚晖先生所谓"相安为国"，你忍我，我忍你，国家就太平无事了。

这种忍耐的态度，我想是由大家庭生活学来的。一人要忍耐，必先把脾气炼好，脾气好就忍耐下去。中国的大家庭生活，天赋给我们练习忍耐的机会，因为在大家庭中，子忍其父，弟忍其兄，妹忍其姊，侄忍叔，妇忍姑，妯娌忍其妯娌，自然成为五代同堂团圆局面。这种日常生活磨练影响之大，是不可忽略的。这并不是我造谣。以前张公艺九代同堂，唐高宗到他家问他何诀。张公艺只请纸笔连写一百个"忍"字。这是张公艺的幽默，是对大家庭制度最深刻的批评。后人不察，反拿百忍当传家宝训。自然这也有道理。其原因是人口太多，聚在一起，若不容忍，就无处翻身，在家在国，同一道理。能这样相忍为家者，自然也能相安为国。

在历史上，我们也可以证明中国人明哲保身莫谈国事决非天性。魏晋清谈，人家骂为误国。那时的文人，不是隐逸，便是浮华，或者对酒赋诗，或者炼丹谈玄，而结果有永嘉之乱，这算是中国人最消极最漠视国事之一时期，然而何以养成此普遍清谈之风呢？历史的事实，可以为我们的明鉴。东汉之末，士大夫并不是如此的。太学生三万人常常批评时政，是谈国事，不是不谈的。然而因为没有法律的保障，清议之权威抵不过宦官的势力，终于有党锢之祸。清议之士，大遭屠杀，或流或刑，或夷其家族，杀了一次又一次。于是清议之风断，而清谈之风成，聪明的人或故为放逸浮夸，或沉湎酒色，而达到酒德颂的时期。有的避入山中，蛰居子屋，由窗户传食。有的化为樵夫，求其亲友不要来访问，以避耳目。竹林七贤出，而大家以诗酒为命。刘伶出门带一壶酒，叫一人带一铁锹，对他说"死便埋我"，而时人称贤。贤就是聪明，因为他能佯狂，而得善终。时人佩服他，如小龟佩服大龟的龟壳的坚实。

所以要中国人民变散漫为团结，化消极为积极，必先改此明哲保身的态度，而要改明哲保身的态度，非几句空言所能济事，必改造使人不得不明哲保身的社会环境，就是给中国人民以公道法律的保障，使人人在法律范围之内，可以各开其口，各做其事，各展其才，各行其志。不但扫雪，并且管霜。换句话说，要中国人不像一盘散沙，根本要着，在给与宪法人权之保障。但是今日能注意到这一点道理，真正参悟这人权保障与我们处世态度互相关系的人，真寥若晨星了。

（选自《林语堂著译人生小品集》，浙江文艺出版社，1990年版）

【交流之窗】

中国人的忍耐性、散漫性及老猾性等弱点背后的真正原因是什么呢？作者从哪些角度分析了其中的根本原因呢？鲁迅笔下的"看客"形象在本文中是否能找到原因？最后，作者认为怎样做才能使中国人改变明哲保身的态度？你赞同作者的观点吗？

中国人之聪明

林语堂

聪明系与糊涂相对而言。郑板桥曰："难得糊涂。""聪明难，由聪明转入糊涂为尤难。"此绝对聪明语，有中国人之精微处世哲学在焉。俗语曰："聪明反为聪明误。"亦同此意。陈眉公曰："惟有知足人，鼾鼾睡到晓，惟有偷闲人，憨憨直到老。"亦绝顶聪明语也。故在中国，聪明与糊涂复合为一，而聪明之用处，除装糊涂外，别无足取。

中国人可算得是世界最聪明之一民族，似不必多方引证。能发明麻将牌及九龙圈者，大概可称为聪明的民族。中国留学生每在欧美大学考试，名列前茅，是一明证。或谓此系由于天择，实非确论，盖留学者未必皆出类拔萃之辈，出洋多由家庭关系而已。以中国农工与西方同级者相比，亦不见弱于西方民族。此尚系题外问题。

惟中国人之聪明，有西方所绝不可及而最足称异者，即以聪明抹杀聪明之聪明。聪明糊涂合一之论，极聪明之论也。仅见之吾国，而未见之西方。此种崇拜糊涂主义，即道家思想，发源于老庄。老庄固古今天下第一等聪明人，《道德经》五千言亦世界第一等聪明哲学。然聪明至此，已近老奸巨猾之哲学，不为天下先，则永远打不倒，盖老奸巨猾之哲学无疑。盖中国人之聪明达到极顶处，转而见出聪明之害，乃退而守愚藏拙以全其身。又因聪明绝顶，看破一切，知"为"与"不为"无别，与其为而无效，何如不为以养吾生。只因此一着，中国文明乃由动转入静，主退，主守，主安分，主知足，而成为重持久不重进取，重和让不重战争之文明。

此种道理，自亦有其佳处。世上进化，诚不易言。熙熙攘攘，果何为者。何若"退一步想"，知足常乐以求一心之安。此种观念贯入常人脑中时，则和让成为社会之美德。若"有福莫享尽，有势莫使尽"，亦极精微之道也。

惟吾恐中国人虽聪明，善装糊涂，而终反为此种聪明所误。中国之积弱，即系聪明太过所致。世上究系糊涂者占便宜，抑系聪明者占便宜，抑系由聪明转入糊涂者占便宜，实未易言。热河之败，败于糊涂也。惟以聪明的糊涂观法，热河之失，何足重轻？此拾得和尚所谓"且过几年，你再看他"之观法。锦州之退，聪明所误也，使糊涂的白种人处于同样境地，虽明知兵力不敌，亦必背城借一，宁为玉碎，不为瓦全，与日人一战。夫玉碎瓦全，糊涂语也。以张学良之聪明，乃不为之。然则聪明是耶，糊涂是耶，中国人聪明耶，白种人聪明耶，吾诚不敢言。

吾所知者，中国人既发明以聪明装糊涂之聪明的用处，乃亦常受此种绝顶聪明之亏。凡事过善于计算个人利害而自保，却难得一糊涂人肯勇敢任事，而国事乃不可为。吾读朱文公《政训》，见一节云：

今世士大夫，惟以苟且逐旋挨事过去为事。挨得过时且过。上下相咻以勿生事，不要理会事。且恁鹘突，才理会得分明，便做官不得。有人少负能声，及少经挫抑，则自悔其太惺惺了了，一切刻方为圆，随俗苟且，自道是年高见识长进……风俗如此，可畏可畏！

可见宋人已有此种毛病，不但"今世士大夫"然也。夫"刻方为圆"，不伤人感情，不辨是非，与世浮沉，而成一老奸巨猾，为个人计，固莫善于此，而为社会国家计，聪明乎？糊涂乎？则未易言。在中国多一见识长进人时，便是世上少一做事人时；多一聪明同胞时，便是国事走入一步黑甜乡时，举国皆鼾鼾睡到晚，憨憨直到老。举国皆认三十六计走为上计之圣贤，而独无一失计之糊涂汉子。举国皆不吃眼前亏之好汉，而独无一肯吃亏之弱者，是国家之幸乎？是国家之幸乎？

然中国人虽绝顶聪明，归根结蒂，仍是聪明反为聪明误。呜呼，吾焉得一位糊涂大汉而崇拜之。

（选自《林语堂散文精选》，长江文艺出版社，2009年版）

【交流之窗】

"揣着聪明装糊涂"是中国人聪明之极致，亦是老庄哲学对中国人的影响。这种哲学具有主安分、重知足、利养生等精微之处，然人人若此，则聪明反被聪明误。正如作者所言："举国皆不吃眼前亏之好汉，而无一肯吃亏之弱者,是国家之幸乎?"难怪作者要发出深沉的感慨:"呜呼,吾焉得一位糊涂大汉而崇拜之。"

如果要改变中国人的这种状况,你觉得应该从哪些方面入手呢?

人是能思想的苇草

帕斯卡　　何兆武　译

帕斯卡(1623—1662),法国数学家、物理学家、哲学家、散文家,代表作《思想录》。

思想形成人的伟大。

人只不过是一根苇草,是自然界最脆弱的东西;但他是一根能思想的苇草。用不着整个宇宙都拿起武器来才能毁灭,一口气、一滴水就足以致他死命了。然而,纵使宇宙毁灭了他,人却仍然要比致他于死命的东西更高贵得多;因为他知道自己要死亡,以及宇宙对他所具有的优势,而宇宙对此却是一无所知。

因而,我们全部的尊严就在于思想。正是由于它而不是由于我们所无法填充的空间和时间我们才必须提高自己。因此,我们要努力好好地思想,这就是道德的原则。

能思想的苇草——我应该追求自己的尊严,绝不是求之于空间,而是求之于自己的思想的规定。我占有多少土地都不会有用;由于空间,宇宙便囊括了我并吞没了我,有如一个质点;由于思想,我却囊括了宇宙。

人既不是天使,又不是禽兽;但不幸就在于想表现为天使的人却表现为禽兽。

思想——人的全部的尊严就在于思想。

因此,思想由于它的本性,就是一种可惊叹的、无与伦比的东西。它一定得具有出奇的缺点才能为人所蔑视;然而它又确实具有,所以再没有比这更加荒唐可笑的事了。思想由于它的本性是何等的伟大啊! 思想又由于它的缺点是何等的卑贱啊!

然而,这种思想又是什么呢? 它是何等的愚蠢啊!

人的伟大之所以为伟大,就在于他认识自己可悲。一棵树并不认识自己可悲。

因此，认识（自己）可悲乃是可悲的；然而认识我们之所以为可悲，却是伟大的。

这一切的可悲其本身就证明了人的伟大。它是一位伟大君主的可悲，是一个失了位的国王的可悲。

我们没有感觉就不会可悲，一栋破房子就不会可悲。只有人才会可悲。Ego vir videns.①

人的伟大——我们对于人的灵魂具有一种如此伟大的观念，以致我们不能忍受它受人蔑视，或不受别的灵魂尊敬；而人的全部的幸福就在于这种尊敬。

人的伟大——人的伟大是那样的显而易见，甚至于从他的可悲里也可以得出这一点来。因为在动物是天性的东西，我们于人则称之为可悲；由此我们便可以认识到，人的天性现在既然有似于动物的天性，那么他就是从一种为他自己一度所固有的更美好的天性里而堕落下来的。

因为，若不是一个被废黜的国王，有谁会由于自己不是国王就觉得自己不幸呢？人们会觉得保罗·哀米利乌斯②不再任执政官就不幸了吗？正相反，所有的人都觉得他已经担任过了执政官乃是幸福的，因为他的情况就是不得永远担任执政官。然而人们觉得柏修斯③不再做国王却是如此之不幸——因为他的情况就是永远要做国王——以致人们对于他居然能活下去感到惊异。谁会由于自己只有一张嘴而觉得自己不幸呢？谁又会由于自己只有一只眼睛而不觉得自己不幸呢？我们也许从不曾听说过由于没有三只眼睛便感到难过的，可是若连一只眼睛都没有，那就怎么也无法慰藉了。

对立性。在已经证明了人的卑贱和伟大之后——现在就让人尊重自己的价值吧。让他热爱自己吧，因为在他身上有一种足以美好的天性；可是让他不要因此也爱自己身上的卑贱吧。让他鄙视自己吧，因为这种能力是空虚的；可是让他不要因此也鄙视这种天赋的能力。让他恨自己吧，让他爱自己吧：他的身上有着认识真理和可以幸福的能力；然而他却根本没

---

① Ego vir videns：《耶利米哀歌》第三章第一节中"我是……遭遇困苦的人"。
② 保罗·哀米利乌斯：Paul Emile，即Pual Emilius，于公元前182年与前168年曾两度任罗马执政官，第二次任执政官时击败马其顿王柏修斯。
③ 柏修斯：Peresee，即Perseus，马其顿末代国王，公元前179年—前168年在位，公元前168年为保罗·哀米利乌斯所败后被俘。

有获得真理，无论是永恒的真理，还是满意的真理。

因此，我要引人渴望寻找真理并准备摆脱感情而追随真理（只要他能发现真理），既然他知道自己的知识是彻底地为感情所蒙蔽；我要让他恨自身中的欲念——欲念本身就限定了他——以便欲念不至于使他盲目做出自己的选择，并且在他做出选择之后不至于妨碍他。

（选自《世界散文随笔精品文库·法国卷·那天夜里我看到了巴黎》，中国社会科学出版社，1994年版）

【交流之窗】

帕斯卡认为，人的全部尊严就在于思想，因此，人应该努力好好地思想。在认识到人的卑贱和伟大之后，人应该尊重自己的价值。波德莱尔认为，人要在人群中漫游，享受人群的美味就要成为一个孤独而沉思的人。读完本篇和下一篇文章，也许你会陷入深深的思考，先哲们对人自身的认识是如此深入又是如此的不同，你分明能感到人在追求自我思想、自我价值方面的巨大意义。

然而，不同哲学流派对此还会有不同的理解。例如存在主义认为，人是先于本质的存在，即人先要自由选择想成为什么样的人，然后经过努力才能成为具有本质属性的想成为那类人的人。亚里士多德认为，人是政治的动物，等等。读完这两篇文章，你想成为什么样的人呢？

人群

波德莱尔　亚　丁　译

波德莱尔（1821—1867），法国19世纪现代派诗人，象征派诗歌先驱，代表作《恶之花》。

并不是每一个人都可以在人群的海洋里漫游。要知道，享受人群的美味是一门艺术。而只有这样的人才能做到：与所有同类人不同，他生机勃勃、食欲旺盛，神仙在他的头脑中注入了乔装改扮、戴纱掩面的癖好，又为他造就了厌烦家室、喜欢出游的毛病。

人群与孤独，对于一个活跃而多产的诗人来说，这是两个同义词，它们可以互相代替。谁不会使孤独充满人群，谁就不会在繁忙的人群中独立存在。

诗人享受着这无与伦比的优惠，他可以随心所欲地使自己成为他本身或其他人。犹如那些寻找躯壳的游魂，当它愿意的时候，它可以附在任何人的躯体上。对他自己来说，一切都是敞开的；如果说有什么地方好像对他关闭着，那是因为在他眼里看来，这些地方并不值得一看。

孤单而沉思的漫游者，从普遍的一致中汲取独特的迷醉。他很容易地置身于人群当中，尽尝狂热的享乐。这些狂热的享乐，是那些像箱子一样紧闭着的利己者，和像软虫一样蜷曲着的懒惰者永远也得不到的。他适合于任何职业、任何环境给他造成的一切苦难与欢乐。

与这些难以形容的狂喜、与献身于诗歌和怜悯的灵魂、与突如其来的一切历险、与陌生的过路人相比，人们常说的爱情是多么的渺小、有限和虚弱啊！

不妨告诉那些世上的幸运儿，哪怕只是为了煞煞他们盲目的骄气，要知道天底下还有比他们更大、更广、更深的幸福。殖民地的拓荒者、人民的牧师和漫迹在世界另一端的传教士们，也许会尝到一些这神秘的醉美吧？当他们处身于用自己天赋建造的广阔的家庭之中，有时会笑那些为他们不稳定的家财和清纯的生活而抱怨的人们。

（选自《巴黎的忧郁》，漓江出版社，1982年版）

【交流之窗】

  《人群》短小精悍，波德莱尔对世事人生无情、尖锐、入木三分的分析，显示出一颗高傲的灵魂的爱与憎。诗人蔑视狭隘、封闭及自我满足的人生，赞美那些勇于冒险、勇于探索、不为渺小的平庸的环境所束缚的人。你是愿意成为一个"幸运儿"呢，还是愿意去追寻"更大、更广、更深的幸福"呢？

孟子·告子（节选）

孟　子

⊙ 孟子　王博绘

孟子（约前372—前289），战国思想家，儒家学派代表人物。

　　公都子曰："告子曰：'性无善无不善也。'或曰：'性可以为善，可以为不善。是故文、武兴，则民好善；幽、厉兴，则民好暴。'或曰：'有性善，有性不善。是故以尧为君而有象，以瞽瞍①为父而有舜，以纣为兄之子且以为君，而有微子启、王子比干。'今曰'性善'，然则彼皆非欤？"

　　孟子曰："乃若其情，则可以为善矣，乃所谓善也。若夫为不善，非才之罪也。恻隐之心，人皆有之；羞恶之心，人皆有之；恭敬之心，人皆有之；是非之心，人皆有之。恻隐之心，仁也；羞恶之心，义也；恭敬之心，礼也；是非之心，智也。仁义礼智，非由外铄我也，我固有之也，弗思耳矣。故曰：'求则得之，舍则失之。'或相倍蓰②而无算者，不能尽其才者也。《诗》曰：'天生蒸民，有物有则③。民之秉彝，好是懿德④。'孔子曰：'为此诗者，其知道乎！故有物必有则；民之秉彝也，故好是懿德。'"

　　…………

　　孟子曰："仁，人心也；义，人路也。舍其路而弗由，放⑤其心而不知求，哀哉！人有鸡犬放，则知求之；有放心而不知求。学问之道无他，求其放心而已矣。"

　　孟子曰："今有无名之指，屈而不信，非疾痛害事也，如有能信之者，则不远秦、楚之路，为指之不若人也。指不若人，则知恶之；心不若人，则不知恶，此之谓不知类⑥也。"

（选自《孟子》，中华书局，2006年版）

①　瞽瞍（gǔ sǒu）：盲人。
②　蓰（xǐ）：五倍。倍蓰：一倍和五倍，泛指几倍。
③　蒸：众。则：法则。
④　秉彝（yí）：常性。懿（yì）德：美德。
⑤　放：丢失。
⑥　不知类：不知轻重主次。

性恶（节选）

荀　子

⊙ 荀子　武更年绘

荀子（约前313—前238），名况，字卿。战国末期人。著名思想家、文学家。

　　人之性恶，其善者伪也。今人之性，生而有好利焉，顺是，故争夺生而辞让亡焉；生而有疾①恶焉，顺是，故残贼②生而忠信亡焉；生而有耳目之欲，有好声色焉，顺是，故淫乱生而礼义文理亡焉。然则从③人之性，顺人之情，必出于争夺，合于犯分乱理而归于暴。故必将有师法之化，礼义之道，然后出于辞让，合于文理，而归于治。用此观之，人之性恶明矣，其善者伪也。

　　故枸木必将待檃栝④、烝、矫然后直，钝金必将待砻、厉⑤然后利。今人之性恶，必将待师法然后正，得礼义然后治。今人无师法则偏险⑥而不正，无礼义则悖乱而不治。古者圣王以人之性恶，以为偏险而不正，悖乱而不治，是以为之起礼义、制法度，以矫饰人之情性而正之，以扰化人之情性而导之也。始皆出于治，合于道者也。今人之，化师法，积文学，道礼义者为君子；纵性情，安恣睢⑦而违礼义者为小人。用此观之，人之性恶明矣，其善者伪也。

（选自《荀子》，中华书局，2007年版）

---

① 疾：通"嫉"，嫉恨。
② 贼：残害。
③ 从：放纵。
④ 枸（gōu）：弯曲。檃栝（yǐn kuò）：矫正弯木的工器。
⑤ 砻（lóng）、厉：都是磨砺的意思。
⑥ 偏险：行为偏斜。
⑦ 恣睢（zì suī）：任意胡为。

【交流之窗】

　　孟子认为,人本性善。因此,他认为人人都可以成为尧舜,只要他愿意。《三字经》上说的"人之初,性本善"大概源于此。可是荀子却认为,人本性恶。正是由于人性本恶,人才要习礼仪,守制度,加强后天的学习。这两种观点一直争论到现在。17世纪英国伟大的思想家和哲学家洛克却提出"白板说",他认为刚出生的婴儿非善非恶,是一块白板,善恶来自于婴儿后天的环境和教育。近年来,德国人类学家沃尔克在《科学》杂志上发表了人类利他主义天性的研究成果。这项研究表明,处处可以找到人性本善的证据。

　　读了上面两篇文章,你对人性问题有怎样的思考呢?孟子和荀子的文章在说理时有何异同,从中你学到了一些论辩的方法了吗?

第三编
此山中——人类的认知局限

⊙ 陈连强绘

人类的认知包括两个方面，一个是对人自己（包括人群）的认识，另一个是对外界事物及人与外界事物的关系的认识。影响人类的认知有主观和客观两个因素。外界事物丰富多彩，每个人都鲜明独特，人的主观认知能力有大有小。因此，我们人类在认识自己和外界事物的时候，存在着巨大的局限。正是由于这种局限的存在，反而激励着后世的人们不断克服种种困难而继续前行。

　　我们的先哲们在探索真理的过程中深感自己的渺小。柏拉图认为："我们知道的东西是虚的，我们不知道的东西是实的。"西塞罗有言："我们的感觉十分有限，我们的智力是弱的。"古希腊七贤之一的佩雷西德斯说："我不能宣称我懂得真理和达到真理。"中国的老子认为要绝圣弃智，提倡无为。孔子用尽一生追求自己的理想，知其不可而为之，却只述而不作，感叹"不知老之将至"。是的，面对浩瀚的宇宙，我们能说我们知道很多吗？难怪西方有一句谚语说，人类一思考，上帝就发笑。

　　尽管如此，人们并没有在探求之路上止步不前。两千多年前庄子和惠子在濠梁之上的充满智慧的争辩是人类哲学史上最扣人心弦而又富于情趣的叩想和追问。韩非子用寓言的形式向人们展示人在认识问题时应该撇开自己的主观色彩。古印度的寓言《瞎子摸象》告诫我们应该客观全面地看待问题。《女巫的面包》中的主人公好心办了坏事，问题出在以己度人。读完本编的选文，希望你能认识到自己的无知并能积极努力克服自己的认知局限而奋勇前进。

● 文学之花

佛经寓言两则

瞎子摸象

过去久远,是阎浮提地①有王,名曰镜面,讽佛要经,智如恒沙。臣民多不诵,带锁小书,信萤灼之明,疑日月之远见。目瞽人以为喻,欲使彼舍行潦游巨海矣,敕使者:"今行国界,取生盲者,皆将诣宫门。"臣受命行,悉将国界无眼人到宫所,白言:"已得诸无眼者今在殿下。"王曰:"将去,以象示之。"臣奉王命,引彼瞽人,将之象所,牵手示之。中有持象足者,持尾者,持尾本者,持腹者,持胁者,持背者,持耳者,持头者,持牙者,持鼻者。瞽人于象所争之纷纷,各谓已真彼非。使者牵还,将诣王所。王问之曰:"汝曹②见象乎?"对言:"我曹俱见。"王曰:"象何类乎?"持足者对言:"明王,象如漆筒。"持尾者言:"如扫帚。"持尾本者言:"如杖。"持腹者言:"如鼓。"持胁者言:"如壁。"持背者言:"如高机。"持耳者言:"如簸箕。"持头者言:"如魁③。"持牙者言:"如角。"持鼻者对言:"明王,象如大索。"复于王前共讼言:"大王,象真如我言!"镜面王大笑之曰:"瞽乎!瞽乎!尔犹不见佛经者矣!"

(选自《寓言三百篇》,新世纪出版社,1996年版)

【交流之窗】

自鸣得意的瞎子们实在可笑,摸到象的一部分便以为自己得知了象的全貌,这是寓言的表层。显然瞎子们代表了我们生活中的一类人,即只见树木不

---

① 阎浮提地:佛教传说中的四大部洲之一。
② 汝曹:你们。
③ 魁:小山丘。

见森林,一知半解便以为掌握了全部真理的浅薄之徒。从中也可见认知之艰难,唯有全方面多深入、多实践才有可能认识事物,发现真理。否则,我们每个人都有可能成为摸象的瞎子。另外,你喜欢寓言中的镜面王吗?文中为什么说他"智如恒沙"?

瓮中藏影

昔有长者子,新迎妇,甚相爱敬。夫语妇言:"卿入厨中,取蒲桃(葡萄)酒来共饮之。"

妇往开瓮,自见身影在此瓮中,谓更有女人,大恚①。还语夫言:"汝自有妇,藏著瓮中,复迎我为?"

夫自入厨视之,开瓮见己身影,逆恚其妇,谓藏男子。二人更相忿恚,各自呼实。

有一梵志②与此长者子素情亲厚,过与相见。夫妇斗,问其所由。复往视之,亦见身影,恚恨长者子:"自有亲厚藏瓮中,而佯共斗呼?"即便舍去。

复有一比丘尼③,长者所奉,闻其所诤如是,便往视,瓮中有比丘尼,亦恚舍去。

须臾,有道人亦往视之,知为是影耳。唱然叹曰:"世人愚惑,以空为实也!"

呼妇共入视之,道人曰:"吾当为汝出瓮中人!"

取一大石,打坏瓮,酒尽,了无所有。

二人意解,知是身影,各怀惭愧。

(选自《中外寓言鉴赏辞典》,湖南出版社,1990年版)

---

① 恚(huì):怨恨。
② 梵志:指婆罗门教的修道者。
③ 比丘尼:尼姑。

【交流之窗】

这则佛经寓言十分有趣,新夫妇、梵志和比丘尼的憨态令人捧腹。显然,寓言讽刺世人以幻为真,以虚为实,以空为有,迷惑于如瓮中之影的"空"。然而我们可不可以理解为它要告诫世人不要只看事物的表象,被事物的表面所迷惑,而应该深入到事物的内部认识其本质呢?

列子寓言一则

九方皋相马

秦穆公谓伯乐曰:"子之年长矣,子姓有可使求马者乎?"

伯乐对曰:"良马可形容筋骨相也。天下之马者,若灭若没,若亡若失。若此者绝尘弭辙,臣之子皆下才也,可告以良马,不可告以天下之马也。臣有所与共担缥薪菜①者有九方皋,此其于马非臣之下也。请见之。"

穆公见之,使行求马。三月而反报曰:"已得之矣,在沙丘。"

穆公曰:"何马也?"

对曰:"牝②而黄。"

使人往取之,牡③而骊。穆公不说,召伯乐而谓之曰:"败矣,子所使求马者!色物牝牡尚弗能知,又何马之能知也?"

伯乐喟然太息曰:"一至于此乎!是乃其所以千万臣而无数者也。若皋之所观,天机也。得其精而忘其粗,在其内而忘其外。见其所见,不见其所不见;视其所视,而遗其所不视。若皋之相者,乃有贵乎马者也。"

马至,果天下之马也。

(选自《中华活页文选·合订本(一)》,中华书局,1962年版)

【交流之窗】

九方皋连马的性别、毛色都搞错了,却能识别出天下之马(千里马),其中的原因是什么呢?九方皋不重外在的形似,只追求内在的风韵与神似,这一精神给中国的文学与绘画以深远的影响。你能举出一两个例子论述这一道理吗?

---

① 缥(mò)薪菜:挑担卖柴。
② 牝(pìn):雌。
③ 牡:雄。

庄子寓言一则

子非鱼

庄子与惠子游于濠梁之上。

庄子曰:"鲦鱼①出游从容,是鱼之乐也。"

惠子曰:"子非鱼,安知鱼之乐?"

庄子曰:"子非我,安知我不知鱼之乐?"

惠子曰:"我非子,固不知子矣;子固非鱼也,子之不知鱼之乐,全矣!"

庄子曰:"请循其本。子曰'汝安知鱼乐'云者,既已知吾知之而问我,我知之濠上也。"

(选自《中外寓言鉴赏辞典》,湖南出版社,1990年版)

【交流之窗】

庄子与惠子在濠梁上的争辩是中国哲学史上最富情趣而又最扣人心弦的追问与叩想。它已经成为中国文化史上的一个经典,激发了一代又一代学人的深思与遐想。是啊,我们不是鱼,我们能知道鱼的快乐吗?你不是我,你能了解我吗?我们怎样才能认识同类和异类,今天我们的科学能做到这一点吗?

---

① 鲦(tiáo)鱼:一种小鱼。

韩非子寓言三则

韩非子

韩非子（约前280—前233），战国末期思想家、法家代表人物。

智子疑邻

宋有富人，天雨墙坏。其子曰："不筑，必将有盗。"其邻人之父亦云。暮而果大亡其财，其家甚智其子，而疑邻人之父。

（选自《中外寓言鉴赏辞典》，湖南出版社，1990年版）

【交流之窗】

人的关系的亲疏真的会影响人的判断力吗？邻人之父好心劝导却被富人怀疑，现实生活中也常有这样的事。由此观之，我们在认识事物作出判断之前是否应该去除主观因素，客观而冷静地分析与判断呢？

和氏献璧

楚人和氏得玉璞楚山中，奉而献之厉王。厉王使玉人相之，玉人曰："石也。"王以和为诳①，而刖②其左足。及厉王薨，武王即位，和又奉其璞而献之武王。武王使玉人相之，又曰："石也。"王又以和为诳，而刖其右足。武王薨③，文王即位。和乃抱其璞而哭于楚山之下，三日三夜，泪尽而继之以血。

---

① 诳（kuáng）：欺骗。
② 刖（yuè）：砍。
③ 薨（hōng）：古代称诸侯之死为"薨"。

王闻之，使人问其故。曰："天下之刖者多矣，子奚哭之悲也？"和曰："吾非悲刖也，悲夫宝玉而题之以石，贞士而名之以诳，此吾所以悲也。"

　　王乃使玉人理其璞而得宝焉，遂命曰："和氏之璧"。

（选自《中外寓言鉴赏辞典》，湖南出版社，1990年版）

【交流之窗】

　　这则寓言会带给你多方面的思考。厉王、武王不做深入的调查和鉴别，轻信庸工俗匠的判断，滥用酷刑。而文王却能"问其故"，"使人理其璞"，终于得宝。显然，我们在认识事物的时候应该多调查与分析。另外，和氏的经历，说明认识一样东西的价值并不容易。和氏即使先后被砍断了左右脚，伤心至极，仍然毫不动摇。这种非凡的毅力和决心，你能做到吗？现实生活中我们会不会为了认识一种事物的本质而付出巨大的代价呢？

三人成虎

　　庞恭与太子质于邯郸，谓魏王曰："今一人言市有虎，王信乎？"曰："不信。""二人言市有虎，王信乎？"曰："不信。""三人言市有虎，王信乎？"王曰："寡人信之。"庞恭曰："夫市之无虎也明矣，然而三人言而成虎，今邯郸之去魏也远于市，议臣者过于三人，愿王察之。"

　　庞恭从邯郸反，竟不得见。

（选自《中外寓言鉴赏辞典》，湖南出版社，1990年版）

【交流之窗】

　　街上本无虎，但有三个人说有，很多人就相信了。人们为什么这么容易相信谣言？荀子曰："流言止于知（智）者。"是的，对于谣言应该理智分析与理性判断。

这则寓言的结尾写得很有力量。只"竟不得见"四个字，就表明魏王已经听信了谣言，且照应了前面的"寡人信之"。一个"竟"字，也明显地表达了作者的褒贬之意。这种精练简洁的写法，很值得我们学习借鉴。

第三编
此山中——人类的认知局限

登飞来峰

王安石

⊙ 王安石 王博绘

王安石（1021—1086），北宋著名的思想家、政治家、文学家、改革家。

飞来山上千寻塔，
闻说鸡鸣见日升。
不畏浮云遮望眼，
自缘身在最高层。

（选自《临川先生文集》，中华书局，1959年版）

题西林壁

苏　轼

⊙苏轼　王博绘

苏轼（1037—1101），字子瞻，号东坡居士，北宋著名文学家、书法家、画家。

横看成岭侧成峰，
远近高低各不同。
不识庐山真面目，
只缘身在此山中。

（选自《苏轼诗词选》，中华书局，1983年版）

【交流之窗】

　　王安石与苏轼，同时代的文学大家，都用诗来表达人类认识事物的局限性。王安石的"不畏浮云遮望眼，自缘身在最高层"寄寓着站得高才能看得远的哲理，这是从肯定方面来说的。苏轼的"不识庐山真面目，只缘身在此山中"是从否定方面阐述需跳出事物本身才能认识事物的本相。两首诗一脉相承而又充满理趣美。

女巫的面包

欧·亨利　　黄源深　译

欧·亨利（1862—1910），20世纪初美国著名短篇小说家，美国现代短篇小说创始人。

玛莎·米查姆小姐在街角上开了一家面包店（就是往上走三个台阶才到，一开门铃就响的那种店）。

玛莎小姐40岁，银行存折上显示有两千元存款。她有两颗假牙和一颗富有同情的心。很多机遇不如她的人都结婚了。

有一个顾客，一周要来两三次，玛莎小姐开始对他产生了兴趣。他是个戴眼镜的中年人，蓄着精心修剪过的褐色胡子。

他说的英语，德国口音很重。他的衣服很旧，上面不是打了补丁，就是皱巴巴、松垮垮的，但显得很整洁，人也很有风度。

他总是买两筒不新鲜的面包。新鲜面包五分钱一筒，不新鲜的面包五分钱两筒。他到店什么也不买，只买不新鲜面包。

有一次，玛莎小姐看到他手指上有一个红褐色的污渍，于是便肯定这人是个艺术家，而且很穷。毫无疑问，住在阁楼上，在那里作画，一面吃着不新鲜的面包，一面垂涎玛莎小姐面包房里的好东西。每当玛莎小姐坐下来，吃着排骨、松软的面包卷、果酱，喝着茶的时候，她总会叹息，并希望这位文质彬彬的艺术家能分享她可口的饭菜，而不必在漏风的阁楼里啃面包屑。正如我们所言，玛莎小姐很富有同情心。

一天，为了测试一下对这人的职业的推测，她从房间里搬来了一幅画，是大减价时买来的。她把画靠在面包柜台后面的货架上。

这是一幅威尼斯风景画。一个金碧辉煌的大理石宫殿（画上是这么说的）耸立在前景——或者不如说靠前的水中。其余便是几艘平底船（一位女士的手伸进了水里）、云彩、天空，以及多处用明暗对照技法画的东西。一个艺术家不会不注意到这幅画。

两天后，这位顾客来了。

"请拿两筒陈面包。"

"你这幅画真漂亮,夫人。"她把面包包起来的时候,他说。

"真的?"玛莎小姐说,对自己耍的小滑头很得意,"我确实崇拜艺术(不,说'艺术家'为时过早)和绘画,"她用"艺术"代替了"艺术家","你认为这幅画画得很好吗?"

"那个宫殿,"顾客说,"画得不好。透视效果不真实。再见,夫人。"

他拿了面包,欠了欠身子,匆匆走了。

不错,他肯定是个艺术家。玛莎小姐把这幅画搬回自己的房间。

他眼镜后面的那双眸子多温存,多慈爱!他的眉毛多宽!一眼就能看出透视的问题——却靠陈面包为生!可是天才在得到承认之前总是要苦苦挣扎的。

要是天才有两千存款、一家面包店和一颗富有同情的心来支撑,这对艺术和透视该多好呀?但是,这不过是白日梦,玛莎。

现在他上店里来,常常会隔着橱柜聊一会儿,似乎渴望玛莎愉快的谈话。

他一直买陈面包。从来不买蛋糕,不买馅饼,不买可口的莎莉伦饼。

她觉得他开始显得更消瘦、更灰心了。她很想在他购买的寒酸物品中,加点什么好东西,但没有勇气这样做。她不敢冒犯他。艺术家的自尊心,她是明白的。

站柜台时,玛莎小姐开始穿蓝点丝绸背心;在后房时,她用榅桲①籽和月石熬制成神秘的合剂,很多人都是用这来改善皮肤的。

一天,这位顾客照例进了店,把硬币放在橱柜上,要买陈面包。玛莎小姐去拿面包的时候,喇叭声和铃声大作,一辆救火车隆隆驶过。

那顾客急忙跑到门边去看个究竟,谁都会这样做。玛莎小姐灵机一动,抓住了机会。

柜台后面的货架底层,有一磅新鲜黄油,十分钟之前乳品店的人刚送到。玛莎小姐用面包刀在每筒面包上深深划了一刀,嵌进大量黄油,再把面包压紧。

---

① 榅桲(wēn·po):落叶小乔木,果实有香味,可入药。

那位顾客返回时,她正用纸把面包包好。

她跟那人小聊了一会,异乎寻常地愉快。他走后,玛莎小姐顾自笑了起来,但心里不无慌乱。

她是不是太放肆了些?他会生气吗?但当然不会。食品不会说话。黄油并不表明她直率得有失女人体统。

那天,这件事久久徘徊在她脑际。她想象着他发现了这小手腕后的情景。

他会放下画笔和调色板。那里竖着他的画架,画架上是他正在作的画,画的透视无可指责。

他会准备中饭,干面包和水。他会切开面包——啊!

玛莎小姐涨红了脸。他吃面包的时候,会不会想到那只放了黄油的手呢?他会——

前门的门铃恶狠狠地响了起来。有人进来了,声音很响。

玛莎小姐匆匆赶到前门。那儿有两个人,一个很年轻,吸着烟斗——这人她从来没见过。另一位是她的艺术家。

他满脸通红,帽子推到了后脑勺,头发狂乱。他捏紧双拳,对着玛莎小姐,气势汹汹地挥舞着。竟对着玛莎小姐!

"笨蛋!"他拔直喉咙叫道,随后用德语喊了声"见鬼"或者类似这样的话。

那年轻人竭力要把他拉开。

"我不走,"他愤怒地说,"我要同她说个明白。"

他像敲大鼓似的敲着玛莎小姐的柜台。

"你害了我,"他大声叫道,眼镜后面的蓝色眸子直冒火星,"告诉你吧,你是只多管闲事的老猫。"

玛莎小姐无力地靠在货架上,一只手搭着蓝点丝绸背心。年轻人抓住了另外一个人的衣领。

"走吧,"他说,"该说的话你也都说了。"他把那个发怒的人拉到门外人行道上,然后又返回来。

"我想还是得告诉你,夫人,"他说,"究竟为什么吵闹。他叫布卢姆伯格,建筑绘图员。我同他在同一个事务所工作。

"他辛辛苦苦干了三个月,为新市政厅绘制平面图,参加有奖竞赛。

昨天，那张图刚上了墨。你知道，绘图员总是先用铅笔打草稿，完成后，再用几把陈面包屑把铅笔线擦掉。面包屑比印度橡皮效果好。

"布卢姆伯格一直是在这儿买的面包。可是，今天——啊呀，你知道，夫人，那黄油——是呀，布卢姆伯格画的平面图，除了打碎做铁路上的夹层板，已经毫无用处了。"

玛莎小姐走进后房，脱去蓝点丝绸背心，换上过去常穿的那件旧棕色哔叽。然后把榅桲籽和月石汁合剂扔进了窗外的垃圾桶。

（选自《最后一片叶子——欧·亨利短篇小说选》，上海译文出版社，2011年版）

【交流之窗】

玛莎小姐的好心让布卢姆伯格辛辛苦苦花了三个月心血的作品毁于一旦。人们常说："人同此心，心同此理。"真的如此吗？我们要认识并了解一个人是轻而易举的事吗？

小说设计了一个出人意料而又在情理之中的结局。即人们常说的"欧·亨利式"的结尾。这种构思耐人寻味，其实这种结局已在前文中有多处伏笔，你能从中找出来吗？另外，小说为什么用"女巫的面包"为题，你能说出其中的妙处吗？

● 理性之光

论帽子哲学

加德纳　黄雨石　译

加德纳,英国当代著名的新闻记者、散文家。

前几天,我上一家帽店去烫烫帽子。由于久经风霜,这帽子已是又软又皱,而我正有点事情希望能把它尽可能弄得跟新的一样光彩夺目才好。当我等在店里,看着帽店老板给我收拾帽子的时候,他却跟我谈起了那个他真正感兴趣的问题——帽子和头的问题。

"是的,"他听完我讲的几句什么话之后回答说,"脑瓜子的模样儿和个头儿人跟人可不一样啦!您就说您这脑瓜子,只能算是俺们常说的不起眼儿的一路。俺是说,"他无疑因看到一丝失望的神色在我的不起眼儿的脸上掠过,赶忙补充说,"俺是说,这不能算是俺们常说的那种不寻常的头路货。可也有些脑瓜子——喏,你瞧瞧那边的那个。戴这帽子的那位先生长着个脑瓜子可真是滑稽得要命,又窄又长,到处是大鼓包——他那个脑瓜子就不寻常。要论个儿,一个跟一个差别可大啦。俺常年要做不少律师的买卖,他们的那些大脑瓜儿真叫惊人。真能把您给吓一大跟头。俺猜想这是他们要想的事情太多,慢慢把脑瓜子给撑大了。喏,那边的那顶帽子是——先生(他说了一位著名律师的名字)的,他那脑瓜子就大得惊人——七号半——那就是他的帽号儿,他们有好多人戴的帽子都超过了七号。"

"俺总觉得,"他又接着说,"一个人脑瓜子为什么有大有小离不开他是个干什么的。跟您说吧,俺从前在一个海港码头上混过,伺候过好些个船长。他们的脑瓜子也不寻常,俺想这是因为他们老想着海潮、风暴、冰山什么什么的操心操的……"

我举着我那颗不起眼儿的脑袋从店铺里走出来,想到那帽子店老板显然觉得自己貌不惊人,心里总老大不舒服。在他看来,我的帽号才只有

$6\frac{7}{8}$，因此也就只能是个无足轻重的人物。我真想对他去讲，并不是所有的大脑袋，里面都一定装着珍珠宝贝。当然，倒也不假，许多伟大人物都长着大脑袋。俾斯麦的帽号是$7\frac{1}{4}$，格拉德斯通的帽号和他一样，坎贝尔·班纳曼的也差不多。可是，另一方面，拜伦的脑袋就不大，而且脑髓也很小。但歌德不是说过，拜伦是自莎士比亚以来欧洲所曾产生的一位思想最精细的人物吗？在一般情况下，他这话我并不同意，不过我既然也长着一颗小不点儿的脑瓜子，在这个问题上，我准备完全同意歌德的这番议论。霍姆斯曾经指出，脑髓的大小并无关系，重要的是它的"脑回"（我想，这么说来，霍姆斯自己准也长着个小脑袋）。现在，我真愿意去告诉那位帽店老板，尽管我的头比较小，可我有充分的理由相信，我脑子的脑回还是顶呱呱的。

我当时没有那么办，我现在之所以会想起这件事，主要因为它让人感到，我们所有的人都是通过自己的特殊的锁孔观察人世。这里的这个人是通过每个人所戴帽子的大小来评判所有的人。他尊重琼斯，因为他戴$7\frac{1}{2}$号的帽子；他看不起史密斯，因为他的帽号才不过$6\frac{3}{4}$。我们在某种程度上全部抱有这种偏狭的职业观点。裁缝见人先打量你的衣服的剪裁技术和光鲜程度，并以此来对人进行评判。在他眼里你不过是个衣服架子，你的价值完全与你所穿衣服的价值成正比。鞋匠看看你的鞋，就可以通过鞋的质量和新旧程度来估量你的智力的高低，你的社会和经济地位如何。如果你的鞋破旧不堪，那不管你的帽子多么光洁，也不能改变他对你的看法。帽子根本无法进入他的视野。他的评论标准中无此一条。

牙医也完全是如此。他通过牙齿来评判所有的人。他只要朝你嘴里看上一眼，便对你的性格特征、生活习惯、健康状况、社会地位以及你的智力特点等都有了一套不可改移的看法。他碰一下你的牙神经，你哆嗦一下。"啊，"他于是在心中暗自琢磨，"这人酒喝得太多，而且还大量抽烟、喝茶、喝咖啡。"他看到你牙齿不齐。"可怜人，"他说，"这人小时候所受到的教养多么糟糕！"他注意到你对自己的牙齿毫不关心。"这家伙太吊儿郎当，"他说，"把钱全胡花了，我敢说他平时准连家都不顾。"等到他给你看完牙，他感到光凭他从你的牙齿收集到的资料就完全足够给你写出一本传记。而且我敢断言，那书写出来肯定和大多数人的传记都同样真实——当然也同样虚假。

同样的，生意买卖人则通过他的账房的锁孔来观察人世。整个世界对他来说不过是一个"大集市"，他全然凭你的橱窗玻璃的大小来评定你的身份。金融家也全是一样，罗斯柴尔德家族①的一个成员，听说他的一个朋友去世后就留下了一百万镑，止不住惊叹道："天哪，天哪！我原以为他很有钱哩。"因为他仅只积蓄下一百万镑以备不时之需，他的一生便完全是个失败。关于这一点萨克雷在《名利场》中讲得再透彻不过了：

　　"你瞧，"老奥斯本对乔治说，"品德、勤奋、明智的判断等能顶什么用。你瞧我和我的银行存款。再看看你那可怜的祖父塞德利和他的潦倒的一生。可是当年，在整整二十年前他可比我强多了——我得说比我要强两万镑。"

　　我感到我也有一套通过自己的职业观察人世的方法，我总喜欢，不是看别人干了些什么，而是看他运用文学的技巧如何来评定他的高低。我知道，一位画家来到我家的时候，他总通过墙上挂的字画来"评判我"，一如家具商总根据椅子的式样和地毯的质量来对我进行"评定"，美食家则从桌上的酒菜来对我进行判断一样。你要是请他喝香槟，他会对你百般尊敬；可如果你让他喝的只是普通白酒，那你在他眼里便只能是个平庸之辈。

　　总而言之，在生活中，我们各自都戴着由我们自己的爱好、自己的职业和自己的偏见组成的有色眼镜，全都使用我们自己的皮尺来丈量我们的邻人的高低，应用我们自己的独特算术来计算他们的身价。我们全都主观地看待一切，从不客观；我们只看见我们所能看见的东西，而明摆在眼前的东西并不一定都能看见。对于那个五光十色的玩意儿——真正的现实，我们的猜测竟会十九失误，这不是太奇怪了吗？

（选自《现代英国散文选》，重庆出版社，1986年版）

---

① 罗斯柴尔德家族：指德国犹太人M. A. 罗思柴尔德（1743—1812）的后代。他曾创办一连串国际银行，在19世纪后期完全控制了欧洲的金融。

【交流之窗】

  本文写得幽默风趣。帽子店老板以帽号大小来评判人。其他行业的人怎么样呢？鞋匠观鞋，牙医观牙，裁缝观衣，生意人看钱，画家看画，美食家察酒……这听起来有些荒唐，然而作者惊奇地发现"在生活中，我们各自都戴着由我们自己的爱好、自己的职业和自己的偏见组成的有色眼镜"来评价他人和自己。天啊，我们都成了生活之井的井底之蛙。是该跳出现实生活之井的时候了。亲爱的读者，你以为呢？

积雪

金子美铃　　吴　菲　译

金子美铃(1903—1930),日本童谣诗人,著有《金子美铃童谣全集》。

上层的雪
很冷吧。
冰冷的月亮照着它。

下层的雪
很重吧。
上百的人压着它。

中间的雪
很孤单吧。
看不见天也看不见地。

（选自《金子美铃物语》,新星出版社,2012年版）

【交流之窗】

　　积雪晶莹剔透,给人爱意。下层的雪要让成百上千的人走过,自己被压得很重很重,却毫无怨言。这种成就别人的美德,难道不是一种人生的象征吗?细心的诗人发现了它,扩展了我们的认知范围。聪明的你,上层和中间的雪能触发你怎样的联想呢?

从孩子得到的启示（节选）

丰子恺

晚上喝了三杯老酒，不想看书，也不想睡觉，捉一个四岁的孩子华瞻来骑在膝上，同他寻开心，我随口问：

"你最喜欢什么事？"

他仰起头一想，率然地回答：

"逃难。"

我倒有点奇怪："逃难"两字的意义，在他不会懂得，为什么偏偏选择它？倘然懂得，更不应该喜欢了。我就设法探问他：

"你晓得逃难就是什么？"

"就是爸爸、妈妈、宝姐姐、软软……娘姨，大家坐汽车，去看大轮船。"

啊！原来他的"逃难"的观念是这样的！他所见的"逃难"，是"逃难"的这一面！这真是最可喜欢的事！

一个月以前，上海还属孙传芳的时代，国民革命军将到上海的消息日紧一日，素不看报的我，这时候也定一份《时事新报》，每天早晨看一遍。有一天，我正在看昨天的旧报，等候今天的新报的时候，忽然上海方面枪炮声响了，大家惊惶失色，立刻约了邻人，扶老携幼地逃到附近的妇孺救济会里去躲避。其实倘然此地果真进了战线，或到了败兵，妇孺救济会也是不能救济的。不过当时张皇失措，有人提议这办法，大家就假定它为安全地带，逃了进去。那里面地方很大，有花园、假山、小川、亭台、曲栏、长廊、花树、白鸽，孩子们一进去，登临盘桓，快乐得如入新天地了。忽然兵车在墙外轰过，上海方面的机关枪声、炮声，愈响愈近，又愈密了。大家坐定之后，听听，想想，方才觉到这里也不是安全地带，当初不过是自骗罢了，有决断的人先出来雇汽车逃往租界。每走出一批人，留在里面的人增一次恐慌。我们结合邻人来商议，也决定出来雇汽车，逃到杨树浦的沪江大学。于是立刻把小孩子们从假山中、栏杆内捉出来，装进汽车里，飞奔杨树浦了。

所以决定逃到沪江大学者,因为一则有邻人与该校熟识,二则该校是外国人办的学校,较为安全可靠。枪炮声渐远渐弱,到听不见了的时候,我们的汽车已到沪江大学。他们安排一个房间给我们住,又为我们代办膳食。傍晚,我坐在校旁的黄浦江边的青草堤上,怅望云水遥忆故居的时候,许多小孩子采花、卧草,争看无数的帆船、轮船的驶行,又是快乐得如入新天地了。

次日,我同一邻人步行到故居来探听情形的时候,青天白日的旗子已经招展在晨风中,人人面有喜色,似乎从此可庆承平了。我们就雇汽车去迎回避难的眷属,重开我们的窗户,恢复我们的生活,从此"逃难"两字就变成家人的谈话的资料。

这是"逃难"。这是多么惊慌、紧张而忧患的一种经历!然而人物一无损丧,只是一次虚惊:过后回想,这回好似全家的人突发地出门游览两天。我想假如我是预言者,晓得这是虚惊,我在逃难的时候将何等有趣!素来难得全家出游的机会,素来少有坐汽车、游览、参观的机会。那一天不论时,不论钱,浪漫地、豪爽地、痛快地举行这游历,实在是人生难得的快事!只有小孩子果真感得这快味!他们逃难回来以后,常常拿香烟篓子来叠作栏杆、小桥、汽车、轮船、帆船;常常问我关于轮船、帆船的事;墙壁上及门上又常常有有色粉笔画的轮船、帆船、亭子、石桥的壁画出现。可见这"逃难",在他们脑中有难忘的欢乐的印象。所以今晚我无端地问华瞻最欢喜什么事,他立刻选定这"逃难"。原来他所见的,是"逃难"的这一面。

不止这一端:我们所打算、计较、争夺的洋钱,在他们看来个个是白银的浮雕的胸章;仆仆奔走的行人,血汗涔涔的劳动者,在他们看来个个是无目的地在游戏,在演剧;一切建设,一切现象,在他们看来都是大自然的点缀,装饰。

唉!我今晚受了这孩子的启示了:他能撤去世间事物的因果关系的网,看见事物的本身的真相。他是创造者,能赋给生命于一切的事物。他们是"艺术"的国土的主人。唉,我要从他学习!

(选自《丰子恺自叙》,团结出版社,1996年版)

【交流之窗】

　　孩子能把在成年人看来十分恐惧而忧伤的逃难看成是快乐无比的旅游，因为那样有着无比鲜活而又充满新奇的体验：坐汽车，看大轮船，爬假山，观白鸽……孩子的内心世界是多么单纯而丰富啊！这让我们想起了鲁迅笔下的少年闰土的形象。学者兼诗人的林庚说，诗人是用婴儿般的眼睛看待这世界的。脱去功利和世俗的网能见事物本身的真相。愿聪明的你始终拥有一双婴儿般的眼睛。

我知道什么呢

蒙 田　潘丽珍 译

《圣经》上说："我要灭绝智慧人的智慧，废弃聪明人的聪明，智慧人在哪里？文士在哪里？这世上的辩士在哪里？神岂不是叫这世上的智慧变成愚拙了吗？世人凭自己的智慧既不认识神，神就乐意用人所当作愚拙的道理，拯救那些信的人。"

可是，我还是应该看一看，人是不是有能力发现他寻找的东西，人那么多世纪以来寻找真理，是不是使自己获得了一些新的力量和坚实的真理。

我相信，他若说心里话，就会向我承认，他多年来追求所得到的，只是他懂得了认识自己的弱点。我们与生俱来的无知，经过我们长期的探索，得到了肯定和证明。真正有知识的人的成长过程，就像麦穗的成长过程：麦穗空的时候，麦子长得很快，麦穗骄傲地高高昂起；但是，当麦穗成熟饱满时，它们开始谦虚，垂下麦芒。同样的，人经过一切尝试和探索后，在一大堆洋洋洒洒的学问知识中，找不到一点扎实有分量的东西，发现的只是过眼烟云，也就不再自高自大，老老实实承认人的本来地位。

这也是维莱乌斯对科达和西塞罗的责备：他们从法伊洛那里学到的是什么也没学到。

希腊七贤之一佩雷西德斯临死前写信给泰利斯："我嘱咐家里人在把我埋葬以后，把我的著作带给你；如果你和其他贤人读了高兴，就把它们出版，否则就销毁它们；里面没有一条信念是我自己感到满意的。所以我不能宣称我懂得真理和达到真理。我只是提到这些问题，不是发现这些问题。"

从前那位最智慧的人，当有人问他知道什么，他回答说他知道的只有这件事，就是他什么都不知道。他还证实有人说的这句话是对的：我们知道的东西再多，也是我们不知道的东西中极小的一部分；这就是说，我们以为有的知识，跟我们的无知相比，仅是沧海一粟。

柏拉图说，我们知道的东西是虚的，我们不知道的东西是实的。

几乎所有的古人都说，我们不可能认识什么、理解什么、知道什么；我们的感觉是有限的，我们的智力是弱的，我们的人生又太短了。

——西塞罗

即使西塞罗，他的一切价值在于他学识渊博，弗利里厄斯说他在晚年时也开始贬低学问。当西塞罗做学问时，他也不受任何一方的约束，他觉得哪个学说实在，就一会儿追随这个学派，一会儿追随另一个学派，但是始终受学院派宣扬的怀疑论的影响。

"我应该说话，但不表示任何肯定；我始终在寻找，时常在怀疑，不相信自己。"

寻找东西的人，都会遇到这么一个阶段：或者他说找到了东西，或者他说没有找到东西，或者他说还在找东西。所有的哲学无不属于这三类中的一类。哲学的目的是寻找真理、学问和信念。逍遥派、伊壁鸠鲁派、斯多葛派和其他人相信他们已经找到了。这些人承认我们现有的学问，并把它们当作肯定无疑的。克利多马修斯、卜涅阿德斯和学院派寻找得灰心绝望，认为我们没有能力去认识真理。他们的结论是人就是软弱和无知，这个学派的信徒最多，人物也最杰出。

皮浪和其他怀疑论者或未定论者（他们的学说，都是古人从荷马、七贤人、阿尔基勒克斯、欧里庇得斯，还有芝诺、德谟克利特、色诺芬尼那里摘录的），他们说他们还在寻找真理。

这些人认为自以为已经找到真理的人真是大错特错了；至于第二类人肯定人的力量无法达到真理，他们也认为这个结论下得过于仓促和虚妄。因为，测定人的能力范围，认识和判断这些事的困难性，是一项巨大和最艰难的学问；他们怀疑人是不是能够解决这个问题。

既然说什么都不可能认识，那么谁又能说人是不可能认识什么的，其实他自己也不见得知道是不是可能。

——卢克莱修

知道自己无知，判断自己无知，谴责自己无知，这不是完全的无知；完全的无知，是不知道自己无知的无知。因而皮浪派宣扬的是犹豫、怀疑和探询，什么都不肯定，什么都不保证。

心灵的三个功能：想象、欲望和同意。他们接受前两种功能；最后一种功能，他们让它处于模棱两可的状态，不对任何一边表示哪怕是一点点的偏向和倾斜。

有的人由于他们国家的习俗，或者父母的教育，或者经常在懂事以前没有判断和选择能力，像遇到一场风暴似的非常偶然，选择了这个或那个看法，斯多葛的或伊壁鸠鲁的学派，此后永远附在上面再也不能脱身，仿佛吞进了鱼钩不能摆脱："他们依附任何哪个学派，犹如风浪把他们抛上一块礁石，紧紧抱住不放。"但是那些人为什么不能同样维护自己的自由，不在约束和奴役下去考虑事物呢？"他们的判断力愈是不受影响，他们愈是自由和独立。"自己可以摆脱其他人所受的必要束缚，不是一种优势吗？凡事疑而不决，不是胜过陷入幻想所产生的种种谬误吗？暂且不作决断，不是强于参加乱哄哄的纷争吗？

至于皮浪主义者的生活行为，还是跟平民百姓没有两样。他们要服从自然要求，满足情欲冲动，遵守风俗习惯，尊重文艺传统。"因为上帝要我们使用事物，不要我们认识事物。"他们在日常行动中任凭这些原则的指引，不表示意见与评论。这使我没法把有人对皮浪的看法跟这条道理凑合起来。他们说他愚蠢、麻木，过着逃避人世的遁迹生活，不会躲开小车的冲撞，伫立于悬崖前，不愿服从生活规律。这超过了他的学说。他不愿意变成石块或木头；他要做一个有生命的人，演说，推理，享受生活中的一切乐事，正当健康地利用和发挥肉体和精神上的一切潜力。有人僭用想入非非、虚无缥缈的特权，去任意支配真理、安排真理和创立真理，皮浪开诚布公，对这些特权敬谢不敏。

（选自《随笔集》，陕西师范大学出版社，2009年版）

【交流之窗】

古往今来，中西方的哲人们都尽其一生以探求真理。然而他们到头来却在真理的海洋面前承认自己什么也不知道。这是何等的痛彻心扉。我们应该承认自己无知，判断自己无知，谴责自己无知。这样我们就不是完全的无知。因为"我们以为有的知识，跟我们的无知相比，仅是沧海一粟"！

然而，这并不是说我们应该停止追求探索真理的脚步，恰恰相反，我们应阔步向前。尽管我们可能穷其一生却一无所知,但踽踽独行的人生路上未必无惊艳之景。此时,慢慢走,欣赏啊!

读完此文,你愿意承认自己的无知吗?

第三编
此山中——人类的认知局限

第四编
这一生——人这辈子的经历与遭遇

⊙ 邢永峰绘

本编讲述人如何面对自己的经历和遭遇，探究人如何认识自己，如何接纳自己，如何面对困难，如何有一个阳光、自信的心态。这些都是时下青少年比较关注或者需要解决的一些问题。

人这一辈子，遇到很多的人，遇到很多的事，有许多的困惑，认识了一些人生道理，而最难是认识自己。认识自己的过程中最难的是如何面对自己的缺点。在成长中，也许你会认为别人的生活是幸福的，自己的生活是乱成一团的；认为自己青春年少，就遇到了许多让人非常沮丧、非常不可理解的问题，觉得自己是很不幸的。如何理解自己？如何接纳自己？如何以良好的心态面对明天的专业选择、工作选择、伴侣选择？如何让自己幸福？读过此编也许你会心平气和，有所收获。

这些经典的文章告诉读者：在成长的过程中不要揠苗助长，"心勿忘，勿助长"（《孟子》）为最佳。每个人的成长都有伤痛或者缺憾，要珍惜自己眼前的幸福，而不要雾里看花，总觉得别人是很美满的，自己是最不幸的。要接受一个完整的自己，认识到每一个人都是被咬过一口的苹果，世界上不存在完美无缺的人。冰心老人的几首小诗很有哲理，年轻人不必自轻自贱，也不必狂妄自大，不孤芳自赏，也不束手束脚，自信生活，自由呼吸最好。

在"理性之光"部分深入讨论了人的各个阶段，如何面对生命的衰亡，如何面对容颜的憔悴，如何让自己在两鬓如霜时依然壮心不已，如何理性看待人生各个阶段。如何在参透了人生虚无之后，创造人生价值，让它不再虚无。相信，读过此编，会有一个自信满满、充满正能量的你，会有一个沐浴阳光、心态灿烂的你。在这些文章中汲取精神养料吧，前方的路程一片光明。

● 文学之花

寓言两则

揠苗助长

孟 子

宋人有闵其苗之不长而揠之者,芒芒然归,谓其人曰:"今日病矣!予助苗长矣!"其子趋而往视之,苗则槁矣。天下之不助苗长者寡矣。以为无益而舍之者,不耘苗者也;助之长者,揠苗者也,非徒无益,而又害之。

(选自《孟子》,岳麓书社,2000年版)

【交流之窗】

孟子言:"心勿忘,勿助长。"说的就是不要揠苗助长的意思,凡事顺其自然,顺应规律。揠苗助长,借助"苗"的生长,来寄托作者的想法,此中有真意!现实中很多做法走得太远了一些,尤其是在一个人的成长过程中,各种速成班、不要输在起跑线上的理论,都是暗示家长要提前超速发展,但是应该在哪些方面不要输在起跑线上呢?是给孩子充分的关爱和呵护,为孩子天生的创造力保驾护航还是揠苗助长,让他对学习、对生活、对生命的体验都失去兴趣,然后让"苗"槁矣呢?一个人的成长如此,社会的成长亦是如此——顺其自然,顺应本性,如《种树郭橐驼传》中郭橐驼种树的道理,"能顺木之天以致其性焉尔"。成长的过程,就是静静地等待花开的声音。

蜀之鄙有二僧（节选）

彭端淑

彭端淑（约1699—约1779），眉州丹棱（今四川丹棱县）人，清朝文学家。

蜀之鄙有二僧，其一贫，其一富。贫者语于富者曰："吾欲之南海，何如？"富者曰："子何恃而往？"曰："吾一瓶一钵足矣。"富者曰："吾数年来欲买舟而下，犹未能也。子何恃而往？"越明年，贫者自南海还，以告富者。富者有惭色。

西蜀之去南海，不知几千里也，僧富者不能至，而贫者至焉。人之立志，顾不如蜀鄙之僧哉？是故聪与敏，可恃而不可恃也；自恃其聪与敏而不学者，自败者也。昏与庸，可限而不可限也；不自限其昏与庸而力学不倦者，自力者也。

（原名《为学一首示子侄》，收录于《白鹤堂文集》，选自《人教版语文A版第一册》）

【交流之窗】

何为贫，何为富？力学不倦者为富，自恃不学者为贫！贫富的标准不是先天条件的优劣，而是后天的毅力和坚持。有一句话是：世界上哪里有什么输赢，就是看谁比谁更能够坚持！用在这里，就是比一比谁更能够"自力"，能够不囿于外部条件，义无反顾地努力，达到自己的大目标小目标的人，就是"富者"。这里的贫僧实富，富僧实贫，大家比的是毅力和坚持，比的是自己的不懈努力。

临江仙·夜登小阁忆洛中旧游

陈与义

陈与义（1090—1139），南宋诗人。

忆昔午桥桥上饮，坐中多是豪英。
长沟流月去无声。
杏花疏影里，吹笛到天明。

二十余年如一梦，此身虽在堪惊。
闲登小阁看新晴。
古今多少事，渔唱起三更。

（选自《唐宋词鉴赏辞典》，上海辞书出版社，2010年版）

【交流之窗】
　　天下太平时，有游赏之乐，金兵南侵后，渔唱起三更。个中凄凉自不待言，况且当初"坐中多是豪英"，且"杏花疏影里，吹笛到天明"。时光飞逝，二十多年如一场梦，空空如也，辗转难眠，三更起身在渔唱中。胜地不常，盛筵难再，多少豪杰，雨打风吹去。古今对比，千古一叹，今人应以此为戒，珍惜美好生活。

中吕·山坡羊

陈 英

陈英(1245—约1330),字彦卿,号草庵,大都(今北京市)人,元代散曲作家。

晨鸡初叫,昏鸦争噪,那个不去红尘闹?
路遥遥,水迢迢,功名尽在长安道。
今日少年明日老。
山,依旧好;人,憔悴了。

(选自《元曲三百首》,崇文书局,2012年版)

【交流之窗】

  江山依旧好,人已憔悴了。在认识自己的过程中,人应该参透这样的失落,进一步认识人本身。年轻的时候,努力争取,积极探索,但是回首过往,你会发现自己似乎一无所有。红尘滚滚,功名尽在长安道,山迢水长,忍看红尘人已老!也许在某个时刻,你会感到人生虚无,茫然不知所措。读这首曲,你是否在古人的诗句中感受到物是人非乃人生常有?不如坦然接受。

临江仙·滚滚长江东逝水

杨 慎

杨慎(1488—1559),明代著名文学家。

滚滚长江东逝水,浪花淘尽英雄。是非成败转头空。青山依旧在,几度夕阳红。

白发渔樵江渚上,惯看秋月春风。一壶浊酒喜相逢。古今多少事,都付笑谈中。

(选自《元明清词鉴赏辞典》,上海辞书出版社,2002年版)

【交流之窗】

这首词为《三国演义》开篇第一首词。借叙述历史兴亡抒发人生感慨。是非成败转头空,古今多少事,都付笑谈中,可谓"千古江山,英雄无觅孙仲谋处,舞榭歌台,风流总被雨打风吹去"。不如一壶浊酒喜相逢,惯看秋月春风!自古英雄皆寂寞,唯有饮者留其名!这种英雄的感慨何尝不是平凡人的感慨呢?在认识自己、认识人生的时候,更应该认识到"是非成败转头空"的真谛!英雄也好,凡人也罢,活出自己的价值,做好自己的本分,莫为蝇头小利愁眉不展,莫为蜗角虚名空付了岁月。

春水(节选)

冰 心

⊙ 冰心　武更年绘

冰心(1900—1999),中国现代著名作家。

三三

墙角的花!
你孤芳自赏时,
天地便小了。

七三

我的朋友!
倘若春花自由地开放时,
无意中愁苦了你,
你当原谅它是受自然的指挥的。

九〇

聪明人!
在这漠漠的世界上,
只能提着"自信"的灯儿
进行在黑暗里。

一四六

经验的花
结了智慧的果,
智慧的果,
却包着烦恼的核!

一七四

青年人,
珍重地描写罢,
时间正翻着书页,
请你着笔!

(选自《繁星·春水》,春风文艺出版社,2013年版)

【交流之窗】

  自由、智慧、自信、不自大!冰心老人是我们青年人的知心人,知道在每一个年轻的生命中都很容易有一个自卑的魔鬼,或者一个自大的幽灵。所以,以一朵小花作比喻,让年轻人认识到自己,不卑不亢,阳光自然地生活。一个人在青春的时候就找到自己,喜欢自己,认识自己是多么的幸福啊!像冰心老人说的那样:自信,阳光!

孤独之旅

曹文轩

⊙曹文轩　武更年绘

曹文轩，生于1954年，北京大学教授，儿童文学作家，2016年获"国际安徒生奖"。

　　油麻地家底最厚实的一户人家，就是杜小康家，但它竟在一天早上，忽然一落千丈，跌落到了另一番境地里，杜家的独生子杜小康失学了，只好跟着父亲去放鸭。

　　小木船赶着鸭子，不知行驶了多久，当杜小康回头一看，已经不见油麻地时，他居然对父亲说："我不去放鸭了，我要上岸回家……"他站在船上，向后眺望，除了朦朦胧胧的树烟，就什么也没有了。

　　杜雍和沉着脸，绝不回头去看一眼。他对杜小康带着哭腔的请求置之不理，只是不停地撑着船，将鸭子一个劲儿赶向前方。

　　鸭群在船前形成一个倒置的扇面形，奋力向前推进，同时，造成了一个扇面形水流。每只鸭子本身，又有着自己用身体分开的小扇面形水流。它们在大扇面形水流之中，织成了似乎很有规律性的花纹。无论是小扇面形水流，还是大扇面形水流，都很急促有力。船首是一片均匀的、永恒的水声。

　　杜雍和现在只是要求它们向前游去，不停顿地游去，不肯给它们一点觅食或嬉闹的机会。仿佛只要稍微慢下一点来，他也会像他的儿子一样突然地对前方感到茫然和恐惧，从而也会打消离开油麻地的主意。

　　前行是纯粹的。

　　熟悉的树木、村庄、桥梁……都在不停地后退，成为杜小康眼中的遥远之物。

　　终于已经不可能再有回头的念头了。杜雍和这才将船慢慢停下。

　　已经是陌生的天空和陌生的水面。偶然行过去一只船，那船上的人已是杜雍和杜小康从未见过的面孔了。

　　鸭们不管，它们只要有水就行，水就是它们永远的故乡。它们开始觅食。觅食之后，忽然有了兴致，就朝着这片天空叫上几声。没有其他声音，天地又如此空旷，因此，这叫声既显得寂寞，又使人感到振奋。

杜小康已不可能再去想他的油麻地。现在，占据他心灵的全部是前方：还要走多远？前方是什么样子？前方是未知的。未知的东西，似乎更能撩逗一个少年的心思。他盘腿坐在船头上，望着一片茫茫的水。

四周只是草滩或凹地，已无一户人家。

黄昏，船舱里的小泥炉，飘起第一缕炊烟，它是这里的唯一的炊烟。它在晚风中向水面飘去，然后又贴着水面，慢慢飘去。当锅中的饭已经煮熟时，河水因晒了一天太阳而开始飘起炊烟一样的热气。此时，热气与炊烟，就再也无法分得清楚了。

月亮从河的东头升上空中时，杜雍和父子俩已经开始吃饭。

鸭们十分乖巧。也正是在夜幕下的大水上，它们才忽然觉得自己已成了无家的漂游者了。它们将主人的船团团围住，唯恐自己与这只唯一的使它们感到还有依托的小船分开。它们把嘴插在翅膀里，一副睡觉绝不让主人操心的样子。有时，它们会将头从翅膀里拔出，看一眼船上的主人。知道一老一小，都还在船上，才又将头重新放回翅膀里。

父子俩都不想很快地去睡觉。

杜小康想听到声音，牛叫或者狗吠。然而，这不可能。

杜小康终于有了倦意，躺到船舱里的席子上。

以后的几天，都是这一天的重复。

这一天，他们终于到达了目的地。

这才是真正的芦荡，是杜小康从未见过的芦荡。到达这里时，已是傍晚。当杜小康一眼望去，看到芦苇如绿色的浪潮直涌到天边时，他害怕了——这是他出门以来第一回真正感到害怕。芦荡如万重大山围住了小船。杜小康有一种永远逃不走的感觉。他望着父亲，眼中露出了一个孩子的胆怯。

父亲显然也是有所慌张的。但他在儿子面前，必须显得镇静。他告诉杜小康，芦苇丛里有芦雁的窝，明天，他可以去捡芦雁的蛋；有兔子，这里的兔子，毛色与芦苇相似，即使它就在你眼前蹲着，你也未必能一眼发现它……

吃完饭，杜小康才稍稍从恐慌中安静下来。

这里的气味，倒是很好闻的。万顷芦苇，且又是在夏季青森森一片时，空气里满是清香。芦苇丛中还有一种不知名的香草，一缕一缕地掺杂在芦叶的清香里，使杜小康不时地去用劲嗅着。

水边的芦叶里，飞着无数萤火虫。有时，它们几十只几百只地聚集在一起，居然能把水面照亮，使杜小康能看见一只水鸟正浮在水面上。

但，这一切无论如何也不能完全驱除杜小康的恐慌。夜里睡觉时，他紧紧地挨着父亲，并且迟迟不能入睡。

第二天，父子俩登上芦苇滩，找了一个合适的地方，用镰刀割倒一大片芦苇，然后将它们扎成把。忙了整整一天，给鸭们围了一个鸭栏，也为他们自己搭了一个小窝棚。从此，他们将以这里为家，在这一带芦荡放鸭，直到明年春天。

日子一天一天地过去了，父子俩也一天一天地感觉到，他们最大的敌人，也正在一步一步地向他们逼近：它就是孤独。

与这种孤独相比，杜小康退学后将自己关在红门里面产生的那点孤独，简直就算不得是孤独了。他们能一连十多天遇不到一个人。杜小康只能与父亲说说话。奇怪的是，他和父亲之间的对话，变得越来越单调，越来越干巴巴的了。除了必要的对话，他们几乎不知道再说些其他什么话，而且，原先看来是必要的对话，现在也可以通过眼神或者干脆连眼神都不必给予，双方就能明白一切。言语被大量地省略了。这种省略，只能进一步强化似乎满世界都注满了的孤独。

杜小康开始想家，并且日甚一日地变得迫切，直至夜里做梦看到母亲，哇哇大哭起来，将父亲惊醒。

"我要回家……"

杜雍和不再乱发脾气。他觉得自己将这么小小年纪的一个孩子，拉进他这样一个计划里，未免有点残酷了。他觉得对不住儿子。但他现在除了用大手去安抚儿子的头，也别无他法。他对杜小康说："明年春天之前就回家，柳树还没有发芽时就回家……"他甚至向儿子保证："我要让你读书，无忧无虑地读书……"

后来，父子俩都在心里清楚了这一点：他们已根本不可能回避孤独了。这样反而好了。时间一久，再面对天空的一片浮云，再面对这浩浩荡荡的芦苇，再面对这一缕炊烟，就不再忽然地恐慌起来。

鸭子在这里长得飞快，很快就有了成年鸭子的样子。当它们全部浮在水面上时，居然已经是一大片了。

杜小康注定了要在这里接受磨难。而磨难他的，正是这些由他和父亲精心照料而长得如此肥硕的鸭子。

那天，是他们离家以来所遇到的一个最恶劣的天气。一早上，天就阴沉下来。天黑，河水也黑，芦苇成了一片黑海。杜小康甚至觉得风也是黑的。临近中午时，雷声已如万辆战车从天边滚动过来。过不一会儿，暴风雨就歇斯底里地开始了。顿时，天昏地暗，仿佛世界已到了末日。四下里，一片呼呼的风声和千万支芦苇被风撅断的咔嚓声。

鸭栏忽然被风吹开了，等父子俩一起扑上去，企图修复它时，一阵旋风，几乎将鸭栏卷到了天上。杜雍和大叫了一声"我的鸭子"，几乎晕倒在地上。因为，他看到，鸭群被分成了无数股，一下子就在他眼前消失了。

杜小康忘记了父亲，朝一股鸭子追去。这股鸭子大概有六七十只。它们在轰隆隆的雷声中，仓皇逃窜着。他紧紧地跟随着它们。他不停地用手拨着眼前的芦苇。即使这样，脸还是一次又一次地被芦苇叶割破了。他感到脚钻心地疼痛。他顾不得去察看一下。他知道，这是头年的芦苇旧茬儿戳破了他的脚。他一边追，一边呼唤着他的鸭子。然而这群平时很温顺的小东西，今天却都疯了一样，只顾没头没脑地乱窜。

到暴风雨将歇时，依然还有十几只鸭没被找回来。

杜雍和望着儿子一脸的伤痕和乌得发紫的双唇，说："你进窝棚里歇一会儿，我去找。"

杜小康摇摇头："还是分头去找吧。"说完，就又走了。

天黑了。空手回到窝棚的杜雍和没有见到杜小康，他就大声叫起来。但除了雨后的寂静之外，没有任何回应。他就朝杜小康走去的方向，寻找过去。

杜小康找到了那十几只鸭，但在芦荡里迷路了。一样的芦苇，一样重重叠叠无边无际。鸭们东钻西钻，不一会儿工夫就使他失去了方向。眼见着天黑了。他停住了，大声地呼喊着父亲。就像父亲听不到他的回应一样，他也不能听到父亲的回应。

杜小康突然感觉到累极了,他将一些芦苇踩倒,躺了下来。

那十几只受了惊的鸭,居然一步不离地挨着主人蹲了下来。

杜小康闻到了一股鸭身上的羽绒气味。他把头歪过去,几乎把脸埋进了一只鸭的蓬松的羽毛里。他哭了起来,但并不是悲哀。他说不明白自己为什么想哭。

雨后天晴,天空比任何一个夜晚都要明亮。杜小康长这么大,还从未见过蓝成这样的天空,而月亮又是那么地明亮。

杜小康顺手抠了几根白嫩的芦苇根,在嘴里嚼着,望着异乡的天空,心中不免又想起母亲,想起许多油麻地的孩子。但他没有哭。他觉得自己突然地长大了,坚强了。

第二天早晨,杜雍和找到了杜小康,当时杜小康正在芦苇上静静地躺着。不知是因为太困了,还是因为他又饿又累坚持不住了,杜雍和居然没有能够将他叫醒。杜雍和背起了疲软的儿子,朝窝棚方向走去。杜小康的一只脚板底,还在一滴一滴地流血,血滴在草上,滴在父亲的脚印里,也滴在跟在他们身后的那群鸭的羽毛上……

鸭们也长大了,长成了真正的鸭。它们的羽毛开始变得鲜亮,并且变得稠密,一滴水也不能泼进了。公鸭们变得更加漂亮,深浅不一样的蓝羽、紫羽,在阳光下犹如软缎一样闪闪发光。

八月的一天早晨,杜小康打开鸭栏,让鸭们走到水中时,他突然在草里看到了一颗白色的东西。他惊喜地跑过去捡起,然后朝窝棚大叫:"蛋!爸!鸭蛋!鸭下蛋了!"

杜雍和从儿子手中接过还有点温热的蛋,嘴里不住地说:"下蛋了,下蛋了……"

(选自《孤独之旅——曹文轩专集》,北京联合出版公司,2015年版)

【交流之窗】

孤独,有时候是很可怕的。一个人怕的东西也许很多,有人怕黑,有人怕狗,有人怕背后被人议论,有人怕成绩被人赶上,有人怕考不上理想大学,有人怕没有人理解,总之,人生在世,有很多的担忧,其中最难忍受的大概就是孤独吧！可是在成长的过程中，有时候你不可避免地感到自己是一个人在面对这个世界，孤立无援。读了曹文轩的这篇文章，你能够很形象地理解那种不得不自己面对的成长的孤独，无论你的父母多么理解你，无论你身边有多少朋友。面对孤独，把握自己，很重要。

家庭作业

帕姆·罗曼　陈　明　译

帕姆·罗曼,美国作家。

　　我真的遇到麻烦了!两周之前,理科老师就把家庭作业布置给了我们,是让我们做一个植物细胞模型,并且,要把每一部分标示出来。我又是到了最后一分钟才动手,明天就要交了,我现在才做。

　　唉,同学们早就用黏土或硬纸板、铁丝做好了自己的作业。算了,不说了,我在厨房的桌子旁坐下来,翻开了理科书。

　　老爸老妈回家比较晚,所以,家里就是哥哥福兰克负责照顾我和一对双胞胎弟弟。我得在家里找到可以做植物细胞模型的任何材料,什么材料都行,就是不能到商店去买。我知道,哥哥才不愿意带我去商店买材料呢!他上高中了,他最不愿意被同学看到他还和自己的小妹妹在一起玩。

　　哥哥到厨房来了:"嘿,你不玩啦?你常常要到晚饭后才做作业的,现在就做了?不再临时抱佛脚啦?"他热了一块妈妈给我们留下的金枪鱼饼。

　　两个弟弟打完了棒球从外面跑进来。他们身上闻起来有一种像是家里的狗狗在外面淋了雨的气味。他俩一看见我在看书,就忍不住嘲笑起来:"哈哈!萨拉在做家庭作业,天还没黑呢!"我对着他们做了个鬼脸:"别闹了,自己去洗洗!哼!不看看自己那个脏啊!"

　　弟弟们幸灾乐祸地笑我,我这个倒霉的小姐姐居然在天还没黑的时候就做起作业来了。哼!告诉你们,其实并不是经常这样,至少今天不是这样的。家里的小弟们就是讨厌,让人头疼。

　　晚饭后,我回到自己的房间,盯着理科课本又发了好一会儿呆。我看着书上的植物细胞图形,越看越像个比萨饼。

　　我一下子来了精神,对,比萨饼就是我要做植物细胞模型的材料。

　　我在冰箱里找到了一块做比萨饼的面团和一壶面条调味汁。细胞壁当然就用面团来做,白色的干奶酪就当作细胞膜,还有呢?对了,面条调味汁就是细胞质吧！一片意大利香肠就成了细胞核。嘿，创意不错吧！意大利辣香肠就成了液泡，黑色的橄榄、绿色的辣椒丝都被我派上了用场。我真的好聪明呀！我把做好的细胞模型放在微波炉里加热，好让它的表皮变得硬一点。

这时，电话铃响了。我到自己的房间去接电话。我边在电话里和同学聊着，边用牙签和纸条做模型的标签。

几分钟后，哥哥把头伸进我房间："哎，谢谢你做的比萨饼，大小姐。""不客气。"我说。我突然停下了，什么？谢谢？啊！我赶紧挂上电话，冲进厨房。我的细胞模型已经被切成了几块，大部分都不见了。"福兰克！"我尖叫起来。

"什么事？"他说。

"你把我的家庭作业吃了！我做的是一个细胞模型，明天就要交啊！"倒计时的时钟又响了，这次在我看来，时间比原来更晚了，我的心跳也越来越快了。

"对不起，"福兰克说，"但是味道确实好极了！"

我望着剩下的细胞模型碎片，在厨房里焦急地踱来踱去。接着，我又在储藏室里发现了一块做点心的面团，有了，我灵机一动，它也可以当一个细胞模型来做，对，就是它了。

我急忙把点心面团放到圆形平底锅里，用油煎了，待它凉了后，就可以在上面用各种颜色的食物表示出细胞中的各个不同的部分，我的理科作业也就差不多按时完成了。我长长地出了口气。然后，我特别叮嘱福兰克，别再把它吃掉了！

福兰克要两个弟弟去洗碗，说今天该他们值班了。我就回到房间里去做数学作业。

做完了数学作业，我回到厨房去看我的点心面饼凉了没有。不幸的是，它已经彻底凉了，双胞胎弟弟已经连锅都洗过了，还把我的点心面饼切成了几块，他们为了犒劳自己给大家洗了碗，就分享了点心面饼。

"托尼！迈克！过来！"我大叫。

他俩鱼贯而入，我指着点心说："那块点心是我的理科课作业！"我的大声喊叫吓得他俩大眼瞪小眼。

托尼倒吸了口凉气："你是说你用它做实验来着？我吃了它是不是要

生病？会不会被毒死？"

"就是，"我说，"我就是要杀了你们俩！"他俩吓得赶紧溜了。

除了吃掉它，我不能用剩下的点心面饼做任何东西了，况且只有一点点了。老爸老妈一回来，就帮我解决了剩下的点心。我告诉老妈刚才发生的事。老妈说，我可以明天起早一点，再做一个模型，现在呢，已经太晚了，该睡觉了。

时间在一分一秒地过去，我越来越着急了。理科老师会相信我家的哥哥弟弟两次吃掉我的作业吗？

第二天早上，我一觉醒来，心里有了主意，我要用煎饼再做一个细胞模型，绝对和比萨或点心面团做得一样好，对，就这样！

我把鸡蛋、牛奶和面粉和好，倒进了煎锅，做了一个大大的煎饼。又用果酱、糖和罐头水果做成细胞里的各个部分。虽然心里紧张死了，但是我的理科作业终于完成了。

校车就要来了，我像往常一样，从房间的各个角落把书呀，本子呀，笔呀——收拾到一起。天！昨天晚上我为什么没提前收拾好？

我又重新冲进厨房，拿上我的午餐盒，再拿我的细胞模型，但是，那个巨大的煎饼居然消失了！老爸正坐在餐桌旁，津津有味地大嚼着，对我说："煎饼做得不错呀！萨拉！"我差点晕过去！那个该死的倒计时时钟又开始响了起来。

于是，可怜的我在校车上开始了第四个细胞模型的制作，用的是我的午饭——三明治。

我用面包片做了细胞壁，用芥末、一小片火腿、泡菜、奶酪和西红柿分别做成了细胞核、细胞质、液泡，等等。

我望着做好的模型，当即发了个誓——我再也不把作业拖到最后一分钟来完成了。我还决定告诉理科老师，我的哥哥弟弟吃了我的作业当晚餐，老爸又吃了我的作业当早餐。

我现在就只有一个希望了，希望老师能允许我吃了我的作业当午餐。

（选自《站成一棵树》，明天出版社，2009年版）

【交流之窗】

　　"我"一次次地完成了作业,可是作业一次次地莫名其妙被毁了,该怎么办呢?还不是要跟老师坦白,别无选择!大家都看出来了,这篇文章写的不仅仅是一次作业的问题吧!很多次,我们认真努力,从头再来,却还是毫无收获,最终又要从头开始。人生就是这样,不断努力,不断归零,但是,要相信自己,每一次的从头再来,你都是一个刷新之后的自己!

愿站成一棵树

金 波

金波,生于1935年,北京师范大学教授,著名儿童文学家。

只有走进林中,你才能
真正地理解鸟儿的叫声

那是被晨光唤醒的声音
那是被露水润湿的声音
那是被花香浸染的声音

唱的是,树与树的故事
唱的是,叶与叶的亲昵
唱的是,花与花的秘密

愿站成一棵树,为的是
真正地理解鸟儿的叫声

(选自《绿色的太阳——金波儿童诗选》,长江少年儿童出版社,2016年版)

【交流之窗】

这是一棵林中的树,没有专人的栽种,没有额外的呵护,在林中自然地生长。暴风雨中,坚强挺立;太阳的炙烤,坚韧接受;严寒的考验,坚强面对;电闪雷鸣,坦然坚守。它不是温室的花,不会被遮蔽在屋檐下;它不是笼中的鸟,不会生活在安逸中。你和我,愿意成为笼中鸟、室中花还是林中鸟、林中树？经历风雨才见彩虹，经历苦难才会长大，共同成长、一起面对最为可贵。让我们站成一棵树，听到鸟儿的鸣叫，看到树与树的故事，感受叶与叶的亲密。人生总是风雨之后最美丽。

做最好的自己

道格拉斯·马罗奇

道格拉斯·马罗奇(1877—1938),美国著名诗人。

如果你不能成为山顶的一棵松
就做一丛小树生长在山谷中
但须是溪边最好的一小丛
如果你不能成为一棵大树,就做灌木一丛
如果你不能成为一丛灌木,就做一片绿草
让公路也有几分欢愉
如果你不能成为一只麝香鹿,就做一条鲈鱼
但须做湖里最好的一条鱼
我们不能都做船长,我们得做海员
世上的事情,多得做不完
工作有大的,也有小的
我们该做的工作,就在你的手边
如果你不能做一条公路,就做一条小径
如果你不能做太阳,就做一颗星星
不能凭大小来断定你的输赢
不论你做什么都要做最好一名

(选自《美国中学语文泛读教程》,上海交通大学出版社,2014年版)

【交流之窗】

　　每一种生物都有它存在的理由,植物的多样性启发我们每一个人都有自己的特点。不一定要成为山顶的一棵松树,但是在你的生活中,你要有自己的精彩。无论是溪流、星星,还是小草,在自己的圈子快乐地生长,就是你的责任,就是你的快乐。

上帝的安排

洛伦·黑赛伯尔德　艾　柯　译

洛伦·黑赛伯尔德，法国作家。

从前，有一个小男孩住在山上一所大房子里。他喜欢遛狗、骑马、赛车、听音乐，还有爬树、游泳、踢足球，再就是追求漂亮女孩子。除了要做家务外，他的生活过得很不错。

一天，男孩对上帝说："我想了很久，终于想到长大后我想拥有什么了。"

"那你长大后想拥有些什么呢？"上帝问。

"我想住在一栋前面带长廊的大房子里。养两只圣伯纳德狗，屋后还要有一个花园。我要娶一个美丽高挑、温柔善良的妻子，她要有乌黑飘逸的长发和深蓝的眼睛，会弹吉他，唱起歌来清脆而嘹亮。

"我想要三个强壮的儿子和我一起踢足球。他们长大后，一个能成为伟大的科学家，一个当议员，最小的儿子会在49人的橄榄球队当四分卫。

"我想成为一名探险家，在浩瀚无边的海洋里航行，攀登所有的高山，解救危难中的人。我还想开着红色的法拉利兜风。还有，再也不要自己做家务了。"

"听起来是很美好的梦想，"上帝说，"希望你美梦成真。"

一天，小男孩踢球时，摔坏了膝盖。从那以后，他再也不能登高山和爬大树，更别说在海洋上航行了。于是，他学习市场营销，开了一家医疗用品公司。

他娶了一位美丽善良的女孩，她有着一头乌黑长发，但她并不高挑，甚至可以说很矮；眼睛是棕色，而不是蓝色的；她不会弹吉他，甚至不会唱歌。不过，她能用稀有的中国香料做出美味佳肴，还会画一些羽毛华丽的小鸟。

由于生意的关系，他住在城里一栋高楼的顶部。在那儿可以俯视蔚蓝的大海和城市辉煌的灯火。他没有地方养两只圣伯纳德狗,但养了一只毛茸茸的猫。

他有三个女儿,都非常漂亮,只是最可爱的小女儿坐在轮椅里。

三个女儿都非常爱她们的父亲,虽然不能陪他踢足球,但经常一起去公园掷飞盘——除了小女儿,她会坐在树下,弹着吉他,唱着婉转动听的歌。

他赚了足够的钱,生活得很舒适。但是,他没能驾驶红色的法拉利。有时,他还必须料理家务,整理东西,尽管那是他的分外之事。但毕竟,他有三个女儿啊。

一天早晨,他突然醒过来,想起了曾经的那个梦想。"我很难过。"他对他最好的朋友说。

"怎么了?"朋友问。

"我曾经梦想和一个高挑、黑发蓝眼、会弹吉他、会唱歌的女人结婚。可我的妻子不会弹吉他,也不会唱歌,只有棕色的眼睛,个子也不高。"

"可你的妻子美丽又善良,"他的朋友说,"还会画漂亮的画,做可口的美食。"

但他听不进去。

"我很难过。"一天,他对妻子说。

"为什么?"妻子问。

"我曾梦想住在一栋带长廊的大房子里,养两只圣伯纳德狗,还有一个后花园,结果,我却住在公寓的47层。"

"可是我们的公寓非常舒适,还能从床上看到蔚蓝的海洋,"他的妻子答道,"亲爱的,我们有爱、欢笑和画中的鸟陪伴,还有绒球似的猫咪——况且还有三个漂亮的孩子。"但是,他听不进去。

"我很难过。"他对家庭医生说。

"为什么?"医生问。

"我曾梦想成为一个伟大的探险家,而今我只是一个秃了顶、膝盖受了伤的商人。"

"可你售出的医疗用品救了很多人的命。"医生说。

但他听不进去,于是医生收他110美元,把他送了回去。

"我很难过。"这个男人又对他的会计师说。

"为什么?"会计师问。

"我曾梦想驾驶红色的法拉利,而且不要料理家务。可是,现在我只能坐公交车,有时,还得做家务。"

"可是,你穿着上好的套装,出入高档餐馆,还去欧洲旅游过呢。"会计师说。

他还是听不进去。不过,会计师仍收了他100美元,因为他也梦想拥有红色法拉利。

"我很难过。"这个男人对牧师说。

"为什么?"牧师问。

"我曾梦想有三个儿子,一个是伟大的科学家,一个是参议员,还有一个是四分卫。可是,现在,我只有三个女儿,最小的还不能走路。"

"可是,你的女儿们都聪明漂亮,"牧师说,"她们都很优秀,也都很爱你,一个是护士,一个是艺术家,小女儿还能教孩子们音乐。"

可是,他就是听不进去。他伤心至极,最后病倒了,他躺在医院白色的病房里,身边围绕着身穿白色制服的护士们,身上插满了各种管子和线,而这些器械都是他卖给医院的。

他陷入巨大的悲伤里。家人、朋友,还有牧师都围在床边,沉浸在深深的哀痛中,只有他的医疗师和会计师仍然很快乐。

一天夜里,他们都回家了,只有护士留在身边。这个人又见到上帝了,他说:"您还记得小时候我告诉过您,我长大后想要的东西吗?"

"那是个非常美好的梦想。"上帝说。

"那您为什么不给我呢?"他问。

"我已经给了,"上帝说,"我只是想把你没梦想到的东西也给你,好给你一个惊喜。"

"我想你已经注意到我给你的东西:一个善良美丽的妻子,一份好事业,一个舒适的住所,三个可爱的女儿——这是我把所有的东西放在一起后,最好的一个组合……"

"是吗?"他打断上帝的话,说道,"可我以为您会给我真正想要的东西呢。"

"可我想,你也会把我真正想要的东西给我。"上帝说。

"您想要什么呢?"他问道,他从未想过上帝也有想要的东西。

"我希望你幸福,也把幸福给了你。"上帝说。

整个夜里,他躺在黑暗里沉思。最后,他决定重新做一个梦,一个多年前就该做的梦。他决定做一个梦,梦到那些他现在已经拥有的东西。

很快,这个男人恢复了健康,他开心地生活在第47层楼,享受着拥有的一切——女儿们甜美的声音,妻子深情的棕色眼睛,漂亮的鸟儿油画。晚上,他凝视着海洋,心满意足地观赏城市的灯火辉煌……

(选自《流行哲理小品·外国卷》,中国三峡出版社,2007年版)

【交流之窗】

你长大后拥有的,不一定就是你想要的。于是你自怨自艾,于是你怨天尤人,甚至放弃自己。读一下这篇文章,想一想你已经拥有的,珍惜当下,在熟悉的地方发现风景。你会发现,你拥有的也是别人羡慕的风景。理想和现实之间总会有距离,人们总是望着自己所没有得到的,而忽视自己所拥有的。

年年岁岁岁岁年年

张晓风

张晓风,生于1941年,江苏铜山人,著名散文作家。

一

渐渐地,就有了一种执意地想要守住什么的神气,半是凶霸,半是温柔,却不肯退让,不肯商量,要把生活里细细琐琐的东西一一护好。

二

一向以为自己爱的是空间,是山河,是巷陌,是天涯,是灯光晕染出来的一方暖意,是小小陶钵里的"有容"。

然后才发现自己也爱时间,爱与世间人"天涯共此时"。在汉唐相逢的人已成就其汉唐,在晚明相逢的人也谱罢其晚明。而今日,我只能与当世之人在时间的长川里停舟暂相问,只能在时间的流水席上与当代人传杯共盏。否则,两舟一错桨处,觥筹一交递时,年华岁月已成空无。

天地悠悠,我却只有一生,只握一个筹码,手起处,转骰已报出点数,属于我的博戏已告结束。盘古一辨清浊,便是三万六千载,李白《蜀道难》难忘的年光,忽忽竟有四万八千岁,而天文学家动辄抬出亿万年,我小小的想象力无法追想那样地老天荒的亘古,我所能揣摩所能爱悦的无非是属于常人的百年快板。

三

神仙故事里的樵夫偶一驻足观棋,已经柯烂斧锈,沧桑几度。

如果有一天,我因好奇而在山林深处看棋,仁慈的神仙,请尽快告诉我真相。我不要偷来的仙家日月,我不要在一袖手之际误却人间的生老病死,错过半生的悲喜怨怒。人间的紧锣密鼓中,我虽然只有小小的戏份,但我是不肯错过的啊!

四

书上说,有一颗星,叫"岁星",十二年循环一次。"岁星"使人有强烈的时间观念,所以一年叫"一岁"。这种说法,据说发生在远古的夏朝。

"年"是周朝人用的,甲骨文上的年字写成秂,代表人扛着禾捆,看来简直是一幅温暖的"冬藏图"。

有些字,看久了会令人渴望到心口发疼发紧的程度。当年,想必有一快乐的农人在北风里背着满肩禾捆回家,那景象深深感动了造字人,竟不知不觉用这幅画来做三百六十五天的勾勒。

五

有一次,和一位老太太用闽南语搭讪:

"阿婆,你在这里住多久了?"

"嗯——有十几冬啰!"

听到有人用冬来代年,不觉一惊,立刻仿佛有什么东西又隐隐痛了起来。原来一句话里竟有那么丰富饱胀的东西。记得她说"冬"的时候,表情里有沧桑也有感恩,而且那样自然地把春耕夏耘秋收冬藏的农业情感都灌注在里面了。她和土地、时序之间那种血脉相连的真切,使我不知哪里有一个伤口轻痛起来。

六

朋友要带他新婚的妻子从香港到台湾来过年,长途电话里我大概有点惊奇,他立即解释说:

"因为她想去台北放鞭炮,在香港不准。"

放下电话,我想笑又端肃,第一次觉得放炮是件了不起的大事,于是把儿子叫来说：

"去买一串不长不短的炮——有位阿姨要从香港到台湾来放炮。"

岁除之夜，满城爆裂小小的、微红的、有声的春花，其中一串自我们手中绽放。

七

我买了一座小小的山屋，只十坪（1坪约等于3.3平方米——编者注）大。屋与大屯山相望，我喜欢大屯山，"大屯"是卦名，那山也真的跟卦象一样神秘幽邃，爻爻都在演化，它应该足以胜任"市山"的。走在处处地热的大屯山系里，每一步都仿佛踩在北方人烧好的土炕上，温暖而又安详。

下决心付小屋的定金，说来是因为屋外田埂上的牛以及牛背上的黄头鹭。这理由，自己听来也觉像撒谎，直到有一天听楚戈说某书法家买房子是因为看到烟岚，才觉得气壮一点。

我已经辛苦了一年，我要到山里去过几个冬夜，那里有豪奢的安静和孤绝，我要生一盆火，烤几枚干果，燃一屋松脂的清香。

八

你问我今年过年要做什么，你问得太奢侈啊！这世间原没有什么东西是我绝对可以拥有的，不过随缘罢了。如果蒙天之惠，我只要许一个小小的愿望，我要在有生之年，年年去买一钵素水仙，养在小小的白石之间。

中国水仙和自顾自盼的希腊孤芳不同，它是温驯的，偎人的，开在中国人一片红灿的年景里。

九

除了水仙，我还有一件俗之又俗的心愿，我喜欢遵循老家的旧俗，在年初一的早晨吃一顿素饺子。

素饺子的馅以荠菜为主，我爱荠菜的"野蔬"身份，爱小时候提篮去挑野菜的情趣，爱以素食为一年第一顿餐点的小小善心，爱民谚里"三月三，荠菜花，赛牡丹"的憨狂口气。

荠菜花花瓣小如米粒，粉白，不仔细看根本不容易发现，到了老百姓嘴里居然一口咬定荠菜花赛过牡丹。中国民间向来总有用不完的充沛自信，李凤姐必然艳过后宫佳丽，一碟名叫"红嘴绿鹦哥"的炒菠菜会是皇帝思之不舍的美味。郊原上的荠菜花绝胜宫中肥硕痴笨的各种牡丹。

吃荠菜饺子，淡淡的香气之余，总有颊齿以外嚼之不尽的清馨。

十

如果一个人爱上时间，他是在恋爱了。恋人会永不厌烦地渴望共花之晨，共月之夕，共其年年岁岁，岁岁年年。

如果你爱上的是一个民族、一块土地，也趁着岁月未晚，来与之共其朝朝暮暮吧！

所谓百年，不过是一千二百番的盈月、三万六千五百回的破晓以及八次的岁星周期罢了。

所谓百年，竟是经不起蹉跎和迟疑的啊，且来共此山河守此岁月吧！大年夜的孩子，只守一夕华丽的光阴，而我们所要守的却是短如一生又复长如一生的年年岁岁岁岁年年啊！

（选自《人体中的繁星和穹苍》，湖南文艺出版社，2015年版）

【交流之窗】

走进一个充满烟火气息的世界，是多么美妙！要过年了，看一看老人家脸上的皱纹，道一声亲切的问候；做一盘美味的饺子，参与一次水仙花开和花落的过程，就这样年年岁岁岁岁年年。似乎少了一点小资的格调，似乎没有比萨那样的洋派，但是，只要喜欢，在懵懵懂懂的乡土怀旧中走过一段烟火气息的世界不也是很好吗？

人生的七个阶段[①]

莎士比亚　朱生豪　译

⊙ 莎士比亚　黄苏绘

莎士比亚(1564—1616)，文艺复兴时期英国戏剧家、诗人。

全世界是一个舞台，所有的男男女女不过是一些演员；他们都有下场的时候，也都有上场的时候。一个人的一生中扮演着好几个角色，他的表演可以分为七个时期。最初是婴孩，在保姆的怀中啼哭呕吐。然后是背着书包、满脸红光的学童，像蜗牛一样慢腾腾地拖着脚步，不情愿地呜咽着上学堂。然后是情人，像炉灶一样叹着气，写了一首哀伤的诗歌咏着他恋人的眉毛。然后是一个军人，满口发着古怪的誓，胡须长得像豹子一样，爱慕名誉，动不动就要打架，在炮口上寻求着泡沫一样的荣光。然后是法官，胖胖圆圆的肚子塞满了阉鸡，凛然的眼光，整洁的胡须，满嘴都是名言警句和时髦的词藻；他这样扮了他的另一个角色。第六个时期变成了精瘦的趿着拖鞋的龙钟老叟，鼻子上架着眼镜，腰边悬着钱袋；他那年轻时候节省下来的长袜，套在他皱瘪的小腿上显得宽大异常；他那朗朗的男子的噪音又变成了孩子似的，细而且颤，像是吹着风笛和哨子。终结着这段古怪的多事的历程的最后一场，是孩提时代的再现，全然的遗忘，没有牙齿，没有眼睛，没有口味，没有一切。

（选自《莎士比亚全集》，作家出版社，2016年版）

【交流之窗】

人生有多少阶段？在这篇选文中，诗人以高度形象化的语言写出了人生的七个阶段，从起点到终点，有一种回到原点的感觉。想来想去人生就是一个过程，既然如此，何不好好把握现在？何不好好珍惜少年时，努力天下事呢？

[①] 此选文是莎士比亚喜剧《皆大欢喜》第二幕第七场中杰奎斯的一段台词，篇名为编者所拟。

人生多不如意[1]

张笑恒

张笑恒，知名出版人。

有一个人对自己悲惨坎坷的命运深感悲哀，无奈之下，他只能祈求上帝能够改变自己的命运。上帝对他说："如果你能够在人世间找到一位对自己的命运心满意足的人，我将为你改变命运。"于是，此人开始了漫长的寻找之旅。在这个人看来，这样的人有很多，很容易就可以找到。

他首先找到了他认为最应该满足的人——国君。他来到皇宫，询问国君是否对自己的命运满意。国君叹息说："我虽贵为国君，却日夜提心吊胆，寝食难安。我担心自己的王位能否长久，担心国家能否长治久安。事实上，我还没有一个流浪汉过得快活。"那人听了国君的话，也不免困惑，于是他又找到了流浪汉。远远地看过去，在晒着太阳的流浪汉是那么满足，那人觉得自己找对了人，于是上前询问。流浪汉奇怪地望着他说："你开什么玩笑？我每天过着食不果腹、衣不蔽体的生活，怎么可能对命运满意？其实我们每天都在诅咒上天的不公。"

那人还是不甘心，他走遍了很多地方，询问了处在各个阶层、从事不同职业的人，可是每个人都说自己对命运不满意，人人都对自己的现有生活有所抱怨。最终，这人有所感悟，从此不再抱怨自己的生活。这个时候，上帝出现了，"你现在是否还觉得自己的生活很悲惨？"那人摇摇头说："不，我现在才明白，每个人的生活都有不尽如人意的地方。以前是我在苛责生活，才会觉得生活很不容易。其实，在我的生活中有很多令我满意的事情，我现在很满足。"上帝笑笑说："看吧，你的命运已经在改变了。"

（选自《每天一堂北大哲学课》，光明日报出版社，2012年版）

---

[1] 标题为编者所拟。

【交流之窗】

  文中主角找来找去也没有发现有一个人的生活是如意的！文章短小精悍，道理却深刻透彻。就像生活，每一天都看似平常而简单，但是用什么来抵御这种庸常中的乏味和这种满足后的空虚？不妨去别人的生活中看一看，你会觉得：做自己就好！

第四编 这一生——人这辈子的经历与遭遇

像大麦那样

沙拉·迪斯德尔　　郭沫若　译

沙拉·迪斯德尔（1884—1933），美国现代女诗人。

像大麦那样
　在海滨的低地，
在强劲的风中
　不断地低吟，摇曳。

像大麦那样
　吹倒又起来，
我也要不屈不挠地
　把苦痛抛开。

我也要柔韧地，
　不问昼夜多长，
要把我的悲哀
　变成为歌唱。

（选自《英诗译稿》，上海译文出版社，1981年版）

【交流之窗】

"大雪压青松，青松挺且直，要知松高洁，待到雪化时。"中国诗歌中的青松形象和本诗中的"大麦"形象应该是一样的，都是那种百折不挠，柔韧而坚强的存在。透过这些意象，你是否能够看到，在一个人的成长中，在一个生命的成熟中，都要经历的磨难以及度过磨难必备的精神品质——坚韧？

● 理性之光

十八岁以下的决定

戴尔·卡耐基

戴尔·卡耐基(1888—1955),美国现代成人教育之父。

如果你的年龄是在18岁以下,那么你可能即将做出你生命中最重要的决定,即你将如何谋生?你想做一名农夫、邮差、化学家、森林管理员、速递员、兽医、大学教授,或者你想摆一个牛肉饼摊子?

如果可能的话,试着去找寻你喜欢的工作。有一次我请教大卫·古里奇(轮胎制造商古里奇公司的董事长)成功的第一要诀是什么,他回答说:"喜爱你的工作。"他说,"如果你喜欢你所从事的工作,你工作的时间也许很长,但却丝毫不觉得是在工作,反倒像是游戏。"

爱迪生就是一个好例子。这位未曾进过学校的送报童,后来却使美国的工业生活完全改观。爱迪生几乎每天在他的实验室里辛苦工作18个小时,在那里吃饭、睡觉,但他丝毫不以为苦。"我一生中从未做过一天工作,"他宣称,"我每天乐趣无穷。"

我奉劝年轻的朋友们不要只因为你家人希望你那么做,就勉强从事某一行业。不要贸然从事某一行业,除非你喜欢。不过,你仍然要仔细考虑父母所给你的劝告。他们的年纪比你大,已获得那种唯有从众多经验及过去岁月中才能得到的智慧。但是,到了最后分析时,你自己必须做最后决定。将来工作时,快乐或悲哀的是你自己。

现在让我替你提供下述建议——其中有一些是警告——以便你选择工作时作参考:

一、阅读并研究一些有关选择一位职业辅导员的建议。尤其是那些由最权威人士提供的意见。

二、避免选择那些已拥挤的职业和事业。在美国,谋生的方法共有两万种以上。结果在一所学校内,2/3的男孩子选择了5种职业——两万种职业中的5项，而4/5的女孩子也是一样。难怪少数的事业和职业会人满为患，难怪白领阶层之间会产生不安全感、忧虑和"焦急性的精神病"。

三、避免选择那些生机只有1/10的行业。例如，兜售人寿保险。每年有数以千计的人——经常有许多求职者事先未打听清楚，就开始贸然兜售人寿保险。

四、在你决定投入某一项职业之前，先花几个礼拜的时间，对该项工作做个全盘性的认识。如何才能达到这个目的？你可以和那些在这一行业中干过10年、20年或30年的人士面谈。

这些会谈对你的将来可能有极深的影响。我从自己的经验中了解这一点。我在二十几岁时，向两位老人家请教职业上的指导。现在回想起来，可以清楚地发现那两次会谈是我生命中的转折点。事实上，如果没有那两次会谈，我的一生将会变成什么样子，实在是难以想象。

记住，你是在做出生命中最重要且影响最深远的决定。因此，在你采取行动之前，多花点儿时间探求事实真相。如果你不这样做，在下半辈子中，你可能后悔不已。

五、克服"你只适合一项职业"的错误观念。每个正常的人，都可在多项职业上成功。同样，每个正常的人，也可能在多项职业上失败。

（选自《人间有味是清欢：那些阅遍繁华的经典生活美文》，新世界出版社，2012年版）

【交流之窗】

自己喜欢比工作本身更加重要！这篇文章写出了许多同学都关注的问题，比如你在选择文理科的时候，高考选择专业的时候，以及后来选择工作的时候，都需要在父母之命和自己意愿之间做个选择，适合自己的就是最好的！当然如果你并不知道你适合什么，那就要给自己一些时间去寻找，而不是盲目地屈从于生存压力，毕竟人生一世，做自己喜欢的事情很重要。

生命的起点在哪里

列夫·托尔斯泰

⊙ 托尔斯泰　心栋绘

列夫·托尔斯泰（1828—1910），俄国批判现实主义作家。

人在儿童时像动物一样生活着，关于生命是什么都不知道。假如人只活了10个月，那么他既不会知道自己的，也不会知道任何别的人的生命。不仅婴儿如此，没有理性的成年人、白痴也同样不知道他们自己在活着，也不会意识到别的生灵的生活，因此，这样的人都是没有人的生命的人。

人的生命只是伴随着理性意识的出现而开始的。正是这种理性意识，向人们揭示了自己生命的现在与过去，同时也揭示了别的个体的生命。而由于这些个体之间的关系而必然发生的一切，例如痛苦和死亡，都是对个人幸福的否定和他所觉得的使他的生命中止的矛盾而产生的。

人希望就像给我们身体看得见的存在物下定义那样，用时间给自己的生命下定义，然而，同肉体诞生的时间不相一致的生命却突然在他身上苏醒了，但是人又不愿相信这个不能用时间来下定义的东西可能是生命。尽管人无数次地想找到那个时间上的起点，以便确认自己的理性生命起始之界，结果却从来没有找到它。

人在回忆往事时，永远也找不到理性意识的起始点。虽然人觉得，理性意识过去一直在他身上存在着。即使人真找到某种类似理性意识的起始点，他也决不能在人的肉体诞生中找到它，而只能从同这个肉体的诞生毫无共同之处的别的方面来找到。人意识到自己理性的产生完全不像他看见肉体诞生的那种样子，当他反问自己的理性意识的起源时，他任何时候都不会去想象他这个理性的生物是自己父母的儿子，是出生在某一年的爷爷、奶奶的孙子。他意识到自己不是作为一个儿子，而是与所有在时间、地点上与他迥异的，生在几千年前的、活动在世界另一端的理性生物的意识融成一体。人在自己的理性意识中甚至看不见自己的任何起源，而是只意识到自己与其他人的理性意识超越时空的融合。因此,他的生命之内渗进了他们的生命,而他们的生命也吸取了他的生命。正是人们这种苏醒了的理性意识,结束了那些好像是生命的类似物,而迷途的人们却把它看成是生命,因此,迷途的人认为生命终止之时,才是真正生命开始之时。

(选自《感悟:世界最佳哲理美文精华第三卷》,哈尔滨出版社,2009年版)

【交流之窗】

人总是在感慨:"这辈子白活了!"其实就是理性意识在起作用。人啊,认识你自己吧!有时候要通过别人认识自己,有时候要通过自己的反思认识自己,有时候要经历一些事情来认识自己!这条路很是艰辛,不仅仅因为理性认识的历程艰难,更在于结果大相径庭。如果那时候你已白发苍苍,也应该感到欣慰,因为"迷途的人认为生命终止之时,才是真正生命开始之时",你已经很幸运了!

你不必完美

哈罗德·斯·库辛

哈罗德·斯·库辛,美国作家。

我们当然应该努力做到最好,但人是无法要求完美的。我们面对的情况如此复杂,以至无人能始终不出错。

好几次,当我必须告诉我的孩子们我在某件事上做错了时,我多害怕他们不再爱戴我。但我非常惊奇地发现,他们因为我愿意承认自己的错误而更爱我。比较起来,他们更需要我诚实、正直。

然而,有时人们并不能正确对待自己的过失。也许我们的父母期望我们完美无瑕;也许我们的朋友常念叨我们的缺点,因为他们希望我们能够改正。而他们难以谅解的是因为我们的过失总在他们最脆弱的时候触痛了他们的心。

这让我们感到负疚。但在承担过错之前,我们必须问问自己,那是否真是我们应该背负的包袱。

我是从一个童话中得到启示的。一个被劈去了一小片的圆想要找回一个完整的自己,到处寻找自己的碎片。由于它是不完整的,滚动得非常慢,从而领略了沿途美丽的鲜花,它和虫子们聊天,它充分地感受到阳光的温暖。它找到许多不同的碎片,但它们都不是它原来的那一块,于是它坚持着找寻……直到有一天,它实现了自己的心愿。然而,作为一个完美无缺的圆,它滚动得太快了,错过了花开的时节,忽略了虫子。当它意识到这一切时,它毅然舍弃了历尽千辛万苦才找到的碎片。

这个故事告诉我们:也许正是失去,才令我们完整。一个完美的人,在某种意义上说,是一个可怜的人,他永远无法体会有所追求、有所希冀的感觉,他永远无法体会爱他的人带给他某些他一直追求而得不到的东西的喜悦。

一个有勇气放弃他无法实现的梦想的人是完整的;一个能坚强地面

对失去亲人的悲痛的人是完整的——因为他们经历了最坏的遭遇，却成功地抵御了这种冲击。

生命不是上帝用于捕捉你错误的陷阱。你不会因为一个错误而成为不合格的人。生命是一场球赛，最好的球队也有丢分的记录，最差的球队也有辉煌的一天。我们的目标是尽可能让自己得到的多于失去的。

当我们接受人的不完美时，当我们能为生命的继续运转而心存感激时，我们就能成就完整，而别的人却渴求完整——当他们为完美而困惑的时候。

如果我们能勇敢去爱、去原谅，为别人的幸福慷慨地表达我们的欣慰，理智地珍惜环绕自己的爱，那么，我们就能得到别的生命不曾获得的圆满。

（选自《你不必完美：人生卷》，黑龙江科学技术出版社，2014年版）

【交流之窗】

都说这个世界由三个苹果构成：亚当夏娃的苹果，牛顿的苹果和乔布斯的苹果，但是无论哪个苹果都是残缺的吧！所以不要以追求完美为优点，更不要要求别人完美。接纳自己或者接纳别人，要理解每个人都是不完美的，都是被咬了一口的苹果。

论青年与老年

培根　徐飞译

一个年岁不大的人也可以是富于经验的,假如他不曾虚度生活的话;然而这毕竟是罕有的事。

一般说来,青年人富于"直觉",而老年人则长于"深思"。这两者在深刻性和正确性上是有着显著差别的。

青年的特点是富于创造性,想象力也纯洁而灵活。这似乎是得之于神助的。然而,热情炽烈而情绪敏感的人往往要在中年以后方成大器,优利·恺撒和塞普提米乌斯·塞维鲁就是明显的例证。曾有人评论后一位说:"他曾度过一个荒谬的——甚至是疯狂的青春。"然而塞维鲁后来成为罗马皇帝中极杰出的一位。少年老成、性格稳健的人则往往青春时代就可成大器,奥古斯都大帝、卡斯曼斯大公、卡斯顿勋爵即是如此。另一方面,对于老人来说,保持住热情和活力则是难能可贵的。

青年人长于创造而短于思考,长于猛干而短于讨论,长于革新而短于守成。老年人的经验,引导他们熟悉旧事物,却蒙蔽他们无视新情况。青年人敏锐果敢,但行事轻率却可能毁坏大局。

青年的性格如同不羁的野马,藐视既往,目空一切,好走极端。勇于革新而不去估量实际的条件和可能性,结果常因浮躁而改革不成却招致意外的麻烦。老年人则正相反。他们常常满足于困守已成之局,思考多于行动,议论多于决断。为事后不后悔,宁肯事前不冒险。

因此,最好的办法是把青年的特点与老年的特点在事业上结合在一起。这样,他们各自的优点正好弥补了对方的缺点。从现在的角度说,他们的所长可以互补他们各自的所短。从发展的角度说,青年可以从老年身上学到他们所不具备的经验。而从社会的角度说,有经验的老人执事令人放心,而青年人的干劲则鼓舞人心。但是,如果说,老人的经验是可贵的,那么青年人的纯真则是崇高的。

《圣经》说:"你们中的年轻人将见到天国,而你们中的老人则只能做梦。"有一位"拉比"（犹太牧师）解释这话说：上帝认为青年比老年更接近他，因为希望总比幻梦切实一些。要知道，世情如酒，越浓越醉人——年龄越大，则在世故增长的同时却愈会丧失正直纯真的感情。早熟的人往往凋谢也早。不足为训的是如下三种人。第一种，是在智力上开发太早的人。小时了了，大未必佳。例如修辞学家赫摩格尼斯就是如此。他少年时候就写出美妙的著作，但中年以后却成了白痴。第二种，是那种毕生不脱稚气的老顽童。正如西塞罗所批评的赫腾修斯，他早已该成熟却一直幼稚。第三种，是志大才疏的人。年轻时抱负很大，晚年却不足为训。像西兹阿·阿非利卡就是如此。所以历史学家李维批评他："一生事业有始无终。"

（选自《培根论人生》，黑龙江科学技术出版社，2012年版）

【交流之窗】

一般说来，青年人富于"直觉"，而老年人则长于"深思"。这两者在深刻性和正确性上是有着显著差别的。"青年的特点是富于创造性，想象力也纯洁而灵活""老年人的经验，引导他们熟悉旧事物，却蒙蔽他们无视新情况"。在这一点上，上帝是公平的，那么，热爱人生的每一个阶段，那样最好！

人生的真谛

亚历山大·辛德勒　　史兰亭　译

亚历山大·辛德勒，美国作家。

　　人生的艺术，只在于进退适时、取舍得当。因为生活本身即是一种悖论：一方面，它让我们依恋生活的馈赠；另一方面，又注定了我们对这些礼物最终的弃绝。正如先师们所说：人生一世，紧握双拳而来，平摊两手而去。

　　人生如此的神奇，这神灵的土地，分分寸寸都浸润于美之中，我们当然要紧紧地抓住它。这，我们是知道的，然而这一点，又常常只是在回顾往昔的时候才为人觉察，可是一旦觉察，那样美好的时光已是一去不复返了。

　　凋谢了的美，逝去了的爱，铭记在我们的心中。尤为让人痛苦的是，回想起当那种美正闪烁其华之际，我们却熟视无睹；当那种爱正娓娓倾诉之时，我们却不曾回报以琼琚。

　　人生真谛的要旨之一是：告诫我们不要只是忙忙碌碌，以致错失了生活的可叹、可敬之处。虔诚地恭候每一个黎明吧！拥抱每一个小时，抓住宝贵的每一分钟。

　　执著地对待生活，紧紧地把握生活，但又不能抓得过死，松不开手。人生这枚硬币，其反面正是那悖论的另一要旨：我们必须接受"失去"，学会怎样松开手。

　　这种教诲是不易接受的。尤其当我们正年轻的时候，满以为这个世界将会听从我们的使唤，满以为我们全身心投入所追求的事业都一定会成功。而生活的现实仍是按部就班地走到我们的面前。于是，这第二条真理虽是缓慢的，但也是确凿无疑地显现出来。

　　我们在经受"失去"中逐渐成长，经过人生的每一个阶段，我们只是在失去娘胎的保护后来到这个世界上，开始独立的生活；而后又要进一系列的学校学习,离开父母和充满童年回忆的家庭;结了婚,有了孩子,等孩子长大,又只能看着他们远走高飞。我们要面临双亲的谢世和配偶的亡故;面对自己精力逐渐地衰退;最后,我们必须面对不可避免的自身死亡。我们过去的一切生活、生活中的一切梦都将化为乌有!

但是,我们为何要臣服于生活的这种自相矛盾的要求呢?明明知道不能将美永保持久,我们为何还要去造就美好的事物?我们知道自己所爱的人早已不可企及,可为何还要使自己的心充满爱恋?

要解开这个悖论,必须寻求一种更为宽广的视野,透过通往永恒的窗口来审度我们的人生。一旦如此,我们即可醒悟:尽管生命有限,而我们在世界上的"作为"却为之织就了永恒的图景。

人生绝不仅仅是一种作为生物的存活,它是一些莫测的变幻,也是一股不息的奔流。我们的父母通过我们而生存下来,我们也通过自己的孩子而生存下去。我们建造的东西将会留存久远,我们自身也将通过它们得以久远地生存。我们所造就的美,并不会随我们的湮没而泯灭。我们的双手会枯萎,我们的肉体会消亡,然而我们所创造的真、善、美则将与时俱在,永存而不朽。

不要枉费了你的生命,要少追求物质,多追求理想。因为只有理想才赋予人生意义,只有理想才使生活具有永恒的价值。

(选自《月读·2011年第6辑(总第18辑)》,中华书局,2011年版)

【交流之窗】

清华大学一位三十几岁的生物学博导曾经说:在生而向死这件事情上,大家都是公平的!这句话说出了真理,也说出了众所周知的道理,但是她下句话掷地有声:"那我们就要考虑在短暂一生中给这个世界留下些什么。"我们不能延长生命的长度,却可以增加生命的质量。本文的思想即在于此吧!孔子说"知其不可为而为之",我们何不换个角度,努力增加生命的分量呢?

人生没有意义

毕淑敏

⊙ 毕淑敏　武更年绘

毕淑敏，生于1952年，国家一级作家。

我有过若干次演讲的经历，面对医学博士到纽约贫民窟的孩子等各色人群，我都会直率地说出对问题的想法，在我的记忆中，有一次的经历非常难忘。

那是一所很有名望的大学，约过我好几次了，说学生们期待和我讨论。我一直推辞，我从骨子里不喜欢演说。每逢答应这一桩公差，就要莫名地紧张好几天。但学校方面很执著，在第N次邀请的时候说，该校学生思想之活跃甚至超过了北大，会对演讲者提出极为尖锐的问题，常常让人下不了台，有时演讲者简直是灰溜溜地离开学校。

听他这么一讲，我的好奇心就被激励起来，我说我愿意接受挑战。于是我们就商定了一个日子。

那天，大学的礼堂挤得满满的，当我穿过密密的人群走向讲台的时候，心里涌起了怪异的感觉，好像是批斗会场，不知道今天会有怎样的场面出现。果然，从我一开始讲话，就不断有条子递上来，不一会儿，就在手边积成了厚厚的一堆，好像深秋时节被清洁工扫起的落叶。我一边演讲，一边猜测，不知树叶中潜伏着怎样的思想炸弹。讲演告一段落，进入回答问题阶段，我迫不及待地打开堆积如山的纸条。那一瞬间，台下变得死寂，偌大的礼堂仿佛空无一人。

我看完了纸条说，有一些表扬我的话，我就不念了。除此之外，纸条上提得最多的问题——"人生有什么意义？请你务必说真话，因为我们已经听过太多言不由衷的假话了。"

我念完这个纸条后，台下响起了掌声。我说："今天你们提出的这个问题很好，我会讲真话。我在西藏阿里的雪山之上，面对着浩瀚的苍穹和壁立的冰川，如同一个茹毛饮血的原始人，反复地思索过这个问题。我相信，一个人在他年轻的时候，是会无数次地叩问自己——我的一生，到底要追索怎样的意义？我想了无数个晚上和白天，终于得到了一个答案。今天，在这里，我将非常负责地对大家说，我思索的结果就是：人生是没有任何意义的！"

这句话说完，全场出现了短暂的寂静，如同旷野。但是，接着就响起了暴风雨般的掌声。

那是我在讲演中获得最激烈的掌声。在以前，我从来不相信有什么"暴风雨"般的掌声这种神话，觉得那只是一个拙劣的比喻。但这一次，我相信了。我赶快用手做了一个"暂停"的手势，但掌声还是绵延了若干时间。

我说："大家先别忙着给我掌声，我的话还没有说完。我说人生是没有意义的，这不错，但我们每个人都要为自己确立一个意义。"

"是的，关于人生的意义的讨论，充斥在我们的周围。很多说法，由于熟悉和重复，已让我们从熟视无睹滑到了厌烦。可是，这不是问题的真谛。真谛是，别人强加给你的意义，无论他多么正确，如果它不曾进入你的心理结构，它就永远是身外之物。比如我们从小就被家长灌输过人生意义的答案。在此后的漫长岁月里，谆谆告诫的老师和各种类型的教育，也都不断地向我们批发人生意义的补充版。但是，有多少人把这种外在框架，当成了自己内在的标杆，并为之定下了奋斗终生的决心？"

那一天结束之后，我听到了有的同学说，"我觉得最大的收获是听到了一个活生生的中年人重新评说，人生是没有意义的，但你要为之确立一个意义"。

（选自《请把这一段路留给我自己》，云南教育出版社，2007年版）

【交流之窗】

开宗明义"人生虚无"，只是，用自己的生命体验来阐述显得多少有些凄凉！"人生得意须尽欢，莫使金樽空对月"，古人也早已参透了人生的虚无，肯定了及时行乐的正确。本文给我们一个回答：人生是没有意义的，但你要为之确立一个意义。因为没有意义，所以我们要为它创造一个意义。更何况，最终目的虚无并不代表过程是虚无的，多数人是在拼搏努力之后感慨虚无，这与饱食终日，无所事事，以虚无为托词是两回事情！

缘分与命运

季羡林

⊙ 季羡林　韩得刚绘

季羡林(1911—2009),著名古文字学家、历史学家、作家、语言学家。

　　缘分与命运本来是两个词儿,都是我们口中常说,文中常写的。但是,仔细琢磨起来,这两个词儿涵义又极为接近,有时达到了难解难分的程度。

　　缘分和命运可信不可信呢?

　　我认为,不能全信,又不可不信。

　　我绝不是为算卦相面的"张铁嘴""王半仙"之流的骗子来张目。算八字算命那一套骗人的鬼话,只要一个异常简单的事实就能揭穿。试问普天之下——番邦暂且不算,因为老外那里没有这套玩意儿——同年、同月、同日、同时生的孩子有几万、几十万,他们一生的经历难道都能够绝对一样吗?绝对的不一样,倒近于事实。

　　可你为什么又说,缘分和命运不可不信呢?

　　我也举一个异常简单的事实。只要你把你最亲密的人,你的老伴——或者"小伴",这是我创造的一个名词儿,年轻的夫妻之谓也——同你自己相遇,一直到"有情人终成眷属"的经过回想一下,便立即会同意我的意见。你们可能是一个生在天南、一个生在海北,中间经过了不知道多少偶然的机遇,有的机遇简直是间不容发、稍纵即逝,可终究没有错过,你们到底走到一起来了。即使是青梅竹马的关系,也同样有个"机遇"问题。这种"机遇"是报纸上的词儿,哲学上的术语是"偶然性",老百姓嘴里就叫做"缘分"或"命运"。这种情况,谁能否认,又谁能解释呢?没有办法,只好称之为缘分或命运。

　　北京西山深处有一座辽代古庙名叫"大觉寺"。此地有崇山峻岭,茂林流泉,有三百年的玉兰树,二百年的藤萝花,是一个绝妙的地方。将近二十年前,我骑自行车去过一次。当时古寺虽已破败,但仍给我留下了深刻的印象，至今忆念难忘。去年春末，北大中文系的毕业生欧阳旭邀我们到大觉寺去剪彩，原来他下海成了颇有基础的企业家。他毕竟是书生出身，念念不忘为文化做贡献。他在大觉寺里创办了一个明慧茶院，以弘扬中国的茶文化。我大喜过望，准时到了大觉寺。此时的大觉寺已完全焕然一新，雕梁画栋，金碧辉煌，玉兰已开过而紫藤尚开，品茗观茶道表演，心旷神怡，浑然欲忘我矣。

将近一年以来，我脑海中始终有一个疑团：这个英年岐嶷①的小伙子怎么会到深山里来搞这么一个茶院呢？前几天，欧阳旭又邀我们到大觉寺去吃饭。坐在汽车上，我不禁向他提出了我的问题。他莞尔一笑，轻声说："缘分！"原来在这之前他携伙伴郊游，黄昏迷路，撞到大觉寺里来。爱此地之清幽，便租了下来，加以装修，创办了明慧茶院。

此事虽小，可以见大。信缘分与不信缘分，对人的心情影响是不一样的。信者胜可以做到不骄，败可以做到不馁，决不至胜则忘乎所以，败则怨天尤人。中国古话说："尽人事而听天命。"首先必须"尽人事"，否则馅儿饼决不会自己从天上落到你嘴里来。但又必须"听天命"。人世间，波谲云诡，因果错综。只有能做到"尽人事而听天命"，一个人才能永远保持心情的平衡。

（选自《季羡林真实人生》，新世界出版社，2012年版）

【交流之窗】

文章写了"尽人事""听天命"的关系。信缘分者，胜可以做到不骄，败可以做到不馁，决不至胜则忘乎所以，败则怨天尤人。人世间，波谲云诡，因果错综。只有能做到"尽人事而听天命"，一个人才能永远保持心情的平衡。这是一种处事之道：积极努力，适可而止。胜不骄，败不馁。

---

① 岐嶷：形容小孩才智出众、聪明特异。

第五编
物与我——人和周围的世界

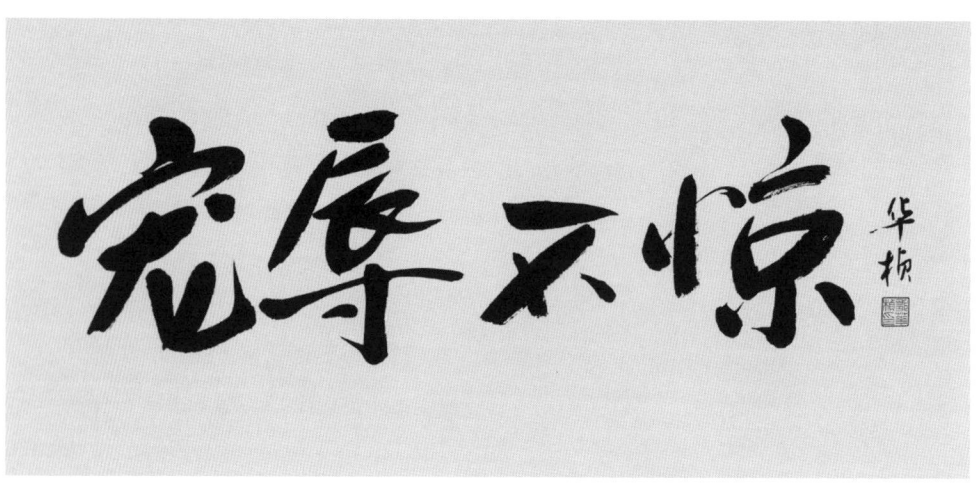

⊙ 宠辱不惊　邹华桢书

人从来不是孤立个体。自其衍生于自然之始,便无往不在"关系"之中。或与自然,或与社会。诸多努力,不过是与物、与人的拉锯及平衡。外在世界,某种意义上让我们看清了自己。

　　王国维曰:"有我之境,以我观物,故物皆著我之色彩。"便是强烈的自我带入。"不知何者为我,何者为物"的无我之境看似人与物有阻隔,却恰恰是物我合一。

　　所以中国古代诗歌有其特殊审美思维——诗人缘景而发,形成一种浑然天成的圆融境界。庄子讲物我合一,中国哲学更是推崇天人合一。相较于西方基于天人相分的方形思维,中国人更爱"圆"。

　　由此我们能想见先人骨子里的谦卑。要不怎么说先贤庄子还是蛮智慧的,早早就有莫要像河伯望洋兴叹、贻笑大方之家的箴言。再想想犹太人俗语:"人类一思索,上帝就发笑。"韩少功先生之评可谓一针见血:人类总是在思索,但总是照自己期待去追索所谓的答案。这自导自演的戏码,完全以自我为中心,忽略周遭关联,上帝当然忍不住会发笑。

　　显然,人不能光顾着自己。存在必有联结。人与人,应该算得上所有联结中最复杂的关系。张爱玲的作品中散发的苍凉兴许源自于她对别人的不信任。在她看来,人与人的维系是依托于利,除此之外别无他物。

　　当然,如若我们当真这般看人之关系,那怎么看怎么都会觉得生之渺渺,毫无意义。

　　正如鲁迅先生所言:"真的猛士敢于直面惨淡的人生,敢于正视淋漓的鲜血。"人与人的交互虽有许多不可回避的可恨,但仍有选择的可能。这也就是为何世界还会有荆轲刺秦的侠客行,尾生抱柱的一诺千金,高山流水的心心相印。

　　人,从来不是孤立的。正如木心所言,没有宇宙观、世界观,你哪来的人生观?

● 文学之花

浪子回头

圣经寓言

一个人有两个儿子，小儿子对父亲说："父亲，请你把我应得的家业分给我。"他父亲就把产业分给了他们。

过了不多久，小儿子便携带自己分得的全部家当，远走高飞了。他在外面挥霍无度，把所有的资财全都耗光了。又遇上那地方闹饥荒，就穷困潦倒了。为了糊口，只好给当地人放猪。他肚子饿，恨不得抓起猪吃的豆荚充饥。这时他才醒悟过来，沉痛地自言自语："我父亲的雇工甚多，口粮有余，可我竟要在这里饿死么？我要起来，到我父亲那里去，向他说，我得罪了天，也得罪了你，从今以后，我不配作你的儿子，请你把我当作一个雇工吧！"

于是他离开异乡，返回父亲那里。父亲远远地看见他，就迎上去，抱着他的脖子亲吻。小儿子说："爸爸，我得罪了天，也得罪了你。从今以后，我不配作你的儿子。"父亲却吩咐仆人说："快把那上好的袍子拿出来，给他穿上，把新鞋穿在他脚上，把戒指戴在他手上。快把那肥牛犊牵来宰了，我要庆贺一番。因为我的小儿子死而复活，失而复得了。"

那时大儿子正在田里，离家不远，听见跳舞作乐的声音，便叫过一个仆人来，询问发生了什么事。仆人回答说："你弟弟回来了，你父亲正在庆贺。"大儿子一听，就生起气来，不肯回家。父亲出来劝他，他便回答说："我服侍你这么多年，从来没有违背过你的意志。你并没有给我一只山羊羔，叫我和朋友一同快乐。可是你的这个小儿子，耗掉了你的产业，你倒为他这般庆贺！"父亲听了这话，对大儿子说："儿呀，你常和我在一起，我所有的一切，尽数都是你的。只是你这个小兄弟，死而复活，失而复得，因此我们理当欢喜快乐。"

（选自《中外寓言鉴赏辞典》，湖南出版社，1990年版）

【交流之窗】

　　古语有云："浪子回头金不换。"父亲因小儿子迷途知返甚是欢喜,自是人之常情。只是这个故事还有特别之处。大儿子的怨怼听起来合情合理,却忽略了父亲、弟弟与自己的关系。如果用唯一标准来衡量,大儿子当然吃亏。但是,这是不是说我们还不如做个浪子?试着体会"浪子回头金不换"的特殊语境,关照人与周遭人事的关联。或许你才能真正理解这种"死而复生、失而复得"的快乐。

獾貂争肉

朝鲜寓言

有一天，一只獾和一只貂同时在森林的小路上发现了一块肉。

"这是我捡到的。"獾叫喊说。

"不，是我的。"貂也叫喊起来。

"是我先看见的。"獾发火了。

"不对，是我第一个发现的。"貂争抢着说。

他们争执不下，难解难分。这时，獾说话了："这样吧，我们去找狐狸，请狐狸法官给咱们评评理。"

他们找到了狐狸，讲述了各自的理由。狐狸听完以后说："必须将这块肉分成相等的两份，你们俩一人一块。"说完，狐狸就把那块肉分成了两半。

"貂的那块比我的大！"獾喊叫着。

"那我给你们分得平均一些。"狐狸一边说着，一边就啃着貂的那块肉。

"现在，獾的那块比我的大了。"貂又叫了。

"现在我再来匀一匀。"这样一来，貂的这块肉又比獾的那块大了。然后，狐狸就再啃貂的那块肉。

就这样，獾和貂眼睁睁看着狐狸把两块肉一口一口地都吃光了。

（选自《中外寓言鉴赏辞典》，湖南出版社，1990年版）

【交流之窗】

獾貂相争，不肯相让，都只想着给自个儿挣利益，为什么偏偏让狐狸钻了空子？此情此景与"鹬蚌相争，渔翁得利"如出一辙。过分执着纠缠，往往叫人看不清楚。獾貂争肉,若二者好言相商,各退一步,各自得肉半块,皆大欢喜。可惜越是锱铢必较,越是得不偿失。你是否也曾沉溺于"獾貂之争"却毫不自知?

第五编 物与我——人和周围的世界

毒蛇之啮

尼采寓言

尼采(1844—1900)，德国著名哲学家，被认为是西方现代哲学的开创者。

某天天气很热，查拉斯图拉在一棵无花果树下熟睡了。他的两臂掩护着面孔。一条蛇来了，在他颈上咬了一口，他痛得喊了一声醒来。他放下他的两臂，注视着这条蛇。于是这条蛇认出了查拉斯图拉的眼睛，它笨拙地扭动着身体想逃开去。"不要走！"查拉斯图拉说，"我还不曾谢谢你！我的前路还远着，你正把我惊醒得合时呢。""你的前路怕很短吧！"蛇悲哀地说，"我的毒液是致命的。"查拉斯图拉笑起来。"几时一条龙会因为一条蛇之毒液而死去呢？"他说。"取回你的毒液吧！你并不多得有分送我的余裕。"于是蛇又绕着他的颈项，舐回它的毒液。

（选自《世界寓言故事宝库·德法卷》，沈阳出版社，1997年版）

【交流之窗】

哪曾见毒蛇舐回自己的毒液？这真是一个毒蛇屈服的故事？尼采其实是采用了一种隐喻。蛇的毒液致命，于龙而言却毫无杀伤力。蛇以为的命不久矣，查拉斯图拉反而觉得是漫漫长夜的惊梦。若替换成人，这种比较是不是就更见差距？不要高估自己，也许你只是还没遇到对手。

荆人遗弓

《吕氏春秋》寓言

《吕氏春秋》是在秦国丞相吕不韦主持下,集合门客们编撰的一部黄老道家名著。

荆人有遗弓者,而不肯索,曰:"荆人遗之,荆人得之,又何索焉?"孔子闻之曰:"去其'荆'而可矣。"老聃闻之曰:"去其'人'而可矣。"

(选自《吕氏春秋》,中华书局,2011年版)

【交流之窗】

天遗之,天得之,总量未增未减。所以老子《道德经》中说:"天地不仁,以万物为刍狗。"天地真的不仁吗?恰恰相反,天地有仁心,对待万物都是一样的标准。所以才无所谓仁,无所谓不仁。这便是老子的过人之处:但凡有区别对待之念,哪怕是人和物的分别,也是多余。要么还不如像荆人一样,把仁义之心限定在一定阈限,反而显得真诚。这件事情上,孔子本来想弥合国家界限,彰显仁德,却还是给老子呛了声。

曲江①二首其一

杜 甫

⊙ 杜甫 王博绘

杜甫(712—770),字子美,自号少陵野老,唐代现实主义诗人,与李白合称"李杜"。

一片花飞减却春,风飘万点正愁人。
且看欲尽花经眼,莫厌伤多酒入唇。
江上小堂巢翡翠,苑边高冢卧麒麟。
细推物理须行乐,何用浮名②绊此身?

(选自《中国古典诗词精品赏读:杜甫》,五洲传播出版社,2005年版)

【交流之窗】

诗人眼眶里装下了怎样的图景?曲江不复当年,那还留下哪些印记?堂上何以住上了翡翠鸟,石麒麟为何又卧倒在高冢之旁?那些物因由什么样的情绪而着此色?

今日之日定不是偶然。从来没有孤立的此刻,也无孤立的此物。看得到的今日背后,是看不见的昨天与未来。横亘在诗人眼前的是不可回溯的沧桑历史。借酒消愁,消减得去吗?也许,非但浇不下,只会越发跃上心头。诗人只当是以"及时行乐"宽慰自己。只是,除却浮名,以诗人"心忧天下"的个性当真绊不住自己吗?

---

① 杜甫时任左拾遗,安史之乱仍在继续。曲江又名曲江池,位于长安城南朱雀桥东,是唐长安城最大的名胜景区,随唐盛衰。
② 浮名:有的版本为"浮荣"。

一切都在故事里

凯特·迪卡米洛　　王昕若　译

凯特·迪卡米洛，美国当红儿童文学作家，善于细腻的心理描写。

"从前有位非常美丽的公主，她就像没有月亮的夜空中的繁星一样闪闪发光。可是她长得美丽有什么用呢？没有，什么用也没有。"

"为什么没有用呢？"阿比林问道。

"因为，"佩勒格里娜说，"她是个谁也不爱并对爱毫不关心的公主，虽然有许多人爱着她。"

故事讲到这里，佩勒格里娜停了下来并目不转睛地望着爱德华。她紧盯着他的画上去的眼睛，爱德华再次感到浑身一阵战栗。

"有一天……"佩勒格里娜说道，眼睛还在盯着爱德华。

"公主发生了什么事情？"阿比林问。

"有一天，"佩勒格里娜说，又回过头来面向阿比林，"国王，她的父亲，说公主到了结婚的年纪了。在这之后不久，从邻近的王国来了一位王子，他见到了公主，并且一见钟情。他送给她一枚纯金的戒指。他把它戴在她的手指上。他对她说道：'我爱你。'可是你知道那公主做了什么吗？"

阿比林摇了摇头。

"她把那枚戒指吞了下去。她把它从她的手指上摘下来并把它吞了下去。她说：'这就是我对爱的理解。'然后，她从那位王子身边跑开了。她离开了那座城堡，来到密林的深处。然后……"

"然后什么？"阿比林说，"到底怎么样了？"

"然后，那公主迷失在了密林中。她四处游荡了好几天。最后，她来到一间小屋前面，她敲了敲门。她说：'让我进去，我很冷。'没有回答。

"她又敲了敲门。她说道：'让我进去，我很饿。'一个可怕的声音回答了她。那声音说道：'如果你一定要进来就进来吧。'那美丽的公主进去了,她看到一个巫婆正坐在一张桌子旁边数金条。

"'三千六百二十二。'那巫婆说道。

"'我迷路了。'那美丽的公主说。

"'怎么回事?'那巫婆说,'三千六百二十三。''我很饿。'公主说道。

"'那关我什么事。'那巫婆说,'三千六百二十四。''可是我是美丽的公主。'那公主说。

"'三千六百二十五。'那巫婆回答道。

"'我的父亲,'公主说,'是个有权有势的国王。你必须帮助我,否则后果就严重了。''后果严重?'那巫婆反问道。她的目光从她的黄金上抬起来。她凝视着那公主,'你敢对我讲后果严重?很好,那么,我们就说说严重后果:告诉我你所爱着的人的名字。''爱!'公主说道。她跺了跺脚,'为什么所有的人都要扯到爱上?''你爱谁?'那巫婆说,'你必须把名字告诉我。''我谁也不爱。'公主骄傲地说。

"'你使我很失望,'巫婆说。她举起手,口中念念有词,'变。'

"于是那位美丽的公主被变成了一头疣猪。

"'你对我做了什么?'公主尖叫道。

"'现在再来谈谈严重后果,好吗?'那巫婆说道,她又回去数她的金条。'三千六百二十六,'巫婆说道,这时候疣猪公主从那小屋跑出去,跑进密林里。

"国王的人也来到了森林里。他们在寻找什么?一位美丽的公主。所以当他们遇到一头丑陋的疣猪时,他们立刻向它开了枪。砰!"

"不!"阿比林说。

"就这样,"佩勒格里娜说,"那些人把疣猪带回了城堡,厨师在它的肚子上切开了个狭长的口子,在肚子里面她发现了一枚纯金的戒指。那天晚上城堡里有许多饥肠辘辘的人,他们都在等着吃肉呢。所以那厨师把那戒指戴在了她的手指上,并结束了屠宰疣猪的工作。厨师在工作时,美丽的公主曾吞下的那枚戒指在她的手上闪闪发光。讲完了。"

"完了?"阿比林愤愤不平地说。

"是的,"佩勒格里娜说,"完了。"

"可是不能完。"

"为什么不能完呢?"

"因为完得太快了。因为从那以后谁也没有过上幸福的生活,这就是原因。"

"啊,是这样的。"佩勒格里娜点了点头。她沉默了片刻,"可是你回答我这个问题:如果没有爱,一个故事怎么会有幸福的结局?不过,好啦,时间已经不早了,你得睡觉了。"

佩勒格里娜从阿比林手里接过爱德华。她把他放到他的床上并拉过床单一直盖到他的胡子下面。她向他靠得更近了些。她小声说道:"你使我感到很失望。"

那老太太离开以后,爱德华躺在他的小床上,眼睛盯着天花板。那个故事,他想,本来就毫无意义。不过大多数故事都是这样。他想到那个公主和她如何变成了一头疣猪。多么恐怖啊!多么荒唐啊!多么可怕的命运啊!

"爱德华,"阿比林说,"我爱你。不管我长到多大,我都会永远爱你的。"

是的,是的,爱德华想。

他继续凝视着天花板。他为某种莫名的原因而激动不已。要是佩勒格里娜把他侧面放下就好了,这样他就可以眺望星空了。

后来他想起了佩勒格里娜对美丽的公主的描述。她就像没有月亮的夜空中的繁星一样闪闪发光。由于某种原因,爱德华觉得这句话给人以慰藉,他自言自语地重复着这句话——就像没有月亮的夜空中的繁星一样闪闪发光,就像没有月亮的夜空中的繁星一样闪闪发光——一遍又一遍地,直到第一道曙光终于浮现。

(选自《爱德华的奇妙之旅》,新蕾出版社,2011年版)

【交流之窗】

故事匆匆结束,叫人猝不及防,然而却余味悠长——如果没有爱,一个故事怎么会有幸福的结局?那爱的本质是什么?不过是自己与世界深刻的联结。这公主的悲剧在于轻视周遭所有关系,不爱任何人,只爱她自己。王子之爱不被珍视,父亲之爱与权势对等,陌路之爱理所当然。这便像将自己置于孤岛之境,与世隔绝。纵使再华贵,在爱的领域她永远是个失败者。因为,她毫无依凭。终落得被人屠而无人知的下场。爱吧,有生之年与这个世界深深相交,密密关联。

八风吹不动[1]

佛教公案

苏东坡在江北瓜州地方任职时，住所与金山寺仅有一江之隔。他常和金山寺的住持佛印禅师谈经论道。一日，自觉修持有得，撰诗一首，派书童送给佛印禅师印证，诗云：

稽首天中天，毫光照大千。

八风吹不动，端坐紫金莲。

禅师看后，拿笔批了两个字，就叫书童带回去。苏东坡以为禅师会赞赏自己参禅的境界，打开一看，上面却写着"放屁"两字，不禁无名火起，立即乘船过江找禅师理论去了。

苏东坡一见禅师就质问道："我们是至交道友，我的诗，我的修行，你不赞赏也就罢了，怎可骂人呢？"

禅师若无其事地说："我骂你什么了啊？"

苏东坡就将批字拿出来给禅师看。

禅师哈哈大笑，说："哦！你不是八风吹不动吗？怎么一个屁就被打过江来了呢？"

苏东坡惭愧不已。

（选自《快乐密码：禅的智慧与心灵修炼》，中华书局，2009年版）

【交流之窗】

真正的禅修是什么？是自以为悟道的心念？还是无畏浮名，不被外物所动？

苏轼自以为了然于胸。当他还执拗于禅师的批注，甚至怒气冲冲地过江理论，就表明他离真正的修行还远着呢。真正的"八风吹不动"是不被外物所

---

[1] 本文有删节。

累的自在，不被评判左右的坚持。只有连浮名都看淡，才知自在于心。不是以为不逐利就入了正道，如果连旁人的评点都能诱其心志，估计还是没有真正脱离外物的束缚。

由此可知，禅师的批注哪里是为评诗？分明就是检验，他帮着苏轼用苏轼自己的言行检验其修为——做到"八风吹不动"了吗？任何一点因物而起心动念，便是修行不够的明证。禅修最高境界应当是王阳明格物致知后参透的"知行合一"。

半个自己

陈 染

陈染，生于1962年，先锋小说作家。现居北京。中国作家协会会员。

　　一个人不能够经常地随和别人，别人就会转回头送还给你一堵石头砌成的墙壁。渐渐，这样的"别人"多起来，你身边的墙壁自然而然就会四处而起，八方林立，你就会觉得生活的窗口处处向你关闭，方便与通融之门的把手被握在各种各样的"别人"手中。你寸步难行。你甚至开始怀疑你自己。

　　你还看到，很多时候，人群判定一匹马的价值，并不是依据它的矫健和力量，而是依据它的鞍具是否漂亮、贵重；判定一阵春风是否和煦，并不是用肌肤本身感受它的温馨和舒展，而是去用耳朵倾听风铃是否清脆和亮丽；作为精神食粮的一本书的分量，却被放在称量饼干几斤几两的天平上来计算；而一个丰富、复杂的活生生的人，则更是……似乎一切都是依据事物本质之外的表象来衡量。

　　既然如此，聪明的马就不再去忙着奔跑自己的腿脚，有悟性的风首先考虑的是要在自己的颈项上佩戴许许多多的铃铛……

　　这时，你发现你的双腿需要的不仅仅是鞋子，鞋子下边还需要有道路，这道路自然不能是那种拧着劲儿的绊人脚步的绳索，而是那种势如破竹、水一样通畅的"出路"。你需要出路，就如同音乐需要耳朵，绘画需要目光，如同氧气需要肺，佳肴需要胃。

　　慢慢你发现，人群实在危险，你必须舍弃一半自己，把这半张脸孔化装成毫无个人特征的众人皆同的模样，半边身体的骨骼也必须是圆润的，以换取各种各样的"别人"在各种各样的路口的通行证。你必须学会与他人"处于危险的一致"。

　　能够生存下去，正是在于你无时无刻地脚踏这种危险而平庸的基石之上。这也正是克尔凯郭尔以抗拒和否定的态度所指出的"群众的时代""政治的时代""个人不能救助的时代"。

你其实只有半条命!因为,你若是想保存整个生命的完整,你便会无生路可行,你就会失去全部生命。

许多年来,我始终在自己的身体里,为保存半条命还是失去全部生命,进行着无声的选择。这一场看不见的较量从未离开过我。我无法彻底"这样"或者彻底"那样"。

最终的答案是无疑的:我只有半条命,我只能拥有半个自己,只要还想活下去的话。

我作为半个人而存在着,她像一个清醒的旁观者,冷静而痛惜地看着被割舍、牺牲出去的另一半,如同看着另外一个人。她们就像合租在一套住宅里的漠然的邻居一般彼此无关,同时居住在我的体内。

属于我自己的这一半,尽管她更多的时间独处一室,显得冷落寂寞,但她忠于了自己,顺从着自己的精神,因而她是充满趣味的;而被贡献给公众的那一半,尽管她每日混杂在热热闹闹的人群中,但他们不断地抛掷给她许许多多应接不暇的惊诧,而她必须给自己的思想和本意戴上镣铐,像每天消化食物那样去消化掉那些多得已经不再令人惊诧的"惊诧",所以她依然是孤独的。

(选自《陈染文集4·女人没有岸》,江苏文艺出版社,1996年版)

【交流之窗】

"他人"真是一个很微妙的词。"我"之外的别人。他和你是彼此独立的,却又同时关联。有人看到"我"与"他人"相交的必要,如张抗抗;有人看到"他人"对"我"的捆绑,比如陈染。那么你呢?你会不会做"半个自己"?你对交付出去的"另一半自己"会是什么心情?

这是一个矛盾的问题,却是我们不得不面对的真实。怕只怕什么呢?就像朱自清所言:"热闹是它们的,我什么也没有。"在人群中,不一定都是逢迎,也许交心会让我们没那么孤独。

冬天的豪猪

叔本华　　林语堂　译

⊙叔本华　黄苏绘

叔本华（1788—1860），德国著名作家、学者，唯意志论的创始人和主要代表之一。

有一冬天之夜，天降大雪，林中的豪猪冰冻不堪。后来大家寻到一间破屋，一齐进去。

起初，大家觉得寒冷，所以围做一团，大家分暖。只因豪猪只只身上都是刺，一碰之后，不得不大家分开。分开之后，又觉得寒颤，又想团聚分暖。如此分后再合，合后再分，往返数次才找到一种适当的距离，既不相刺，又可稍微分暖，就此相安无事，一夜过去。

（选自《原本名译世界经典寓言全集·欧洲部分国家卷　印度卷　德国卷》，吉林人民出版社，2005年版）

【交流之窗】

豪猪为何分分合合，而不一次性拥抱取暖？如同人际中需要适当的距离，豪猪在不断磨合中把握彼此的距离。

过分亲昵会怎样？血肉模糊，彼此伤害。过分疏远又如何？为寒所裹，难抵严冬。人又何尝不是如此？近则不逊，远则生怨。恰如其分的距离，是给予彼此舒展的空间。让双方能自如挥洒，又能共享喜乐。当然，万事不可一蹴而就。这分毫之距自然要一点时间来磨合。不要逼迫太近，也不必斥而远之，我们只是需要一点耐心。

爸爸最值钱

阿特·布赫瓦尔德 李健生 译

阿特·布赫瓦尔德(1925—2007),美国新闻记者和幽默作家。

一天,我从儿子房间门口经过,听见他正在打字。

"想写点什么呢?"我问他。

"正在写回忆录,描述做你儿子的感受。"

听了他的话,我的心里甜丝丝的,"写吧,但愿在书中我的形象还不坏。"

"放心吧,错不了!"他说,"嗨,爸,商量件事。你把我关进牛棚,用你的皮带抽我,像这样的事,我应该在书中写几次啊?"

这使我愕然。"我从未把你关进牛棚,也没有用皮带抽你啊!再说,我们家压根儿也没有牛棚。"

"我的编辑说,要想使书有销路,就应该描述诸如此类的事:当我做错事的时候,你狠狠地揍我,继而又把我关进厕所。"

"可我从来没有把你关起来啊!"

"那是事实。但编辑指望我的故事能使读者大开眼界,就像加里·克罗斯比和克里斯蒂娜·克劳索德写的关于他们父母的故事那样。他认为读者想了解你的私生活——你的庐山真面目。现在儿辈们都在写这方面的书,而且都是畅销货。假如我也把你描述成一个堕落的父亲,你不会反对吧?"

"你一定要这样做吗?"

"是的,必须如此。我已经预支了一万美元,他们的条件是我必须揭露你的隐私。你可以读一读我写的第二章。内容嘛,是你在一次演讲中闹出了大笑话,事后你酩酊大醉地回到家中,把我们所有人从床上轰了起来,逼着我们刷地板。"

"你很清楚,我从来没有这么干过。"

"哎呀,我的爸爸!这只不过是一本书。我的编辑喜欢这样的书,第三章他最中意了。那一章中,你对母亲拳打脚踢,大耍威风。"

"什么?我揍了你母亲?"

"我并不是说你真的伤害了母亲。不过,我还写了我们几个小孩惯于藏在毛毯底下,这样我们就听不到母亲挨打时那种声嘶力竭的叫声了。"

"天啊,我从未打过你的母亲!"

"可我不能这么照搬事实。编辑说过,成年人是不会花十五六美元去买《桑尼布鲁克农场的丽贝卡》的。"

"好吧,就算我用皮带抽了你,揍了你母亲。除此我还做了些什么?"

"对了,我正在第四章中写你拈花惹草的事呢。假如我写你常在凌晨三点钟把那些歌舞女郎领进家门,你说人们会不会相信?"

"我敢肯定,人们会相信。但即使这会成为一本畅销书,难道你不认为这太离谱了吗?"。

"这是编辑的主意。平时,你没有粗暴待人的恶名声,这样一写,读者才会真正感到惊奇、刺激。对我不会有什么损害的。"

"对你是没什么损害,但对我可如同下地狱了!"我再也按捺不住,冲他吼叫起来,"那我究竟做了点好事没有?"

"有。其中有一章我特别写到你为我买了第一辆自行车,但编辑让我删去了,因为我也写了圣诞节的事。那次,我跟你顶嘴,气得你把一碗土豆泥统统扣在我的脑门上。编辑说这样的两件事写在一起是会把读者搞糊涂的。"

"那你为什么不写仅仅因为你数学考试得了'良好',我就用冷水把你从头淋到脚?"

"你说得好。那我就这样写,一次我得肺炎住院,你这位当爸爸的甚至连看都不看我。"

"看来你是想把你的父亲以一万美元出卖了?"

"不仅是为了钱。编辑说如果我把一切都捅出去,那就连巴巴拉·瓦尔德斯都会在他主持的电视节目里采访我,那时我就再也不用依靠你来生活了。"

"好吧,如果这本书真会带给你那么多的好处,你就干下去吧。要我帮忙吗?"

"太好了,就一件事。你能不能给我买一台文字加工机?如果我能提高打字的速度,这本书就能在圣诞节前完稿。一旦我的代理人把这本书的版权交给电影制片商,我就立即把钱还给你。"

(选自《读者》,2009年第13期)

【交流之窗】

所有荒诞都衍生于颠倒黑白的关系。当物质凌驾于人之上,感情、人伦等都会变得毫无意义。

就像这场父子对话里,你看到一个为了达成畅销书写作目的的孩子胡编乱造,出卖父亲的滑稽剧。被塑造的孩子背后隐没的是一个唯利是图的编辑、一个物质至上的社会。忍俊不禁的时候,难免还有一丝透骨的寒意。孩子如此轻车熟路,是一个家庭的悲剧,也是一个社会不良价值观的衍生品。对"物质超越万物"深信不疑,这样的孩子还可爱吗?为了金钱连父亲都可以出卖,这样的亲情不可怕吗?

在生活面前

高尔基　陈学迅　译

高尔基(1868—1936),苏联著名作家、诗人、政论家和学者。

在生活面前站着两人,两人都对生活不满,于是生活问他们:"你们对我期待什么?"

其中一位疲倦地说道:"你本身的矛盾太残酷。这使我感到愤懑。我的理智无力理解你的真谛。在你面前,我的心灵里是一片莫名其妙的昏暗。我的意识告诉我,人是万物中最优秀的……"

"你想问我要什么?"生活冷冰冰地问道。

"要幸福!!……为了我的幸福你必须调解我心灵里两种相矛盾的原则:一是'我想要的',一是'你应该给的'。"

"那你就期待你应该得到的东西吧!"生活严肃地说。

"我不想成为你的牺牲品!"他愤慨地扬声说道,"我想当生活的主宰,可我现在必须俯首弯腰服从生活的法则,而受到它的重压——这是为什么?"

"喂,你讲干脆点!"另外一个人说道。他站得离生活近些。

可前者不理会后者的话,继续说道:"我要生活的自由,我要生活得万事如意的自由;我不愿因为义务而当他人的附属品——不管是同伴或者奴仆;我要想当什么就当什么——即使是当同伴或者奴仆,也要随我的心愿。我不愿做社会的一砖一瓦,因为社会为修建自己福利的牢笼,而把我想放哪里就随意放哪里。我是人,是生活的灵魂和理智,我应该是自由的!"

"请停一下!"生活说,"你讲多了,我知道你往下还要说些什么。你想当自由的人!那好吧,你就当自由人吧!你来同我斗,你斗过了我,你就能当我的主人,我就是你的奴仆。你知道,我生性冷酷,缺乏热情,但对胜利者是恭顺的。可是需要斗过我才行!你能为自身的自由同我斗争吗?

你行吗？你有足够的力量战胜我吗？你相信自己的力量吗？"

可这个人沮丧地说："你逼使我同你斗争，你像磨石一样，仿佛要把我的理智磨成一把利刃，可这把利刃却深深地刺进和伤害了我的心灵。"

"您跟生活说话要严肃点，不要牢骚满腹。"第二个人说。

可前者毫不理会，还继续说："我受不了你的重压，我要休息。啊，让我尝尝幸福吧！"

生活冷冰冰地笑了一下，问道："你说吧，你是向我要求还是祈求？""祈求。"那人的回答像回音那么细柔。

"你祈求的样子简直像个没出息的乞丐，但是，我的可怜虫，我必须对你讲清——生活是不行施舍的。你知道什么呢？一个自由的人，他不会向我祈求，他会自己来向我索取我的赠品……而你，只不过是你自己欲望的奴仆。只有那些奋力抛弃繁多欲望，而投身于实现一个愿望的人，才是自由的人。明白了吗？去吧！"

他明白了，于是像狗一样地躺倒在冷酷的生活脚下，企求悄悄地享受点儿从生活的餐桌上扔弃的残饭剩菜。

这时，严峻的生活把她那双冷漠的目光转向另外一个人——那人脸形粗犷，但却善良。"你祈求什么？"

"我不是祈求，我是要求。"

"要求什么！"

"公理在哪儿？你把公理给我。其他的一切我以后再要。现在我需要公理。我长期而耐心地等待，我靠劳动生活，没有休息，没有光明。我一直在等待……相信公理总是有的！公理在哪儿呢？"

生活无动于衷地答道："你去夺取吧！"

（选自《百味小品》，甘肃人民出版社，1996年版）

【交流之窗】

卢梭说："人，生而自由，又无往不在枷锁之中。"生活面前，人必然会有所牵绊。然而真正的救赎是自救。像文中前者一样怨天尤人，并没有什么裨益。乞求就更不必说。世上哪有不劳而获的？那像后者一般，去与生活论公道呢?其实也是多余。幸福也罢,自由也罢,公理也罢,等待是不会有结果的。生活面前,人人平等,无畏无惧,你想向生活求取的都会经由自己的努力获得。《肖申克的救赎》的启示还记得吗?——人最终仰赖的唯有自己。

第五编 物与我——人和周围的世界

生活是美好的——写给企图自杀的人

契诃夫　　汝　龙　译

契诃夫（1860—1904），俄国的世界级短篇小说巨匠，世界三大短篇小说家之一。

生活是极不愉快的事，然而要使生活美好，却也不算太难。要做到这一点，光是中二十万卢布的彩票，获得"白鹰"勋章[①]，娶个俊俏的女人，以安分守己闻名，那是不够的，因为这些福分都不能长久存在，迟早会使人觉得平淡无奇。为了让内心不断感到幸福，甚至在忧伤悲愁的时候也不变，那就需要：（一）善于满足现状。（二）高兴地体会到"本来事情可能更糟"。这并不困难：

你衣袋里的火柴燃起来，那你该高兴，感谢上苍，幸好你衣袋里没有藏着火药库。

穷亲戚来到你别墅里，你不要脸色煞白，而要得意洋洋地高声叫道："幸好来的不是警察！"

你手指上扎了一根刺，你该高兴地喊一声："幸亏不是扎在眼睛里！"

如果你的妻子或者小姨练琴，那你不要发脾气，而要高兴得忘乎所以，因为你听见的是音乐，而不是胡狼的嗥叫声或者猫的音乐会。

你该快活，因为你不是拉公共马车的马，不是科赫的"小点"[②]，不是旋毛虫，不是猪，不是驴，不是茨冈[③]拉着的熊，不是臭虫。……你该高兴，因为你腿不瘸，眼不瞎，耳不聋，口不哑，也没感染霍乱。……你该高兴，因为目前你没有坐在法庭的被告席上，没有看见面前站着一个债主，没有同图尔巴[④]谈稿费问题。

[①] 帝俄时代八种高级勋章之一。——俄文本编者注
[②] 指霍乱病菌。科赫（1843—1910），德国科学家，微生物学的创始人之一，曾发现霍乱的病因。——俄文本编者注
[③] 俄国一个流浪的少数民族。此处指以卖艺为生的茨冈。
[④] 1879年至1896年在彼得堡印行的周刊《图画世界》的主编和发行人。——俄文本编者注

如果你住在不那么远的地方①,那么,你一想到你总算没发配到极远的地方②去,岂不感到幸运?

如果你有一颗牙痛起来,那你就要欢欢喜喜,因为你不是满口牙都痛。

你该高兴,因为你无须乎读《公民报》③,也无须乎坐在垃圾桶上,更不必同时娶三个老婆。……

人家把你押到警察分局去,你就该快活得跳起来,因为人家不是把你押到地狱的熊熊大火中去。

如果人家用桦树条抽你,你就该乐得踢蹬两条腿,高声叫道:"我多么幸运啊,人家总算没有用荨麻抽我!"

如果你妻子对你变了心,那你就该高兴,因为她是背叛你,而不是背叛祖国。

诸如此类,不胜枚举。……人啊,假如你听从我的忠告,那么你的生活就会成为源源不断的欢乐了。

(选自《契诃夫小说全集·第3卷》,上海译文出版社,2008年版)

【交流之窗】

如何真正快乐地度过这一生呢?单凭好运气好像是不够的。"亲爱的,外面没有别人。"生活很大程度上是我们内心在外物上的投射。既然如此,不妨主动调整我与"外界"的关系,获得与物、与人交互的主动权。

能够理解我所拥有的主动性才是钥匙吧。正因为事情还能更糟糕,用另外的视角反观现在的处境,反而应当庆幸。逆向而思,其实是认清自己与世界的关系。如此便会发现别有洞天。哪里是洞察世间悲喜,不过是终于懂得了自己在这个世上的意义。

---

① 指俄国流放犯的流放地点。
② 指西伯利亚,俄国苦役犯的服刑地点。
③ 俄国当时的一家反动报纸。

世态炎凉

季羡林

世态炎凉,古今所共有,中外所同然,是最稀松平常的事,用不着多伤脑筋。元曲《冻苏秦》中说:"也素把世态炎凉心中暗忖。"《隋唐演义》中说:"世态炎凉,古今如此。"不管是"暗忖",还是明忖,反正你得承认这个"古今如此"的事实。

但是,对世态炎凉的感受或认识的程度,却是随年龄的大小和处境的不同而很不相同的,绝非大家都一模一样。我在这里发现了一条定理:年龄大小与处境坎坷同对世态炎凉的感受成正比。年龄越大,处境越坎坷,则对世态炎凉感受越深刻。反之,年龄越小,处境越顺利,则感受越肤浅。这是一条放诸四海而皆准的定理。

我已到望九之年,在八十多年的生命历程中,一波三折,好运与多舛相结合,坦途与坎坷相混杂,几度倒下,又几度爬起来,爬到今天这个地步,我可是真正参透了世态炎凉的玄机,尝够了世态炎凉的滋味。特别是"十年浩劫"中,我因为胆大包天,自己跳出来反对北大那一位炙手可热的"老佛爷",被戴上了种种莫须有的帽子,被"打"成了反革命,遭受了极其残酷的至今回想起来还毛骨悚然的折磨。从牛棚里放出来以后,有长达几年的一段时间,我成了燕园中一个"不可接触者"。走在路上,我当年辉煌时对我低头弯腰毕恭毕敬的人,那时却视若路人,没有哪一个敢或肯跟我说一句话的。我也不习惯于抬头看人,同人说话。我这个人已经异化为"非人"。一天,我的孙子发烧到四十度,老祖和我用破自行车推着到校医院去急诊。一个女同事竟吃了老虎心豹子胆似的,帮我这个已经步履蹒跚的花甲老人推了推车。我当时感动得热泪盈眶,如吸甘露,如饮醍醐。这件事、这个人我毕生难忘。

雨过天晴,云开雾散,我不但"官"复原职,而且还加官晋爵,又开始了一段辉煌。原来是门可罗雀,现在又是宾客盈门。你若问我有什么想法没有,想法当然是有的,一个忽而上天堂,忽而下地狱,又忽而重上天堂的人，哪能没有想法呢？我想的是：世态炎凉，古今如此。任何一个人，包括我自己在内，以及任何一个生物，从本能上来看，总是趋吉避凶的。因此，我没怪罪任何人，包括打过我的人。我没有对任何人打击报复。并不是由于我度量特别大，能容天下难容之事，而是由于我洞明世事，又反求诸躬。假如我处在别人的地位上，我的行动不见得会比别人好。

（选自《季羡林真实人生》，新世界出版社，2012年版）

【交流之窗】

  人生喜乐常常牵扯于所处的世界。世态炎凉也每每与他人相关。古人云：墙倒众人推，树倒猢狲散。人世最寒心莫过于此。季老在艰难之际，不但无人扶将，反而给喂了不少冷眼。若是你也曾门庭若市，有朝一日却无人问津，不知当作何感想？

  当然，人还是可以有所为有所不为。就像季老为人忠厚，并不为此较真。既念着人性中萌发的微光，那一日的帮衬，也不睚眦必报，不忘当初。人性中有不可回避的阴暗，你却可以选择耀眼的阳光。

跨越百年的美丽

梁 衡

梁衡,生于1946年,山西霍州人。著名学者、新闻理论家、作家。

1998年是居里夫妇发现放射性元素镭100周年。

一百年前的1898年12月26日,法国科学院人声鼎沸,一位年轻漂亮、神色庄重又略显疲倦的妇人走上讲台,全场立即肃然无声。她叫玛丽·居里,就是后来名扬于世的居里夫人。她今天要和她的丈夫皮埃尔·居里一起在这里宣布一项惊人发现,他们发现了天然放射性元素镭。本来这场报告,她想让丈夫来做,但皮埃尔·居里坚持让她来讲。因为在此之前还没有一个女子登上过法国科学院的讲台。玛丽·居里穿着一袭黑色长裙,白净端庄的脸庞显出坚定又略带淡泊的神情,而那双微微内陷的大眼睛,则让你觉得能看透一切,看透未来。她的报告使全场震惊,物理学进入了一个新时代,而她那美丽而庄重的形象也就从此定格在历史上,定格在每个人的心里。

居里夫人一直是我崇拜的少数名人中的一个。如果说到女性的名人她就更是非第一莫属了,余后大概还有一个中国的李清照。我大约是在上中学时读到介绍居里夫人的小册子,从此她坚毅的形象便在脑海里永难拂去。之后我几乎搜读了所有关于她的传记。一个人的伟大不外乎两个方面,一是他对社会做出的贡献,二是他的人格,他的精神。对居里夫人来说,这两方面她都具备,而且超群绝伦,值得我们永远的怀念和学习。

关于放射性的发现,居里夫人并不是第一人,但她是关键的一人。在她之前,1896年1月,德国科学家伦琴发现了X光,这是人工放射性;1896年5月,法国科学家贝克勒尔发现铀盐可以使胶片感光,这是天然放射性。这都还是偶然的发现,居里夫人却立即提出了一个新问题,其他物质有没有放射性?物质世界里是不是还有另一块全新的领域?别人在海滩上捡到一块贝壳,她却要研究一下这贝壳是怎样生、怎样长、怎样冲到海滩上来的。别人摸瓜她寻藤，别人摘叶她问根。是她提出了放射性这个词。两年后，她发现了钋，接着发现了镭，冰山露出了一角。为了提炼出纯净的镭，居里夫妇搞到一吨可能含镭的工业废渣。他们在院子里支起了一口锅，一锅一锅地进行冶炼，然后再送到化验室溶解、沉淀、分析。而所谓的化验室是一个废弃的、曾停放解剖用尸体的破棚子。玛丽终日在烟熏火燎中搅拌着锅里的矿渣，她衣裙上、双手上，留下了酸碱的点点烧痕。一天，疲劳之极，玛丽揉着酸痛的后腰，隔着满桌的试管、量杯问皮埃尔："你说这镭会是什么样子？"皮埃尔说："我只是希望它有美丽的颜色。"终于经过三年又九个月，他们在成吨的矿渣中提炼出了0.1克镭。它真的有极美丽的颜色，在幽暗的破木棚里发出略带蓝色的荧光。它还会自动放热，一小时放出的热能溶化等重的冰块。

旧木棚里这点美丽的淡蓝色荧光，是用一个美丽女子的生命和信念换来的。这项开辟科学新纪元的伟大发现好像不该落在一个女子的头上。千百年来，漂亮就是一个女人的最高荣誉，最大资本，只要有幸得到这一点，其余便不必再求了。莫泊桑在他的名著《项链》中说："女人并无社会等级，也无种族差异；她们的姿色、风度和妩媚就是她们身世和门庭的标志。"居里夫人是属于那一类很漂亮的女子，她的肖像如今挂遍世界各国的科研教学机构，我们仍可看到她昔日的风采。但是她偏偏没有利用这一点资本，她的战胜自我也恰恰就是从这一点开始的。当她还是个小学生时就显示出上帝给她的优宠，漂亮的外貌已足以使她讨得周围所有人的喜欢。但她的性格里天生还有一种更可贵的东西，这就是人们经常加于男子汉身上的骨气。她坚定、刚毅，有远大、执著的追求。为了不受漂亮的干扰，她故意把一头金发剪得很短，她对哥哥说："毫无疑问，我们家里的人有天赋，必须使这种天赋由我们中的一个表现出来！"她不但懂得个人的自尊，更懂得民族的自尊。当时的波兰为沙皇所统治，她每天上学的路上有一座沙皇走狗的雕像，玛丽路过此地，总要狠狠唾上一口，如果那一天和女伴说话忘记了，就是已走到校门口也要返回来补上。她中学毕业后在城里和乡下当了七年家庭教师，积攒了一点学费便到巴黎来读书。当时大学里女学生很少，这个高额头、蓝眼睛、身材修长的漂亮的异国女子，很快成了人们议论的中心。男学生们为了能更多地看她一眼，或有幸凑上去说几句话，常常挤在教室外的走廊里。她的女友甚至不得不用伞柄赶走这些追慕者。但她对这种热闹不屑一顾。她每天到得最早，坐在前排，给那些追寻的目光一个无情的后脑勺。她身上永远裹着一层冰霜的盔甲，凛然使那些"追星族"不敢靠近。她本来是住在姐姐家中，为了求得安静，便一人租了间小阁楼，一天只吃一顿饭，日夜苦读。晚上冷得睡不着，就拉把椅子压在身上，以取得一点感觉上的温暖。这种心无旁骛、悬梁刺股、卧薪尝胆的进取精神，就是一般男子也是很难做到的啊。宋玉说有美女在墙头看他三年而不动心。范仲淹考进士前在一间破庙里读书，晨起煮粥一碗，冷后划作四块，是为一天的口粮。而在地球那一边的法国，一个波兰女子也这样心静，这样执著，这样地耐得苦寒。她以25岁的妙龄，面对追求者如潮而不心动。她只要稍微松一下手，回一下头，就会跌回温软的怀抱和赞美的泡沫中，但是她有大志，有大求，她知道只有发现创造之花才有永开不败的美丽。所以她甘愿让酸碱啃蚀她柔美的双手，让呛人的烟气吹皱她秀美的额头。

  本来玛丽·居里完全可以换另外一种活法。她可以趁着年轻貌美如现代女孩吃青春饭那样，在钦羡和礼赞中活个轻松，活个痛快。但是她没有，她知道自己更深一层的价值和更远一些的目标。成语"浅尝辄止"是指人对外部世界的认识，殊不知有多少人对自己也常是浅尝辄止，见宠即喜。你看有多少女孩子王婆"赏"瓜，顾影自怜而不知前路。数年前一位母亲对我说她刚上初中的女儿成绩下降，为什么？答曰："知道爱美了，上课总用铅笔杆做她的卷卷头。"美对人来说是一种附加，就像格律对诗词也是一种附加。律诗难作，美人难为，做得好惊天动地，做不好就黄花委地。玛丽·居里让全世界的女子都知道，她们除了"身世"和"门庭"之外，还有更值钱更重要的东西。

  1852年斯托夫人写了一本《汤姆叔叔的小屋》导致了美国南北战争的爆发，林肯说是一个小妇人引发了一场解放黑奴的大革命。比斯托夫人约晚50年，居里夫人发现了镭也是一个小妇人引发了一场大革命，科学革命。它直接导致了后来卢瑟夫对原子结构的探秘，导致了原子弹的爆炸，导致了原子时代的到来。更重要的是这项发现的哲学意义。哲学家说事物无时无刻不在变。西方哲人说，人不能两次踏进同一条河流。公元1082年东方哲人苏东坡在赤壁望月长叹道："盖将自其变者而观之，则天地曾不能以一瞬；自其不变者而观之，则物与我皆无尽也。"现在，居里夫人证明镭便是这样"不能以一瞬"而存在的物质，它会自己不停地发光、放热、放出射线，能灼伤人的皮肤、能穿透黑纸使胶片感光、能使空气导电，它刹那间是自己又不是自己。哲理就渗透在每个原子的毛孔里。玛丽·居里几乎在完成这项伟大自然发现的同时也完成了对人生意义的发现。她也在不停地变化着，当工作卓有成效的同时，镭射线也在无声地侵蚀着她的肌体。她美丽健康的容貌在悄悄地隐退，她逐渐变得眼花耳鸣，苍白乏力。而皮埃尔不幸早逝，社会对女性的歧视更加重了她生活和思想上的沉重负担。但她什么也不管，只是默默地工作。她从一个漂亮的小姑娘，一个端庄坚毅的女学者，变成科学教科书里的新名词"放射线"，变成物理学的一个新计量单位"居里"，变成一条条科学定理，她变成了科学史上一块永远的里程碑。"自其不变者而观之"，她得到了永恒。"长恨春归无觅处，不知转入此中来"，就像化学的置换反应一样，她的青春美丽换位到了科学教科书里，换位到了人类文化的史册里。

居里夫人的美名从她发现镭那一刻起就流传于世，迄今已经百年，这是她用全部的青春、信念和生命换来的荣誉。她一生共得了10项奖金、16种奖章、107个名誉头衔，特别是两次诺贝尔奖。她本来可以躺在任何一项大奖或任何一个荣誉上尽情地享受，但是她视名利如粪土，她将奖金赠给科研事业和战争中的法国，而将那些奖章送给6岁的小女儿去当玩具。上帝给的美形她都不为所累，尘世给的美誉她又怎肯背负在身呢？凭谁论短长，漫将浮名换了精修细研，她一如既往，埋头工作到67岁离开人世，离开了她心爱的实验室。直到她死后40年，她用过的笔记本里，还有射线在不停地释放。爱因斯坦说："在所有的世界著名人物当中，玛丽·居里是唯一没有被盛名宠坏的人。"她用事求世，超形脱俗，知道自己的目标，更知道自己的价值。在一般人要做到这两个自知，排除干扰并终生如一，是很难很难的，但居里夫人做到了。她让我们明白，人有多重价值，是需要多层开发的。有的人止于形，以售其貌；有的人止于勇，而逞其力；有的人止于心，只用其技；有的人达于理，而用其智。诸葛亮戎马一生，气吞曹吴，却不披一甲，不佩一刃；毛泽东指挥军民万众，在战火中打出一个新中国，却不背枪支，不受军衔。大音希声，大道无形，大智之人，不耽于形，不逐于力，不恃于技。他们淡淡地生活，静静地思考，执著地进取，直进到智慧高地，自由地驾驭规律，而永葆一种理性的美丽。

居里夫人就是这样一位挺立在智慧高地的伟人。

（选自《1998中国最佳散文》，辽宁人民出版社，1999年版）

【交流之窗】

什么是真正的美丽？

盛世美颜也罢，才华横溢也罢，都是外物的化身，终究会随时间消逝。唯有宠辱不惊，执著于真理的淡静才能抵得住时间的流逝，在茫茫宇宙间熠熠生辉。居里夫人早知容颜易逝，努力思索着在有限的生命里创造最大的价值。不为美貌所累，不为盛名所缚。居里夫人的生命简单到纯白，却又绚烂到极致。她用一生演绎"大音希声，大象无形"的境界，阒寂无声，却震烁古今。

什么东西是我的

切斯瓦夫·米沃什　　绿　原　译

切斯瓦夫·米沃什（1911—2004），美籍波兰诗人、作家和散文家，1980年获诺贝尔文学奖。

> 聪明人在不高兴的时候羡慕
> 小人物像蚱蜢一样作乐
> 在阳光灿烂的地点，既不思前
> 也不想后，如说他们怎样
> 抓住了未来那也不过是半睡
> 半醒抓住的，用生殖的工具
> 愚蠢地重复着愚蠢
> 在三十年的时期内
> 他们还又吃又笑
> 呻吟着埋怨劳动、战争和分离
> 跳舞，谈话，穿衣，脱衣；聪明人借口说
> 夏天的昆虫值得羡慕……
> ——罗宾逊·杰弗斯:《聪明人在不高兴的时候》

　　我的头发，我的胸膛，我的手，和一些年月日对我如此重要的我的一生。唯一的问题是，它们是不是真属于我，如果头发、胸膛、手不是笼统而言，我的一生中那些年月日是不是失去了重要性，一旦它们以一般方式指明若干瞬间的话。我从四面八方为电视、杂志、影片、刺激人们追求健康和幸福的广告所包围；我应当怎样洗，怎样吃，怎样穿，成为某人关心的对象，我在无数具为最合身的游泳裤做广告的叉状模型上，在穿着最诱人的奶罩的胸脯上，在擦着最细腻的油脂的肩膀肌肤上，不得不看到的正是我自己。如果我是一条鱼龙或者某个外星来客，我将能够把这一切

看做一阵线条和色彩的闪烁，但我是人，我已为无数感染手段所挑动，它们把我拆散成我的元件，并把我从编过号的部件重新构造出来。我熟知男性和女性的身体，除了任何特殊或隐私部分，以至我在海滩或游泳池旁，总处在一群可以互换的臀部、颈项、大腿之间，我的每个器官也是可以互换的。我被称过，被量过，适宜于我的卡路里已被计算过；我必须接受这个事实，我的汗液像别人的一样发臭，既然每个人都在他的腋下擦除臭剂；口臭也不仅是我的毛病，因为银幕上用嘴亲吻的青年男女总是带着嫌恶的怪相，彼此转过脸去，吞药丸来抵制他们的胃酸，然后沉没于极乐中。而我在浴室里消磨的片刻也并没有白白空掉，因为卫生纸从广告上向我呼唤，保证它会杀死活在我的肛门里的所有细菌。

我的面前经常摊开来一大张人体解剖图：一只拿着指示器的手指着肾、肝、心、生殖器，并解释着它们的功能。不管我愿不愿意，我被传授了红白血球、新陈代谢、排卵过程、细胞的生长和萎缩等秘密。如果我的健康开始恶化，病房的白色走廊就会等着我；高效率、无人称、漠然无动于衷的白衣少女就会把我的赤裸的身体翻来覆去，仿佛我是一个人体模型，递给我一根玻璃管装尿，把我放在爱克斯光机后面，抽我的血化验。

但是，我永远是赤裸的，而且不仅作为一个肉体对象。我的器官，那些为皮肤所覆盖的和那些为其他器官所覆盖的器官，都是赤裸的，从而成为构成我的传记的事件。那些事件可以分成两大类：一类壮丽地实现了童年、青少年和成年的准则，另一类则有某件事阻碍了和撕裂了我和人们的关系，由此而产生了"难题"。对我来说，那些都是个人隐私，但我知道我错了，因为所有这类问题都已被编入目录，加以记载，附有大量例证，而且不是由我而是由看病的精神分析学者，掌握着它们的钥匙。同那位精神分析学者谈话，给我很大的宽慰，因为他使我感觉到，我是从普通的平均化中给挑出来的；我的独特性质一定大有关系。不只是宽慰，这是一种强烈的快感，因为毕竟有人在埋头研究我的命运的细节，而我的命运在每个别人看来是可以互换的，毫无个性特征可言。然而，我认识到，咨询谈话的用意就是让我懂得——就是说，让我把因果联系起来——这样我患病的自身，我现在把它看成许多别的事物中的一件，就被抛到脑后了。

我为集体的浓密物质，那晦涩的、执拗的、坚持的另一个自然所包围，但我至少被分配了一个区域，可以自由活动，关心我的身心健康，享受一个运转正常的有机体的幸福,在活物中间生气勃勃。不过,当我不得不成为我自己的避难所,躲避文明的压力时,那个为我们大家(包括我自己)所藏匿的世界,那另一个自然就慢慢爬到我的身上来,不断提醒我,我的独特性不过是个幻觉,即使在这里,在我自己的圈子里,我也化成了一个数码。

(选自《世界文学史上最美的散文(人生卷)》,湖南文艺出版社,2009年版)

【交流之窗】
　　我的肉体不是我的,我的精神不是我的,最习以为常的逻辑为什么在诗人这里却被彻底颠覆?身体可以被编号,可以被替换;生活前所未有的有序,时刻被指引。然而诗人困顿:什么东西是我的?人失去了对自己的主控权。我们被娱乐包裹,被科学挟持,被文明压挤。正如尼尔·波兹曼在《娱乐至死》中给人类的警示:我们终将为我们所热爱的东西摧毁。人啊,莫要沉溺,否则终不过是《楚门的世界》里可怜的棋子。

● 理性之光

孔子论交

《论语》

《论语》主要记录孔子及其弟子的言行,是儒家学派的经典著作之一。

　　子贡问曰:"乡人皆好之,何如?"子曰:"未可也。""乡人皆恶之,何如?"子曰:"未可也。不如乡人之善者好之,其不善者恶之。"(《论语·子路》)

　　或曰:"以德报怨,何如?"子曰:"何以报德?以直报怨,以德报德。"(《论语·宪问》)

　　子贡问曰:"有一言而可以终身行之者乎?"子曰:"其恕乎!己所不欲,勿施于人。"(《论语·卫灵公》)

　　孔子曰:"益者三友,损者三友。友直,友谅,友多闻,益矣。友便辟,友善柔,友便佞,损矣。"(《论语·季氏》)

(选自《论语译注》,岳麓书社,2009年版)

【交流之窗】

　　孔子论交,竟持双标准?非也。"善者好,不善者恶",都是以嘉言懿行作为尺度。孔子的交际智慧其实就是秉持简单——心里有道德底线,在报德报怨上才能正直公正。不做老好人,不为恶人欺,秉持正道,行善行。反求诸己,又能体谅他人,常怀容人之心。与人相交,正直、守信、博闻,不走邪道,不曲意逢迎,不巧言令色。如此,便得君子之交。

孟子收礼拒礼之道

孟 子

陈臻问曰:"前日于齐,王馈兼金一百①而不受;于宋,馈七十镒而受;于薛,馈五十镒而受。前日之不受是,则今日之受非也。今日之受是,则前日之不受非也。夫子必居一于此矣。"孟子曰:"皆是也。皆适于义也。当在宋也,予将有远行。行者必以赆②,辞曰:'馈赆。'予何为不受?当在薛也,予有戒心,辞曰:'闻戒,故为兵馈之。'予何为不受?若于齐,则未有处也;无处而馈之,是货③之也;焉有君子而可以货取乎?"

(选自《孟子》,岳麓书社,2000年版)

【交流之窗】

世间关系很微妙,永远在不断地平衡。如果问:难道没有绝对平衡的关系吗?那你觉得这世上有没有放之四海而皆准的通理呢?

其实过分拘泥,反而不能通权达变。毕竟生活中孟子面临的"收礼拒礼"这类两难问题何其多也!如果都是一刀切,估计反而添了不少麻烦。在宋在薛,馈赠有理。在齐却是凭空示好,难免有贿赂之嫌疑。其实这就是人与人的互动中必然要面对的具体情况具体分析。千万不要自己画地为牢。这也便是为何儒家有"穷则独善其身,达则兼善天下"的识时务,旨在进退有余。

那是不是就可看风使舵,随波逐流呢?小心小心。切莫走极端,失了分寸。可变的是方式,不变的还是凛然的"浩然之气"。为人做事皆要合情合理,不触底线啊!

---

① 一百:一百镒(yì)。镒为古代重量单位。一镒为二十两。
② 赆(jìn):给远行的人送路费或礼物。
③ 货:收买,贿赂。

爱人者人恒爱之

孟　子

　　孟子曰："君子所以异于人者，以其存心也。君子以仁存心，以礼存心。仁者爱人，有礼者敬人。爱人者，人恒爱之；敬人者，人恒敬之。有人于此，其待我以横逆，则君子必自反也：我必不仁也，必无礼也，此物奚宜至哉？其自反而仁矣，自反而有礼矣，其横逆由是也，君子必自反也，我必不忠。自反而忠矣，其横逆由是也，君子曰：'此亦妄人也已矣。如此，则与禽兽奚择哉？于禽兽又何难焉？'是故君子有终身之忧，无一朝之患也。乃若所忧则有之：舜，人也；我，亦人也。舜为法于天下，可传于后世，我由未免为乡人也，是则可忧也。忧之如何？如舜而已矣。若夫君子所患则亡矣。非仁无为也，非礼无行也。如有一朝之患，则君子不患矣。"

（选自《孟子》，岳麓书社，2000年版）

【交流之窗】

　　君子与常人有何不同？孟子以为君子常怀仁心，是以常常爱人敬人，人亦爱之敬之。面对蛮横之人，你一般作何反应？君子懂得反躬自省，一方面扪心自问是不是自身不足以至于为人诟病；另一方面若自视言行端正并无差池，则不必在意蛮横无理之人。有大智慧的人在与他者关系中把对方作为自己的镜子，修缮自己的德行；同时又对自己有信心，如果端正无过，根本不会在意别人的反应。

　　君子真正忧虑的不是朝夕，而是自己终其一生能否成为圣人。王阳明曾说：世人皆可为圣人。你将如何从人群中脱颖而出？

君子周而不比

余秋雨

余秋雨，生于1946年，中国文化学者、文化史学家、散文家。著有《文化苦旅》等。

原文见《论语·为政》。孔子说：

君子周而不比，小人比而不周。

"周"和"比"的意思，与现代语文有较大的距离了，因此需要做一些解释。

这两个字，到朱熹时代就已经不容易解释。朱熹注释道："周，普遍也。比，偏党也。"当代杰出哲学家李泽厚根据朱熹的注解，在《论语今读》中作了这样的翻译："君子普遍厚待人们，而不偏袒阿私；小人偏袒阿私，而不普遍厚待。"

这样的翻译，虽然准确却有点累，李泽厚先生自己也感觉到了，因此他在翻译之后立即感慨孔子原句的"言简意赅""便于传诵"。

其实，我倒是倾向于坊间一种更简单的翻译：

君子团结而不勾结，小人勾结而不团结。

两个"结"字，很好记，也大致合乎原意。因为征用了现代常用语，听起来还有一点幽默。

不管怎么翻译，一看就知道，这是在说君子应该如何处理人际关系的问题了。

其实，前面几项都已涉及人际关系。但是，无论是"怀德""德风"，还是"成人之美"，讲的都是大原则。明白了大原则，却不见得能具体处理。有很多君子，心地善良，却怎么也不能安顿身边人事。因此，君子之道要对人际关系另作深论。

"周而不比"的"周"，是指周全、平衡、完整；而作为对立面的"比"，是指粘连、勾搭、偏仄。对很多人来说，后者比前者更有吸引力，这是为什么？

这事说来话长。人们进入群体，常常因生疏而产生一种不安全感，自然会着急地物色几个朋友，这很正常。但是，接下来就有鸿沟了：有些人会把这个过程当作过渡，朋友的队伍渐渐扩大，自己的思路也愈加周全，这就在人际关系上成了君子；但也会有不少人把自己的朋友圈当作小小的"利益共同体"，与圈子之外的多数人明明暗暗地比较、对峙。时间一长，必然延伸成一系列窥探、算计和防范。显然，这就成了小人行迹。

这么说来，"周而不比"和"比而不周"之间的差别，开始并不是大善大恶、大是大非的分野。但是，这种差别一旦加固和发展，就会变成两种截然不同的人格系统。

人际关系中的小人行迹，最明显地表现为争夺和争吵。这应该引起君子们的警惕，因为不少君子由于观点鲜明、刚正不阿，也容易发生争吵。一吵，弄不好，一下子就滑到小人行迹中去了。那么，为了避免争吵，君子能不能离群索居，隔绝人世？不能，完全离开群体也就无所谓君子了。孔子只是要求他们，入群而不裂群。因此，他及时地说了这段话：

君子矜而不争，群而不党。（《论语·卫灵公》）

这次李泽厚先生就翻译得很好了："君子严正而不争夺，合群而不偏袒。"

作为老友，如果要我稍稍改动一下文字，我会把"争夺"改成"争执"，把"偏袒"改成"偏执"。两个"执"，有点韵味，又比较有趣，而且意思也不错。

那就改成了这样一句："君子严正而不争执，合群而不偏执。"

孔子所说的这个"矜"字，原来介乎褒贬之间，翻译较难，用当今的口头语，可解释为"派头""腔调""范儿"之类，在表情上稍稍有点作态。端得出这样的表情，总不会是"和事佬"，免不了要对看不惯的东西说几句重话吧？但孔子说，君子再有派头，也不争执。这句话的另一番意思是，即使与世无争，也要有派头。那就是不能显得窝囊、潦倒，像孔乙己。是君子，必须要有几分"矜"，讲一点格调。

"群而不党"，如果用现代的口语，不妨这样说：可以成群结队，不可结党营私。甚至还可以换一种更通俗的说法：可以热热闹闹，不可打打闹闹。

"党"这个字，在中国古代语文中是指背离普遍、完整、兼爱，趋向抱团、分裂、互损，与君子风范相悖。

更麻烦的是，只要结党营私，小团体里边的关系也会日趋恶劣。表面上都是同门同帮，暗地里没有一处和睦。这种情况可称之为"同而不和"。与之相反，值得信赖的关系，只求心心相和，不求处处相同，可称之为"和而不同"。这两种关系，何属君子，何属小人，十分清楚，因此孔子总结道：

君子和而不同，小人同而不和。（《论语·子路》）

这句话也描绘了一个有趣的形象对比：君子，是一个个不同的人；相反，小人，一个个都十分相似。因此，人们在世间，看到种种不同，反而可以安心；看到太多的相同，却应分外小心。

由此，我们已经涉及了君子和小人的整体气貌。

（选自《君子之道》，北京联合出版公司，2014年版）

【交流之窗】

人群中必有关联，你是选择成为君子抑或小人？

与他人握手，结伴前行，是人生中必然的人际交往。但是如果心思不单纯，依利而行，便会导致很多可笑的、可怕的结局。即使比肩，也是各怀鬼胎，貌合神离。因为利益相聚，终究也会因为利益相离。

从孔子到朱熹，到李泽厚，到余秋雨，于"君子"概念都有一直的坚持：君子在人际关系中的独立。真正的君子就是永远做自己，又尊重他人，不以外物为尺度衡量彼此距离。

论嫉妒

培根　何新译

在人类的各种情欲中,有两种最为惑人心智,这就是爱情与嫉妒。这两种感情都能激发出强烈的欲望,创造出虚幻的意象,并且足以蛊惑人的心灵——如果真有巫蛊这种事的话。

所以,我们知道在《圣经》中把"嫉妒"叫作一种"凶眼",而占星术士则把它称作一颗"灾星"。这就是说,嫉妒能把凶险和灾难投射到它的眼光所注目的地方。不仅如此,还有人认为,嫉妒之毒眼伤人最狠之时,正是那被嫉妒之人最为春风得意之时。这一方面是由于这种情况促使嫉妒之心更加锐利;另一方面是由于在这种情况下,被嫉妒者最容易受到打击。

让我们来分析一下哪些人容易嫉妒,哪些人容易招来嫉妒,以及哪种嫉妒属于公妒,公妒与私妒有何不同。

无德者必会嫉妒有道德的人。因为人的心灵如若不能从自身的优点中取得养料,就必定要找别人的缺点作为养料。而嫉妒者往往是自己既没有优点,又看不到别人的优点的,因此他只能用败坏别人幸福的办法来安慰自己。当一个人自身缺乏某种美德的时候,他就一定要贬低别人的这种美德,以求实现两者的平衡。

嫉妒者必须是好打听闲话的。他们之所以特别关心别人,并非因为事情与他们的切身利害有关,而是为了通过发现别人的不愉快,来使自己得到一种赏心悦目的愉快。其实每一个埋头沉入自己事业的人,是没有工夫去嫉妒别人的。因为嫉妒是一种四处游荡的情欲,能享有它的只能是闲人。所以古话说:"多管别人闲事必定没安好心。"

一个后起之秀是招人嫉妒的,尤其要受那些贵族元老的嫉妒,因为他们之间的距离改变了。别人的上升足以造成一种错觉,使人觉得自己仿佛被降低了。

有某种难以克服的缺陷的人——如残疾人、宦官、老年人或私生子,是容易嫉妒别人的。由于自己的缺陷无法补救，因此需要损伤别人来求得补偿。只有当这种缺陷是落在一个具有伟大品格的人身上时才不会如此。那种品格能够让一种缺陷转化为光荣，让人负着残疾的耻辱，去完成一件大事业，使人们更加为之惊叹。像历史上的纳西斯、阿盖西劳斯和铁木尔就曾如此。

经历过巨大的灾祸和磨难的人，也容易产生嫉妒。因为这种人乐于把别人的失败，看作对自己过去所经历痛苦的抵偿。

虚荣心甚强的人，假如他看到别人在一件事业中总是强过他，他也会为此产生嫉妒的。所以自己很喜爱艺术的阿提安皇帝，就非常嫉妒诗人、画家和艺术家，因为他们居然在这些方面超过了他。

最后，同事之间当有人被提升的时候，也容易引起嫉妒。因为如果别人由于某种优越表现而得到提升，就等于映衬出了其他人在这些方面的无能，从而刺伤了他们。同时，彼此越了解，这种嫉妒心将越强。人可以允许一个陌生人发迹，却不能原谅一个身边人上升。所以该隐只是由于嫉妒就杀死了他的亲兄弟亚伯。

我们再来讨论一下哪些人能够避免嫉妒。

我们已懂得，嫉妒总是来自于自我与别人的比较，如果没有比较就没有嫉妒。所以皇帝通常是不被人嫉妒的，除非对方也是皇帝。一个有崇高美德的人，他的美德愈多，别人对他的嫉妒将愈少。因为他们的幸福来自他们的苦功。它是应得的。

所以出身微贱的人一旦升腾必会受人嫉妒，直到人们习惯了他的这种新地位为止。而富家的一个公子也将招人嫉妒，因为他并没有付出血汗，却能坐享其成。

反之，世袭贵胄的称号却不容易被嫉妒。因为他们优越的谱系已被世人所承认。同样，一个循序渐进地高升的人，也不会招来嫉妒。因为这种人的提升被看作是自然的。

那种在饱经艰难之后才获得的幸福是不太招人嫉妒的。因为人们看到这种幸福是如此的来之不易，甚至产生了同情——而同情心总是医治嫉妒的一味良药。所以老谋深算的政治家，当他们处于高高在上的地位时，总是在向人诉苦，吟唱着一首"正在活受罪"的咏叹调。

其实他们未必真的如此受苦，这只是钝化别人嫉妒锋芒的一种策略。

但是，只有当这种人的负担不是由自己招揽上身时，这种诉苦才会真被人同情。否则，没有比一个出于往上爬的野心，而四处招揽事做的人更招人嫉恨的了。

此外，对于一个大人物来说，如果他能利用自己的优越地位，来保护他的下属们的利益，那么这也等于是筑起了一座防止嫉妒的有效堤防。

应当注意的是，那种骄傲自大的人物是最易招来嫉妒的。这种人总想在一切方面显示自己的优越：或者大肆铺张地炫耀，或者力图压倒一切竞争者。其实真正的聪明人倒宁可给人类的嫉妒心留下点余地，有意让别人在无关紧要的事情上占自己的上风。

然而另一方面也要看到，对于享有某种优越地位的人来说，与其狡诈地掩饰，莫如坦率诚恳地放开（只是千万不要表现出骄矜与浮夸），这样招来的嫉妒会小一些；因为对于前一种人，这似乎更显示出他是没有价值因而不配享受那种幸福的，他们的作假简直就是在教唆别人来嫉妒自己了。

让我们归纳一下已经说过的吧。我们在开始时说过，嫉妒有点接近于巫术，是蛊惑人心的。那么要防止嫉妒，也就不妨采用点巫术，就是把那容易招来嫉妒的妖气转嫁到别人身上。正是由于懂得这一点，许多明智的大人物，凡有抛头露面出风头的事情，都推出别人作为替身去登台表演，而自己则宁愿躲在幕后。这样一来，群众的嫉妒就落在别人身上了。事实上，愿意扮演这种替人出风头角色的傻瓜天生是不会少的。

我们再来谈谈什么是公妒。

公众的嫉妒比个人的嫉妒多少多一点价值。公妒对于大人物，正如古典希腊时代的流放惩罚一样，是强迫他们收敛与节制的一种办法。

所谓"公妒"，其实也是一种公愤。对于一个国家这是具有严重危险性的一种疾病。人民一旦对他们的执政者产生了这种公愤，那就连最好的政策也将被视为恶臭，受到唾弃。所以丧失了民心的统治者即使在办好事，也不会得到群众的拥护。因为人民将把这更看作是一种怯懦，一种对公愤的畏惧——其结果是，你越怕它，它就越要找上门来。

这种公妒或公愤，有时只是针对某位执政者个人，而不是针对一种政治体制的。但是请记住这样一条定律：如果这种民众的公愤已扩展到几乎所有大臣身上，那么这个国家体制就必定面临倾覆了。

最后再作一点总结吧。在人类的一切情欲中,嫉妒之情恐怕要算作最顽强,最持久的了。所以古人曾说过:"嫉妒是不懂休息的。"同时还有人观察过,与其他感情相比,只有爱情与嫉妒是最能令人消瘦的。这是因为没有什么能比爱与妒更具有持久的消耗力。但嫉妒毕竟是一种卑劣下贱的情欲,因此它乃是一种属于恶魔的素质。《圣经》曾告诉我们,魔鬼之所以要趁着黑夜到麦地里去种上稗子,就是因为他嫉妒别人的丰收呵!的确,犹如毁掉麦子一样,嫉妒这恶魔总是在暗地里,悄悄地去毁掉人间的好东西!

(选自《人生论》,陕西师范大学出版社,2009年版)

【交流之窗】

嫉妒产生的本质是什么?为何同样身拥千金,皇室贵胄不大会被嫉妒,而起于草莽的贫民却会被嫉妒,而草根英雄经受的嫉妒却又会减损一些?原来这种嫉妒是在比较中因由落差感而引起的怨怼。本质上反映了人与他者的关系,以及在这种比较中显现出的人性。一个人目光集中于他人,难免生妒;如果专注于自己,应当没有太多嫉妒的空暇。

当然私怨与公怨还是有些差别。前者在小区域内,更像私底下的较量;而后者则冒天下之大不韪,怕是触了集体利益。那是不是两者泾渭分明,绝对不同呢?其实不管公私,都教人要做好自己,同时要小心照料与他者的关系。

社会的不公正[1]

拉布吕耶尔　程依荣　译

拉布吕耶尔（1645—1696），法国作家，哲学家和道德家，主要作品是讽刺性的《品格论》。

　　世上有些苦难，看见就叫人揪心。甚至有人饥不果腹，他们畏惧严冬，他们害怕生存。可是，也有人吃早熟的水果；他们要求土地违反节令生产出果实，以满足他们的嗜欲。某些普通市民仅仅因为富有，胆敢一道菜吞下百户人家的日食。谁愿意就去同这些极端荒唐的现象做斗争吧。如果可能，我既不愿做不幸者也不愿做幸运儿，我要过一种比上不足比下有余的生活。

　　面对眼前的苦难，人们会因为幸福而感到羞耻。

　　我们看见田野上有一些怯生生的动物，有雄的也有雌的，他们的皮肤是黧黑的或者灰色的，被太阳烤得焦亮；他们不知疲倦地掘着地、翻着土，好像被拴在那儿；他们好像会说话；确实，他们是人。夜晚，他们钻进污秽不堪的破屋，他们以黑面包、水、萝卜充饥；他们使别人免除播种、耕耘和收获的劳苦，因此，倒是他们应该享受由他们播种而收获的面包。

　　如果比较截然不同的两种人的命运，即大人物和老百姓的命运，我觉得后者仿佛满足于生活必需品，而前者欲壑难填，由于余裕反而贫乏。一个生来为了从事有益的劳动，另一个包藏着损人的祸心。前者身上是以天真纯朴的形式表现的粗鲁和直率，后者身上是以彬彬有礼的外表掩盖的狡猾和腐朽的处世之道。老百姓没有才智，而大人物没有灵魂；前者本质善良但貌不惊人，后者金玉其外但败絮其中。必须选择吗？我不踌躇：我愿意当一名老百姓。

（选自《法国散文选》，湖南人民出版社，1987年版）

---
[1] 本文有删节。

【交流之窗】

"社会不公正论"是拉布吕耶尔的真正意图？不。作者没有装模作样地声讨幸运儿，也没有趾高气扬地可怜普通人，只是谦逊地将自己放至尘埃里，与民同在，希望过着一种"比上不足比下有余"的生活。

显然我们要对这看似"中不溜"的状态重新定位。看透"大人物"的金玉其外败絮其中，作者更欣赏平常人的率真可爱。与其说作者是自甘堕落，不如说他洞察人情，择善而居。当然，如此说来，其实也是他对社会不公的一种示威。物质上不均等又如何？拥有高贵灵魂的人才称得上真正的贵族。

论平等

伏尔泰　　余兴立　吴　萍　译

伏尔泰(1694—1778)，著名学者、作家，18世纪法国资产阶级启蒙运动泰斗。

一条狗欠一条狗什么，一匹马欠一匹马什么？什么都不欠，没有一种动物依赖于它的同类。可是人类接受了叫做理智的神性光芒，结果是什么？几乎全世界都有奴隶制。

这个世界看来并非像它应有的样子，也就是说，如果人类发现在世界各地都可以轻松、有保障地生活，有和人类本性相适应的气候，一个人就不可能去征服另一个人，这是很清楚的。如果这个地球上长满了有益于健康的水果，如果我们生命中不可缺少的空气不再导致我们生病和死亡，如果人类只需要像鹿那样的住所和床铺，那么，成吉思汗和帖木儿除了他们的孩子就不会有其他仆人，他们的孩子将很正直，并帮助他们安度晚年。

在所有哺乳动物、鸟类和爬行动物所享受的自然状态中，人类会和它们一样快乐，征服就会成为一个空想，一个谁也不会想到的可笑的念头。因为当你不需要侍候时，为什么要去找仆人呢？

如果某个思想专制、精力旺盛的人想征服比他弱的邻居，这事就不可能成功，因为受压迫者会在压迫者采取行动前就跑到100里格①以外的地方去了。

因此，如果所有的人都无所要求，那他们就肯定是平等的。我们人类特有的贫困使一个人屈服于另一个人。真正的祸害不是不平等，而是从属。称某人殿下，称另一人陛下，这无关紧要，可是要侍候这人或那人是很难的。

一个人口众多的家庭耕种着良田，两个邻近的小家庭只有贫瘠和坚

---

① 里格：1里格相当于3英里，约4830米。

硬的土地，很显然，这两个贫穷的家庭要么为这个富裕的家庭做工，要么杀了这家人。这两个贫困家庭的一家靠为富裕家庭做工来谋生；另一家袭击富裕家庭，被打败了。前者家的人当佣人和劳工，被打败的家庭里的人则沦为奴隶。

在我们可怜的地球上，生活在社会中的人不可能不被分成两个阶级，一个是压迫阶级，另一个是被压迫阶级；这两个阶级又再分成若干阶层，而这若干阶层又进一步分等级。

所有的被压迫者不是绝对的不幸，他们当中大多数人就出生在这种状态中，不断地劳动使他们对自己所处状况的感受不会太敏锐，可当他们感受到了时，那我们就有了诸如罗马平民派反对元老院派的战争以及德国、英国和法国的农民起义。所有这些战争迟早都以对人民的奴役而告终，因为有权势的人有钱，在某种状况下，金钱是一切的主宰。我说某种状况下，因为并不是每个国家都是如此。最充分地利用剑戟的国家总是征服黄金多而勇气小的国家。

每个人天生就有征服、聚财和享乐的强烈愿望，而且非常喜欢无所事事。结果，每个人都想占有别人的金钱、妻女，成为别人的主人，让他们屈服于他的随心所欲的怪念头，什么都不干，或者至多只做些非常快乐的事。显然，如果有了这样良好的性情，让人们平等就像让两个传道士或两个神学教授不互相嫉妒一样变得根本不可能。

如果没有无数一无所有的有用的人，人类就根本不能生存。因为一个富人肯定不会放弃他的地位来替你种田；如果你需要一双鞋，法官也不会为你去做。因此，平等是最自然也是最不切实际的事。

由于人类只要有可能就在任何事物上都走极端，这种不平等就被加大了。一些国家宣布：公民没有权利离开他偶然出生的国家。这条法律的意思显而易见：这个国家如此之差，治理得如此不好，以致我们禁止任何人离开它，因为我们害怕每个人都会离开它。其实更好的办法是：让你的人民愿意留在国内，外国人愿意来你们的国家。

每个人都有权利从心底里相信自己和所有其他人是完全平等的，这不是说一个红衣主教的厨师应该命令他的主人为他做饭，而是厨师可以说："我像我的主人一样是个人，像他一样，我是在泪水中出生的；他像我一样将遭受同样的痛苦而死亡，死后也有同样的仪式。我们两人都在完成同样的动物功能。如果土耳其人占领了罗马,我当上了红衣主教,我的主人则成了厨师,我将让他为我服务。"这些话是理智的、公正的;可是在土耳其人占领罗马以前,这厨师必须尽职,否则任何一个人类社会都会是反常的。

如果一个人既不是红衣主教的厨师,也没有担任任何公职;如果一个要求并不过分的平民心里生气,因为别人处处都以恩赐和轻视的态度对待他,他清楚地看到有几个主教的知识、智慧、美德并不比他多,而他有时却不得不在他们的等候室里等得都厌倦了,那他应该怎么办?他应该离开。

(选自《伏尔泰哲理美文集》,安徽文艺出版社,1997年版)

【交流之窗】

作为法国启蒙运动的先驱,伏尔泰论平等很中肯。一方面告知世人平等是如此自然,无论物与人都可遵循这一自然法则——人人生而平等,为备受压制的人民划开一道启蒙之窗。另一方面又承认不平等在社会机制中存在的必然,且以理性的思维阐释适时的契约对社会的必要性。

占有还是存在

埃里希·弗洛姆

埃里希·弗洛姆（1900—1980），美籍德国犹太人。人本主义哲学家和精神分析心理学家。

  占有或者存在，二选一，并不能使健康的人类由悟性得到启示。对我们来讲，占有似乎是生活中极其正常的事情，为了能生活，我们必须拥有各种不同的东西，我们占有这些东西，是因为它们能为我们带来快乐。在一个以占有和不断更多地占有为最高准则的社会里，人们总是说，一个人"价值百万"，怎么会出现占有和存在的二者择一呢？反过来说，存在的原有本质就在于占有之中，即谁一无所有，谁也就不存在。

  然后生活的大师们却在占有和存在之间以他们各自的核心价值观做出了选择。佛陀教导：谁想登临人类进程的最高境界，他就不可以贪图占有。耶稣说：力挽生命者，自取灭亡；为了我而失去生命者，将获其生。争得了全世界，却失去了自我并要忍受苦难，这于人何益？大师云：一无所有，持虚和"空"，无蔽自身之我，此乃获取精神财富和力量之前提。马克思说：奢侈是同贫困一样沉重的包袱，因此我们的目标只能是：多存在，少占有。

  值得注意的是，存在和占有的区别，同东西方思想的区别是不相等同的。存在和占有的区别更像是两个社会精神之间的区别，一个社会以人为中心，另一个社会围绕物质旋转。占有倾向是西方工业社会中的人们的特征（当今中国社会也越发如是倾向），在这种社会，对金钱、名誉和权势的贪欲，成了生活的主调。那些相比之下异化得不那么厉害的社会，如中世纪社会或者印第安人社会或者某些还未被进步之风吹到的非洲地区，他们有其各自的存在……

（选自《占有还是存在》，世界图书出版公司北京公司，2015年版）

【交流之窗】

　　"存在"才是本源,却在生活中被"占有"占据先机。人们习惯了占有,哪里还会想"占有"与"存在"如何选择。然而人与人的差别却是在这个选择中得以区分的。真正的智者不会沉溺于物质,因他懂得欲壑难填的道理。想要真正成为人生的主宰就是要对"占有"保持警惕。能够不被物质蛊惑,才能叫心灵澄澈,才有可能登临"羽化登仙""参透命运"的人生境界。别总是惦记着物质,好好喂养我们的心灵。

宠辱不惊

卢 梭

卢梭（1712—1778），法国18世纪伟大的启蒙思想家、哲学家、教育家、文学家。

长久以来，我曾拼命而又徒劳地挣扎。我这个人，缺乏技巧和手段，短于城府和谨慎，坦白直爽，焦躁易怒，挣扎的结果是越陷越深，并且不断地向我的敌人提供他们绝对不会放过的可乘之机。我终于意识到我所有的努力都是无助的，只是徒劳地折磨自己。我决心采取唯一可取的办法，那就是服从命运的安排，放弃对这种必然性的反抗。在这种屈从中，我找到了心灵的宁静，它补偿了我经历的一切苦难，这是既痛苦又无效的持续反抗所不能提供的。

这种宁静还应归功于另外一个原因。在对我的刻骨仇恨中，迫害我的人反而因为他们的敌意而忽略了一计。他们不知道只有逐步地施展招数，才能不断地给予我新的痛苦。如果他们狡猾地给我留点希望，那么我就会依然在他们的掌握之中，他们还可能设下某个圈套，使我成为他们的掌中玩物，并且随后使我的希望落空而再次折磨我，使我伤痛不已。但是，他们提前施展了所有的计谋。他们既然对我不留余地，他们也就使自己黔驴技穷。他们对我劈头盖脸地诽谤、贬低、嘲笑和污辱是不会有所缓和的，但也无法再有所增加。他们已是如此急切地要将我推向苦难的顶峰。于是，人间的全部力量在地狱的一切诡计的助威下，再也不能增加我的苦难。肉体的痛苦不仅不能增加我的苦楚，反而使我得到了消遣。它们使我在高声叫喊时，免于呻吟。肉体的痛苦或许会暂时平息我的心碎。

既然一切已成定局，我还有什么可害怕的呢？既然他们已不能再左右我的处境，他们就不能再引起我的恐慌。他们已使我永远脱离了不安和恐惧：这总是个宽慰。现实的痛苦对我的作用已不大。我轻松地忍受我感觉到的痛苦，而不必顶住我担心会有的痛苦。我受了惊吓的想象力将这样的痛苦交织起来，反复端详，推而广之，扩而大之。期待痛苦比感受痛苦能够更百倍地折磨我，而且对我来说，威胁比打击更可怕。期待的痛苦一旦来临，事实就失去了笼罩在它们身上的想象成分，暴露了它们的真正价值。于是，我发现它们比我想象的要轻得多，甚至在痛苦中，我觉得还是松了一口气。在这种情况下，我超脱了所有新的恐惧和对希望的焦虑，单凭习惯的力量就足以使我能日益忍受不能变得更糟的处境，而当我的情感随时间的推移日渐迟钝时，他们就无法再激怒它了。这就是我的迫害者在毫无节制地施展他们的充满敌意的招数时给我带来的好处。他们已失去了对我的支配权，从此我就可以对他们毫不在乎了。

（选自《美德就是你的资本——西塞罗如是说》，哈尔滨出版社，2006年版）

【交流之窗】

　　卢梭从挣扎的泥淖中挣脱，是"屈从"于命运？不抵抗、不作为？慢慢读，细细品，你发现了什么？为何对敌人威逼不再恐惧？痛苦折磨也难令"我"焦虑？原来卢梭在无数次厮杀中领悟：自我想象才是可怕的敌人，它放大了伤痛，造成了人的自我内耗。

　　然而苦难来到跟前，也不过如此。既已在深渊之中，还畏惧什么？不如静观，此时无招胜有招。得之不喜，失之不忧，宠辱不惊，去留无意。因为伟大灵魂的智慧就在于改变和控制自己——摆脱物的控制当然不够，摆脱他人的束缚也远不止，真正的自由是要能与自己和解。

第六编
真境界——人生的智慧与追求

作为万物灵长的人，何以区别于物呢？帕斯卡说，人是一根会思想的苇草。是思想，是对存在和意义的追问，成就了人的尊严和伟大。

"天下熙熙皆为利来，天下攘攘皆为利往"是《史记》中记载的千年前普罗大众对人生的追索。千年之后，我们拥有空前繁盛的物质和更多元的文化，倘若我们没有分辨、选择的能力和智慧，最终，这些选择会交织结网让我们困于其中，陷入钟摆人生，在痛苦和无聊之间来回摆动。

叔本华对这种基于感官享乐为基础的人生追求是不向往的。他认为一个人的精神能力的范围尤其决定性地限定了他领略高级快乐的能力。如果这个人的精神能力相当有限，那么，所有来自外在的努力或者运气所能为他做的一切，都不会使他超越只能领略平庸无奇、夹杂着动物性的快乐范围。梭罗在瓦尔登简居时骄傲地宣称："每个人都是自己王国的国王，与这个王国相比，沙皇帝国也不过是一个卑微小国，犹如冰天雪地中的小雪团。"他用两年零两个月又两天的乡村生活，告诉大众，如果一个人能满足于基本生活所需，便可以更从容、更充实地享受人生。他们否定的不是物质，而是以物质享乐为中心的追名逐利的人生。

那些人类历史上闪耀的群星，用自己一生的成就和思想作结，留给后人实现智慧人生的线索。苏格拉底说"知识即美德"，他用一生探讨人生目的，寻找真理，当命运推他走进生死两难，他在狱中用毒汁捍卫了自己坚信的正义。见过生老病死和人间疾苦后，释迦牟尼离开富贵的王位和挚爱的妻儿，独自走出王宫，静坐菩提树下，寻找人生的答案。每个时代，都有一批优秀的智者用生命追寻真理。他们的探索，照亮万古长夜。

"智慧"一词在佛教中指的是：超越世俗认识，拥有把握真理的能力。追寻真理固然艰难，所幸，我们有前人指引，那些智慧的人类之子，正举灯引我们前行。

● 文学之花

双面神的哭泣

阿尔伯特·哈伯德　　郭曼丽　译

阿尔伯特·哈伯德（1856—1915），美国著名出版家和作家。

一位哲学家在古罗马的废墟里发现了一尊双面神像。由于从来没见过这样的神像，哲学家好奇地问他："你是什么神啊，为什么有两张面孔？"

神像回答："我的名字叫双面神。我可以一面回视过去，吸取教训；一面展望将来，充满希望。"

哲学家又问："那么现在呢？最有意义的现在，你注意到了吗？"

"现在？"神像一愣，"我只顾着过去和将来，哪还有时间管现在？"

哲学家说："过去的已经逝去了，将来的还没有来到，我们唯一能把握的就是现在；如果无视于现在，那么即使你对过去、将来了如指掌，那又有什么意义呢？"

神像一听，恍然大悟，失声痛哭起来："你说得没错，就是因为我抓不住现在，所以古罗马城才成为历史，我自己也被人丢在了废墟里。"

（选自《加西亚哈伯德全书》，金城出版社，2003年版）

【交流之窗】

人生是由过去、现在和将来组成的。双面神失声痛哭是因为它明白了自己没有牢牢把握住现在。亡羊补牢，犹未为晚。哲学家的思考充满人生智慧。青年朋友们，当惜眼前时光。

牧羊少年奇幻之旅（节选）

保罗·柯艾略　　丁文林　译

保罗·柯艾略，生于1947年，巴西著名作家。

"我是撒冷之王。"老人说。

"为什么一位王要和牧羊人交谈？"男孩极为钦敬而腼腆地问。

"原因有好几个。不过，咱们先说最主要的，那就是，你已经能够完成你的天命了。"

男孩不知道什么是天命。

"天命就是你一直期望去做的事情。人一旦步入青年时期，就知道什么是自己的天命了。在人生的这个阶段，一切都那么明朗，没有做不到的事情。人们敢于梦想，期待完成他们一生中喜欢做的一切事情。但是，随着时光的流逝，一股神秘的力量开始企图证明，根本不可能实现天命。"

老人所说的这番话，对男孩来说意义不大。但是他很想知道什么是"神秘的力量"，这要是讲给那个女孩听，她会惊讶得目瞪口呆。

"那是表面看来有害无益的力量，但实际上它却在教你如何完成自己的天命，培养你的精神和毅力。因为在这个星球上，存在一个伟大的真理：不论你是谁，不论你做什么，当你渴望得到某种东西时，最终一定能够得到，因为这愿望来自宇宙的灵魂。那就是你在世间的使命。"

"就连云游四方也算吗？还有，跟纺织品商人的女儿结婚也算吗？"

"寻找宝藏也算。宇宙的灵魂是用人们的幸福来滋养的，又或者是用人们的不幸、羡慕和忌妒来滋养。完成自己的天命是人类无可推辞的义务。万物皆为一物。当你想要某种东西时，整个宇宙会合力助你实现愿望。"

他们沉默地待了一会儿，望着广场和广场上的人们。还是老人首先打破了沉默。

"你为什么要牧羊？"

"因为我喜欢四处游荡。"

一个卖爆米花的小贩把他的红色小车停在广场的一角。老人用手指着那人说:"那个卖爆米花的人小时候也总想出去游荡,但却选择了买一辆制作爆米花的机器,年复一年地攒钱。等到年老的时候,他将去非洲待上一个月。他从来就不明白,人们总有条件去实现自己的梦想。"

"他应该选择当一个牧羊人。"男孩把心里想的话大声说了出来。

"他曾经想过当牧羊人。"老者说,"但是,卖爆米花的人比牧羊人有地位。卖爆米花的人有房子住,而牧羊人只能在野外露宿。人们宁愿把女儿嫁给卖爆米花的,也不愿嫁给牧羊人。"

男孩想起了那个女孩,心中一阵刺痛。在她居住的镇上,应该也会有卖爆米花的。

"总而言之,人们更重视对于卖爆米花的人和牧羊人的看法,甚至超过了对天命的重视。"

老人翻看着那本书,心不在焉地读着其中一页。男孩等了一会儿,随后便以老人先前对待他的方式,打断了老人的阅读。

"您为什么跟我讲这些事情?"

"因为你意欲履行自己的天命,并差一点就放弃了。"

"您总是在这种时刻出现吗?"

"一向如此,但是,不见得总以这种方式出现。有时候,我的方式是一条好出路,一个好主意。还有的时候,我会在关键时刻让事情变得更容易。诸如此类。不过大部分人察觉不到这一点。"

老人说,上个星期他不得不变换方式,以石头的面貌出现在一个掘矿人面前。那个掘矿人抛家舍业去寻找绿宝石,在一条河边干了五年。为了找到绿宝石,他敲开了九十九万九千九百九十九块石头。还剩一块石头,只差那一块石头,他就能发现他要找的绿宝石了。恰恰在这个关口,掘矿人打算放弃了。这个人为实现天命已经牺牲了一切,因此老人决定帮他一把。他变成一块石头,滚落在掘矿人脚下。白白浪费了五年时光的掘矿人,带着积蓄已久的绝望和怒气捡起石头,朝远处扔去。这一掷力量极大,那石头砸在另一块石头上,竟把另一块石头砸得爆裂开来,砸出了世上最美丽的一块绿宝石。

"人们很早就学会了生活的道理。"老人说,眼中露出一丝苦涩,"也许正因为如此,他们才会早早地就放弃了它们。世界就是如此。"

(选自《牧羊少年奇幻之旅》,南海出版公司,2009年版)

【交流之窗】

天命是什么?在生命的最初,我们很容易认定一个目标并为它投入全部精力,获得沉重的失落或巨大的喜悦。年岁渐长,那些世俗的眼光开始成为我们衡量自己的标尺,我们跟上大众的脚步,做出看起来明确的决定,成为拥挤人群中的一员。唯一能将我们区分的,是我们心底那个被掩藏的梦想,是卖爆米花人心中的牧羊人梦,让他在自己的世界里变得别致,也在路途的终点变得孤独。

江亭

杜 甫

坦腹江亭暖,长吟野望时。
水流心不竞,云在意俱迟。
寂寂春将晚,欣欣物自私。
江东犹苦战,回首一颦眉。

(选自《唐诗鉴赏辞典》,上海辞书出版社,1983年版)

【交流之窗】

此诗尾联有的版本为"故林归未得,排闷强裁诗"。杜甫写此诗时住在成都草堂,生活暂时比较安定,但是安史之乱还未平。诗的前三联刻画出一个闲适宁静与超然物外的野趣者的形象,然而这是表面。尾联突转,显出骨子里的焦灼苦闷一片。因此和一般的山水诗很不相同。

终南别业

王 维

⊙ 王维　王博绘

王维(701—761),盛唐著名诗人。

中岁颇好道,晚家南山陲。
兴来每独往,胜事空自知。
行到水穷处,坐看云起时。
偶然值林叟,谈笑无还期。

(选自《唐诗鉴赏辞典》,上海辞书出版社,1983年版)

【交流之窗】

写作这首诗的时候,王维已经经历了官场仕途起伏,一度身居高位的他,见过太多仕途艰险,此时他正过着亦官亦隐的生活。他的出任和退离大概是很多文官的完美范本。"行到水穷处,坐看云起时"一点不输晋朝名士"乘兴而行,兴尽而返"的随性洒脱,身居高位而能有此心性情致,实在难得。

西江月

朱敦儒

朱敦儒(1081—1159),宋代著名诗人。

世事短如春梦,人情薄似秋云。
不须计较苦劳心。万事原来有命。

幸遇三杯酒好,况逢一朵花新。
片时欢笑且相亲。明日阴晴未定。

(选自《唐宋词鉴赏辞典》,上海辞书出版社,1988年版)

【交流之窗】

词人暮年以诗酒为乐,举杯相邀,有好友,有新花,这样的生活不可谓不舒适。但当这样闲适的景象落在世事如梦,人情似云背后,便读出作者心中颓然。好在此时词人已经经历过人生风雨,纵见人生有不如意,也能放下执着,享受此刻的欢娱相亲。

颂平常心是道

慧 开

慧开(1183—1260),宋代僧人,字无门,世称无门慧开。

春有百花秋有月,夏有凉风冬有雪。
若无闲事挂心头,便是人间好时节。

(选自《禅宗无门关》,佛光文化出版社,1997年版)

【交流之窗】

"春有百花秋有月,夏有凉风冬有雪",每一个当下都有繁盛的风景。可惜到了自寻烦恼的凡人心里成了"春惦记秋月,夏怀想冬雪",世人眼睛向前,总容易忽视当下而怀想手中没有的过去或将来。平常心,是清净心,坐、卧、住、行回归本源,热时取凉,寒时向火,"万境自如如",让吃饭是吃饭,睡觉是睡觉。

处处逢归路

本 如

本如,生卒不详,宋代僧人。

处处逢归路,头头达故乡。
本来现成事,何必待思量?

（选自《禅诗三百首译析》,吉林文史出版社,2005年版）

【交流之窗】

　　这是僧人本如的开悟诗。诗的字面意思很好理解,大意是眼前所见种种景象,耳中所闻声响,都能"逢归路""达故乡",意即明心见性。佛性、大道是现成存在的,何必苦苦思量找寻呢?物有万象,心若随着外物变换自然是不得宁静的,凡人如有"智慧",超越俗世认知,真理自然不待找寻。

【一枝花】不伏老·尾

关汉卿

关汉卿(1297—1307),元代著名戏剧作家。

我是个蒸不烂、煮不熟、捶不扁、炒不爆、响当当一粒铜豌豆,恁子弟每谁教你钻入他锄不断、斫不下、解不开、顿不脱、慢腾腾千层锦套头。我玩的是梁园月,饮的是东京酒,赏的是洛阳花,攀的是章台柳。我也会围棋、会蹴鞠、会打围、会插科、会歌舞、会吹弹、会咽作、会吟诗、会双陆。你便是落了我牙、歪了我嘴、瘸了我腿、折了我手,天赐与我这几般儿歹症候,尚兀自不肯休。则除是阎王亲自唤,神鬼自来勾,三魂归地府,七魄丧冥幽。天那,那其间才不向烟花路儿上走!

(选自《关汉卿选集》,人民文学出版社,1998年版)

【交流之窗】

这可以算是一个浪荡公子的率性自白,他的不羁表现在散曲的内容和用词上。关汉卿生活的元朝对汉人士子歧视严重,很多知识分子沉沦下僚,落到了"八娼九儒十丐"的地步。按照传统文人的路数,这会儿关汉卿该求向道家或者佛家了,可他偏偏站出来,突破传统文人的藩篱,高呼自己的个性和不符合主流价值观的选择。他的狂放不羁和他的风流不逊成就了这首散曲。

螳螂捕蝉

刘 向

刘向（约前77—前6），西汉历史学家、文学家。

吴王欲伐荆，告其左右曰："敢有谏者死！"舍人有少孺子者，欲谏不敢，则怀丸操弹游于后园，露沾其衣，如是者三旦。

吴王曰："子来，何苦沾衣如此！"对曰："园中有树，其上有蝉，蝉高居悲鸣①饮露，不知螳螂在其后也；螳螂委身曲附②，欲取蝉，而不知黄雀在其傍③也；黄雀延颈，欲啄螳螂，而不知弹丸在其下也。此三者皆务欲得其前利，而不顾其后之有患也。"

吴王曰："善哉！"乃罢其兵。

（选自《说苑校证》，中华书局，2009年版）

【交流之窗】

螳螂捕蝉，黄雀在后是人们耳熟能详的一个成语，它讽刺了那些只顾眼前利益，而不顾身后祸患的短视者。当我们以上帝视角看这样的故事在动物身上发生的时候，只觉得可笑可怜。而当同样的事情以不同的形式发生在我们身上的时候，我们却不能认识自己到底是那只螳螂还是那只黄雀了。

---

① 悲鸣：放声叫。古汉语中悲不一定指代悲伤。
② 委身曲附：缩着身子紧贴树枝，弯起了前肢。附即"跗"，脚背，这里代脚。
③ 傍：同"旁"，旁边。

江盈科寓言两则

江盈科

江盈科(1553—1605),明代诗人。

一、妄心(节选)

一市人贫甚,朝不谋夕。偶一日拾得一鸡卵,喜而告其妻曰:"我有家当矣。"妻问安在,持卵示之,曰:"此是。然须十年,家当乃就。"因与妻计曰:"我持此卵,借邻人伏鸡乳之,待彼雏成,就中取一雌者,归而生卵,一月可得十五鸡,两年之内,鸡又生鸡,可得鸡三百,堪易十金。我以十金易五牸①,牸复生牸,三年可得二十五牛,牸所生者,又复生牸,三年可得百五十牛,堪易三百金矣。吾持此金举责,三年间,半千金可得也。就中以三之二市田宅,以三之一市僮仆,买小妻。我乃与尔优游以终余年,不亦快乎?"

妻闻欲买小妻,怫然大怒,以手击鸡卵碎之,曰:"毋留祸种。"夫怒挞其妻,仍质于官,曰:"立败我家者,此恶妇也,请诛之。"官司问家何在?败何状?其人历数自鸡卵起,至小妻止。官司曰:"尔家当尚未说完。"其人曰:"完矣。"官曰:"尔小妻生子,读书登科,出仕取富贵,独不入算耶?如许大家当,碎于恶妇一拳,真可诛。"命烹之。妻号曰:"夫所言皆未然事,奈何见烹?"官曰:"你夫言买妾,亦未然事,奈何见妒?"妇曰:"固然,第除祸欲蚤耳。"官笑而释之。

(选自《江盈科集I》,岳麓书社,2008年版)

---

① 牸(zì):母牛。

【交流之窗】

可笑的夫妻,有趣的长官。因为得一只鸡蛋而幻想自己从此家业兴旺,买小妾养晚年,优哉游哉,这设想与其说是胆大,不如说是无知。他的妻子竟因为幻想中出现的小妾而勃然大怒,这两夫妻倒是可以靠想象交流的一对。有趣的是长官的做法,真的拿出大锅来煮妇人,直教妇人自己说出还没有成形的事儿不能算,让妇人自己说出臆想当真的荒谬。

二、蛛蚕

蛛语蚕曰:"尔饱食终日,以至于老,口吐经纬,黄白灿然,因之自裹。蚕妇操汝入于沸汤,抽为长丝,乃丧厥躯。然则其巧也,适以自杀,不亦愚乎!"蚕答蛛曰:"我固自杀。我所吐者遂为文章,天子衮①龙,百官绂②绣,孰非我为?汝乃枵③腹而营,口吐经纬,织成网罗,坐伺其间。蚊虻蜂蝶之见过者,无不杀之而以自饱。巧则巧矣,何其忍也!"蛛曰:"为人谋,则为汝;自为谋,宁为我。"嘻,世之为蚕不为蛛者,寡矣夫!

(选自《江盈科集I》,岳麓书社,2008年版,有删节)

【交流之窗】

蚕和蜘蛛都吐丝结网。一个自缚于茧,最后为人所用,成为别人衣袍上的锦绣。一个结网以待,等待猎物上钩,触网者成为自己的美餐。钱理群在谈到当下一些名校大学生时,给了他们一个专门的称呼,叫"精致的利己主义者",这些蜘蛛大概就是精致的利己主义者的鼻祖吧。世人愿为蜘蛛而不为蚕者何止他们呢?

---

① 衮(gǔn):帝王的礼服。
② 绂(fú):绂绣,即绣花的礼服。
③ 枵(xiāo):空。

对一朵花微笑

刘亮程

刘亮程，生于1962年，中国当代作家。

　　我一回头，身后的草全开花了。一大片。好像谁说了一个笑话，把一滩草惹笑了。

　　我正躺在土坡上想事情。是否我想的事情——一个人头脑中的奇怪想法让草觉得好笑，在微风中笑得前仰后合。有的哈哈大笑，有的半掩芳唇，忍俊不禁。靠近我身边的两朵，一朵面朝我，张开薄薄的粉红花瓣，似有吟吟笑声入耳；另一朵则扭头掩面，仍不能遮住笑颜。我禁不住也笑了起来。先是微笑，继而哈哈大笑。

　　这是我第一次在荒野中，一个人笑出声来。

　　还有一次，我在麦地南边的一片绿草中睡了一觉。我太喜欢这片绿草了，墨绿墨绿，和周围的枯黄野地形成鲜明对比。

　　我想大概是一个月前，浇灌麦地的人没看好水，或许他把水放进麦田后睡觉去了。水漫过田埂，顺这条干沟漫流而下。枯萎多年的荒草终于等来一次生机。那种绿，是积攒了多少年的，一如我目光中的饥渴。我虽不能像一头牛一样扑过去，猛吃一顿，但我可以在绿草中睡一觉。和我喜爱的东西一起睡一觉，做一个梦，也是满足。

　　一个在枯黄田野上劳忙半世的人，终于等来草木青青的一年。一小片草木会不会等到我出人头地的一天？

　　这些简单地长几片叶、伸几条枝、开几瓣小花的草木，从没长高长大、没有茂盛过的草木，每年每年，从我少有笑容的脸和无精打采的行走中，看到的是否全是不景气？

　　我活得太严肃，呆板的脸似乎对生存已经麻木，忘了对一朵花微笑，为一片新叶欢欣和激动。这不容易开一次的花朵，难得长出的一片叶子，在荒野中，我的微笑可能是对一个卑小生命的欢迎和鼓励。就像青青芳草让我看到一生中那些还未到来的美好前景。

以后我觉得，我成了荒野中的一个。真正进入一片荒野其实不容易，荒野旷敞着，这个巨大的门让你在努力进入时不经意已经走出来，成为外面人。它的细部永远对你紧闭着。

走近一株草、一滴水、一粒小虫的路可能更远。弄懂一棵草，并不仅限于把草喂到嘴里嚼几下，尝尝味道。挖一个坑，把自己栽进去，浇点水，直愣愣站上半天，感觉到的可能只是腿酸脚麻和腰疼，并不能断定草木长在土里也是这般情景。人没有草木那样深的根，无法知道土深处的事情。人埋在自己的事情里，埋得暗无天日。人把一件件事情干完，干好，人就渐渐出来了。

我从草木身上得到的只是一些人的道理，并不是草木的道理。我自以为弄懂了它们，其实我弄懂了自己。我不懂它们。

（选自《遥远的村庄——刘亮程散文精读》，复旦大学出版社，2008年版）

【交流之窗】

"我自以为弄懂了它们，其实我弄懂了自己。我不懂它们。"作者自知"以我观物"，所观所悟还是自己，这大概是人的困境。人自认是高级灵长，总愿意以自己的视角去体认万物，其实体认的都是自己以为的，貌似的新发现不过是自证循环。走近一株草的路比我们想象的还要远。

怕败者败

诺拉·普罗菲特

诺拉·普罗菲特,美国作家。

许多年前的一个晚上,我在纽约观看了萨洛米·贝的演唱会,当时萨洛米·贝还是一个新秀,这是她第一次开个人演唱会。她的歌声舒展柔美,如行云流水。我陶醉其中。我当时才刚刚尝试写作,很想对她做一个采访。为了防止碰壁,我尽量让自己的口气听上去像一个专业作家。

"贝小姐,我是诺拉·普罗菲特。我打算给《幽香》杂志写一篇文章,介绍你的歌唱成就。我有没有可能约请你谈一谈呢?"瞧我说了些什么?《幽香》杂志是一个畅销的大杂志,我有自知之明,过去从来没有敢向它投过稿,此外,我对萨洛米·贝的歌唱成就也一无所知。

"行呀。"贝说,"我正在录制新唱片,那就请你到我的工作室来吧,你还可以把你的摄影师带来。"带我的摄影师?哦,我连有傻瓜相机的人都认识不了几个。这回我要出丑了。我的那点儿热情立即烟消云散。

"到时候,"贝继续说,"我还可以介绍你认识大名鼎鼎的高尔特·麦克德莫特,也就是《头发、公子和高速路》唱片的制作人。这样吧,下周二见,好吗?"

放下电话,我感到自己就像陷入了流沙之中,马上就要被吞没了似的。在接下来的几天里,我泡在图书馆,了解高尔特·麦克德莫特到底是何许人。而且总算找到了我的一个中学同学,他是一个小有名气的摄影师。我好说歹说,他才勉强同意和我一起去采访。

星期二的采访中,我紧张、惶恐、不堪回首……

采访结束了,我长舒一口气,回到家里时有一种安全脱险的感觉。我开始写稿。在写作时,我头脑里不断响起一个声音:你不要自欺欺人,你没有写作经验,你的文章连小报都不会刊载,更不要说《幽香》这样的名杂志了!

我把自己关在家里整整7天，推掉了一切事务，终于整理出一篇采访稿。我将采访稿打印出来装进一个信封，又在里面塞进了一个贴了邮票并写上自己名字的空信封（这是当时的惯常做法，以便文章不采用时编辑退稿）。当我把信投进邮箱时，心中想，要过多久我就会收到编辑的"退稿函"呢？

编辑没有让我等太久。3周后，我收到了《幽香》杂志寄来的信，信封是我自备的那个信封，里面装着我的稿子。我感到自己被当众羞辱了一样。我后悔自己为什么不自量力。我还要在这条路上走下去吗？我毅然做了决定，没有看那些陈词滥调的退稿理由，而是将整封信丢进了抽屉，想尽快将这一切忘掉，重新选择我的事业。

5年后，我要搬到加利福尼亚的萨克拉门托，接受一个推销员的职位。搬家前，我收拾房间时，看到了一封写给我的信，而信封上的字迹是我自己的。我为什么要自己给自己写信呢？于是，我好奇地打开信封，这样我看到了《幽香》杂志编辑写给我的信：

普罗菲特女士：

你写的有关萨洛米·贝的文章太精彩了。我们还需要加上一些别人曾经对她的评论。请补充后，立即将文章寄给我们。以便我们在下一期刊载。

我顿时怔住了。害怕失败的心理让我付出了这么大的代价。我的心血白费了，快要到手的500美元的稿酬泡汤了，更重要的是，这使我推迟了好多年才享受到写作的快乐。

这以后，我经常告诫自己：害怕失败比失败本身更糟糕。

（选自《智慧书》，吉林摄影出版社，2011年版）

【交流之窗】

因为自认一定会失败，作者不敢拆开编辑部寄来的信件，即便为了写好这份稿子他费尽心力，害怕的心理让他付出了沉重的代价，他失去了500美元，也失去了那个为了写一份稿子懵懂莽撞一往无前的自己。有句俗语是"怕什么来什么"，害怕的情绪越被放大强化，关于它的结局的想象也就越真实，最终这些想象作用于你的意识，让你无意识制造了这样一个结果。我们以为命运无常，其实正是我们每一个细微的念想和行动在书写我们的命运。

最后的买卖

泰戈尔　　郑振铎　译

泰戈尔（1861—1941），印度诗人、文学家、社会活动家、哲学家。

早晨，我在石铺的路上走时，我叫道："谁来雇用我呀。"
皇帝坐着马车，手里拿着剑走来。
他拉着我的手，说道："我要用权力来雇用你。"
但是他的权力算不了什么，他坐着马车走了。

正午炎热的时候，家家户户的门都闭着。
我沿着屈曲的小巷走去。
一个老人带着一袋金钱走出来。
他斟酌了一下，说道："我要用金钱来雇用你。"
他一个一个数着他的钱，但我却转身离去了。

黄昏了。花园的篱上满开着花。
美人走出来，说道："我要用微笑来雇用你。"
她的微笑黯淡了，化成泪容了，她孤寂地回身走进黑暗里去。

太阳照耀在沙地上，海波任性地浪花四溅。
一个小孩坐在那里玩贝壳。
他抬起头来，好像认识我似的，说道："我雇你不用什么东西。"
在这个小孩的游戏中做成的买卖，使我从此以后成了一个自由的人。

（选自《新月集》，人民文学出版社，1954年版）

【交流之窗】

"天下熙熙皆为利来,天下攘攘皆为利往",每个人都受雇于外物,你看中的那样事物将成为你的雇主,它或许是权力,或许是金钱,或许是美色……我们沉溺于此,也被禁锢于此。唯有受雇于自己,你才能从中看到赤诚的自己,获得自由。泰戈尔的诗和儿童的双眸一样,能让我们放下成人世界的贪欲,回到以落叶为舟、任意驰骋的儿童之境、梦想之境。

● 理性之光

《论语》六则

子曰:"君子食无求饱,居无求安,敏于事而慎于言,就有道而正焉,可谓好学也已。"

子曰:"君子周①而不比②,小人比而不周。"

子曰:"质③胜文④则野,文胜质则史⑤。文质彬彬⑥,然后君子。"

子曰:"志于道,据于德,依于仁,游于艺。"

子曰:"君子坦荡荡,小人长戚戚。"

子绝四:毋意⑦,毋必,毋固,毋我。

(选自《论语》,中华书局,2006年版)

【交流之窗】

什么是君子?在孔子看来,君子应当是有精神追求的,"食无求饱,居无求安",如他最爱的弟子颜回一样,身居陋巷,依然能享受自己的快乐。当然,这并不代表孔子鼓励大众贫寒。"邦有道,穷且贱,耻焉",在世道安泰之时,还让自己保持在穷贱状态,也非君子所为。君子的坦荡是因为知道自己的选择和追求,谨慎而自制地过好每个当下,不留遗憾。

---

① 周:合群。
② 比(音bì):勾结。
③ 质:质朴。
④ 文:文饰。
⑤ 史:虚浮不实。
⑥ 彬彬:相杂适中的样子。
⑦ 意:猜测臆想。

诫子书

诸葛亮

诸葛亮(181—234),三国时期杰出的政治家、文学家、发明家。

夫君子之行,静以修身,俭以养德。非淡泊无以明志,非宁静无以致远。夫学须静也,才须学也。非学无以广才,非志无以成学。淫漫则不能励精,险躁则不能治性。年与时驰,意与日去,遂成枯落,多不接世。悲守穷庐,将复何及?

(选自《艺文类聚》,上海古籍出版社,1982年版)

【交流之窗】
　　一个安邦定国的能臣,一个预感到自己生命终结的父亲,在离开人世前会交代自己的孩子什么呢?静修身,俭养德,淡泊宁静立志成学,朴素的家书里留下的是深沉的父爱和殷切的期盼。这封诸葛亮临终前写给儿子诸葛瞻的家书,成为历代学子修身立志的名篇,为父爱子当如是。

心烛

鲍尔吉·原野

鲍尔吉·原野，生于1958年，蒙古族作家。

你有没有注意过盲人的表情？在车水马龙的通衢广道、在危机四伏的大千世界，盲人的脸却安详而宁静。眉头紧锁的，恰恰是那些明眼人。

追急的，是那些疾走者；恼怒的，是妄自尊大的人。胆怯的人则有心事。他们都不是盲人。

盲人对生活不抱奢望，此刻只办此刻的事情。譬如走路，心无旁骛，步步踏实，直到目的地。他们做一件事时只想这件事，因此心里清明。

当别人绞尽脑汁思考功名利禄的时候，盲人的心专注在路面上——有没有车、砖石、敞开的下水井、栏杆和电柱。他们一步步走过来时，其实每一步都在感谢。感谢生活，感谢路面的平坦。当一个人把许多的感谢写在眉头上时，就出现盲人那种表情：安然而且恬静。

所谓幸福，全由小小的细节积累而来。如果你用庆幸的目光回顾这种积累时，就产生富翁的感受。如果你对当下的处境不满，则说明心已离开了脚步栖居于远远的目标之上——不管它的地位、金钱或房子——这时脚下怎样疾走都觉得慢，会为之烦恼，此时很容易受伤。

盲人的心始终伏在脚下，它静静地和双足缓行在无尽的路上。而在休息的时候，心在怀想着炉火和热汤，而不是没见过的其他。因此，盲人的表情中除去宁静，竟还有许多满足。

如果说，幸福是一种经过节制的满足，盲人则已经接近它了。

在风雪里，在大雨中，盲人要吃更多的苦，这时，上班或回家成为艰难的事情。但即使如此，也很少听说盲人遭遇交通事故的惨剧。如果他们有祸，恐怕老天爷都不忍。更主要的是，盲人比明眼人更了解车更注意车，他们更谨慎。

从古至今，其实谨慎给人带来的福分最多。

如果明日上街，不妨多多注意盲人，也许他们正是我们生活的教师。

（选自《中国新时期经典散文（1976—2003）》，长江文艺出版社，2004年版）

【交流之窗】
　　五色令人目盲，更令人心盲。盲人失去了生活中的光彩，却在心底点亮了一盏安静的明灯。因为可以不见纷繁世事，所以可以以心为镜，照亮自己。没有太多比较和卑劣，也就少了欲望和匆忙。每一步踏实地迈出，都带着内心真切的感受，生活因谨慎节制变得幸福。而这谨慎节制，恰是大步流星庸碌行人所没有的。

我要笑遍世界

奥格·曼狄诺　　安　辽　译

只有人类才会笑。树木受伤时也会流"血",禽兽也会因痛苦和饥饿而哭嚎哀鸣,然而,只有我们才具备笑的天赋,可以随时开怀大笑。从今往后,我要培养笑的习惯。

笑有助于消化,笑能减轻压力,笑,是长寿的秘方。现在我终于掌握了它。

我要笑遍世界。

我笑自己,因为自视甚高的人往往显得滑稽。千万不能跌进这个精神陷阱,虽说我们是造物主最伟大的奇迹,我不也是沧海一粟吗?我真的知道自己从哪里来,到哪里去吗?我现在所关心的事情,十年后看来,不会显得愚蠢吗?为什么我要让现在发生的微不足道的琐事烦扰我?在这漫漫的历史长河中,能留下多少日落的记忆?

我要笑遍世界。

当我受到别人的冒犯时,当我遇到不如意的事情时,我只会流泪诅咒,却怎么笑得出来?有一句至理名言,我要反复练习,直到它深入我的骨髓,出口成言,让我永远保持良好的心境。这句话,传自远古时代,它们将陪我渡过难关,使我的生活保持平衡。这句至理名言就是:这一切都会过去。

我要笑遍世界。

世上种种到头来都会成为过去。心力衰竭时,我安慰自己,这一切都会过去;当我因成功洋洋得意时,我提醒自己,这一切都会过去;穷困潦倒时,我告诉自己,这一切都会过去;腰缠万贯时,我也告诉自己,这一切都会过去。是的,昔日修建金字塔的人早已作古,埋在冰冷的石头下面,而金字塔有朝一日,也会埋在沙土下面。如果世上种种终必成空,我又为何对今天的得失斤斤计较?

我要笑遍世界。

我要用笑声点缀今天,我要用歌声照亮黑夜。我不再苦苦寻觅快乐,我要在繁忙的工作中忘记悲伤。我要享受今天的快乐，它不像粮食可以贮藏，更不似美酒越陈越香。我不是为将来而活。今天播种今天收获。

我要笑遍世界。

笑声中，一切都显露本色。我笑自己的失败，它们将化为梦的云彩；我笑自己的成功，它们回复本来面目；我笑邪恶，它们远我而去；我笑善良，它们发扬光大。我要用我的笑容感染别人，虽然我的目的自私，但这确实是成功之道，因为皱起的眉头会让顾客弃我而去。

我要笑遍世界。

从今往后，我只因幸福而落泪，因为悲伤、悔恨、挫折的泪水在商场上毫无价值，只有微笑可以换来财富，善言可以建起一座城堡。

我不再允许自己因为变得重要、聪明、体面、强大，而忘记如何嘲笑自己和周围的一切。在这一点上，我要永远像小孩一样，因为只有做回小孩，我才能尊敬别人；尊敬别人，我才不会自以为是。

我要笑遍世界。

只要我能笑，就永远不会贫穷。这也是天赋，我不再浪费它。只有在笑声和快乐中，我才能享受到劳动的果实。如果不这样，我会失败，因为快乐是提味的美酒佳酿。要想享受成功，必须先有快乐，而笑声便是那伴娘。

我要快乐。

我要成功。

我要成为世界上最伟大的推销员。

（选自《世界上最伟大的推销员》，世界知识出版社，2002年版）

【交流之窗】

奥格·曼狄诺是美国著名的企业家和演说家，这篇文章是他的代表作《世界上最伟大的推销员》里的一篇。有人认为它是"最鼓舞士气、振奋人心、激励斗志的一本书"，有人认为它是大道理堆成的励志鸡汤。一千个读者心中有一千个哈姆雷特，在你的心里，它是什么呢？

糊涂的哲学

戴尔·卡耐基

第二次世界大战刚结束的某一天晚上,我在伦敦得到一个极有价值的教训。当时我是罗斯·史密斯爵士的私人经纪。大战期间,史密斯爵士曾任澳洲空军战斗机飞行员,派在巴基斯坦工作。欧战胜利缔结和平后不久,他以三十天之内飞行半个世界的壮举震惊了全世界。澳洲政府奖他五千美元,英王授予他爵位,有一阵子,他是联合王国里被谈论最多的人——大英帝国的林白。有一天晚上,我参加一次为推崇他而举行的宴会。宴席中,坐在我右边的一位先生讲了一段幽默的故事,并引用一句话,意思是:"谋事在人,成事在天"。

那健谈的先生提到,他所征引的那句话出自《圣经》。他错了,我知道。我很肯定地知道出处,一点疑问也没有。为了表现优越感,我很多事、很讨嫌地纠正他。他立刻反唇相讥:"什么,出自莎士比亚?不可能!那句话出自《圣经》。"

那位先生坐在右边,我的老朋友法兰克·葛孟在我左边。他研究莎士比亚的著作已多年,于是我俩都同意向他请教。葛孟听了,在桌下踢了我一下,然后说:"戴尔,你错了,这位先生是对的。这句话出自《圣经》。"

那晚回家的路上,我对葛孟说:"法兰克,你明明知道那句话出自莎士比亚。"

"是的。当然,"他回答,"《哈姆雷特》第五幕第二场。可是亲爱的戴尔,我们是宴会上的客人。为什么要证明他错了?那样会使他喜欢你吗?为什么不保留他的颜面?他并没问你的意见啊,他不需要你的意见,为什么要跟他抬杠?永远避免跟人正面冲突。"

永远避免跟人正面冲突。说这句话的人虽已经过世了,但我受到的教训仍长存不灭。

那是我最需要记住的教训,因为我向来是个积重难返的杠子头。小时候,我和我哥哥为天底下的任何事物而抬杠。进入大学,我又选修逻辑学和辩论术，也经常参加辩论比赛。后来，我在纽约讲授《演讲与辩论》，有一度我曾想写一本这方面的书。但从那次后，我听过、看过、参加过，也批评过数千次的争论。这一切的结果，使我得到一个结论，天底下只有一种能在争论中获胜的方式，就是避免争论。要像你避开响尾蛇和地震那样避免争论。

十之八九，争论的结果会使双方比以前更相信自己是绝对正确，你赢不了争论。要是输了，当然你就输了。如果赢了，还是输了。为什么？如果你的胜利，使对方的论点被攻击得千疮百孔，证明他一无是处那又怎么样？你会觉得洋洋自得。他呢？你使他自惭，你伤了他的自尊，他会怨恨你的胜利。

"一个即使口服，但心里并不服。"

潘恩人寿保险公司立下了一项规则："不要争论。"

真正的推销精神不是争论，人的心意是不会因为争论而改变的。

举例说明：几年前，有位很冲动的爱尔兰人名叫欧哈瑞，听过我的课，他受的教育不多，但却很爱抬杠。他做过人家的汽车司机，后来因为推销卡车并不成功而来求助于我。我问了几个简单的问题，就发现他老是跟顾客争辩。如果对方挑剔他的车子，他立刻会涨红脸大声强辩。欧哈瑞承认，那时候，他在口头上倒赢了不少辩论。他后来对我说："我总算整了那笨蛋一次。我的确整了他一次，可是我什么都没有卖给他。"

我的第一个难题不在于欧哈瑞怎么说话，我立即要做的是，训练他自制，避免口角。

欧哈瑞现在是纽约怀德汽车公司的明星推销员。他怎么成功的？这是他的说法：

"如果我现在走进顾客的办公室，而对方说：'什么？怀德卡车？不好！你送我我都不要，我要的是何赛的卡车。'我会说：'老兄，何赛的货色的确不错，买他们的卡车绝对错不了。何赛的车是优良公司的产品，业务员也呱呱叫。'

"这样他就无话可说了，没有抬杠的余地。如果他说何赛的车子最好，我说没错，他只有住口了。他总不能在我同意他的看法后，还说一下午的'何赛的车子最好'。接着我们不再谈何赛，我就开始介绍怀德的优点。

"当年若是听到他那种话，我早就气得脸一阵红一阵白了。我会开始挑何赛的毛病,我愈批评别的车子不好,对方愈说它好;愈辩论,对方就愈喜欢我的竞争对手的货品。

"现在回忆起来,真不知道过去是怎么干推销工作的。我一生里花了不少时间在抬杠。我现在守口如瓶,果然有效。"

正如睿智的本杰明·富兰克林所说的:

"如果你老是抬杠、反驳,也许偶尔能获胜,但那是空洞的胜利,因为你永远得不到对方的好感。"

因此,你自己要衡量一下:你宁愿要那种字面上的、表面上的胜利,还是别人对你的好感?

你在争论中可能有理,但要想改变别人的主意,你就错得使你所做的一切都徒劳。

美国威尔逊总统任期内的财政部长威廉·麦肯铎,以多年政治生涯获得的经验,归结了一句话:"靠辩论不可能使无知的人服气。"

"无知的人"?麦肯铎说得太保留了。据我本人的经验,不论对方聪明才智如何,你也不可能靠辩论改变任何人的想法。

比方说,所得税顾问派生,为了一笔关键性的九千块钱,跟一位政府的税务稽核争论了一小时。派生解释这九千块钱事实上是应收账款中的呆账,不可能收回来,所以不该征收所得税。那位稽核反驳道:"非征不可。"

"那位稽核非常冷酷、傲慢,而且顽固,"派生在课堂上说,"任何事情和理由都没有用……我们愈争执,他愈顽固,所以我决定不再同他理论,开始改变话题捧他几句。"

"我说,'比起其他要你处理的重要而困难的事情,我想这实在是不足挂齿的小事。我也研究过税务问题,但那是书上的死知识。你的知识全是来自实务工作的经验。有时我真想有份像你这样的工作,那样我就会学到很多。'我说得很认真。

"这下,稽核员在椅子上伸直身子,花很多时间谈论他的工作,告诉我他发现过许多税务上的鬼花样。他的口气慢慢地友善起来,接着又谈起他的孩子。临告别的时候,他说要再研究研究我的问题,过几天会通知我结果。

"三天后,他打电话到我办公室,通知我那笔所得税决定不征了。"

这位税务稽核表现了人性最常见的弱点。他要的是一种重要人物的感觉。派生愈和他争论,他愈要高声强调职务上的权威。但一旦对方承认了他的权威,争执自然偃旗息鼓,有了扩张自我的机会,他就变成一位富于宽容和有同情心的人了。

拿破仑的家务总管康斯丹,在《拿破仑私生活拾遗》中,写到拿破仑和约瑟芬打桌球时曾说:"虽然我的技术不错,但我总是让她赢,这样她就非常高兴。"

我们可以从康斯丹那儿学到颠扑不破的经验,即让我们的顾客、情人、丈夫、太太,在琐碎的争论上赢我们。

释迦牟尼说:"恨不消恨,端赖爱止。"争强激辩绝不可能消除误会,只能靠技巧、协调、宽容,以及用同情的眼光去看别人的观点。

(选自《领导文萃》,2004年第1期)

【交流之窗】

争辩是有输赢的对立,而情感却只分深浅。用争辩的逻辑处理和人之间的关系,无异于拿刀解剖乱麻,最后乱麻分散成两堆,却终究不是想要的条分缕析的长绳。好辩之人对对错的执着,蒙蔽了他们对对方情感的体悟,最终表面上赢了一件事,却输了一个人。正如富兰克林所说:"如果你老是抬杠、反驳,也许偶尔能获胜,但那是空洞的胜利,因为你永远得不到对方的好感。"这样的胜利,得来何用呢?

中国人，你为什么不生气

龙应台

龙应台，生于1952年，中国当代作家。

在昨晚的电视新闻中，有人微笑着说："你把检验不合格的厂商都揭露了，叫这些生意人怎么吃饭？"

我觉得恶心、觉得愤怒。但我生气的对象倒不是这位人士，而是台湾1800万懦弱自私的中国人。

我所不能了解的是：中国人，你为什么不生气？

包德甫的《苦海余生》英文原本中有一段他在台湾的经验：他看见一辆车子把小孩撞伤了，一脸的血。过路的人很多，却没有一个人停下来帮助受伤的小孩，或谴责肇事的人。我在美国读到这一段，曾经很肯定地跟朋友说：不可能！中国人以人情味自许，这种情况简直不可能！

回来一年了，我睁大眼睛，发觉包德甫所描述的不只可能，根本就是每天发生，随地可见的生活常态。在台湾，最容易生存的不是蟑螂，而是"坏人"，因为中国人怕事、自私，只要不杀到他床上去，他宁可闭着眼假寐。

我看见摊贩占据着你家的骑楼，在那儿烧火洗锅，使走廊垢上一层厚厚的油污，腐臭的菜叶塞在墙角。半夜里，吃客喝酒猜拳作乐，吵得鸡犬不宁。

你为什么不生气？你为什么不跟他说"滚蛋"！

哎呀！不敢呀！这些摊贩都是流氓，会动刀子的。

那么为什么不找警察呢？

警察跟摊贩相熟，报了也没有用；到时候曝了光，那才真惹祸上门了。

所以呢！

所以忍呀！反正中国人讲忍耐！你耸耸肩、摇摇头！

在一个法治上轨道的国家里，人是有权利生气的。受折磨的你首先应该双手叉腰,很愤怒地对摊贩说:"请你滚蛋!"他们不走,就请警察来。若发觉警察与小贩有勾结——那更严重。这一团怒火应该往上烧,烧到警察肃清纪律为止,烧到摊贩离开你家为止。可是你什么都不做;畏缩地把门窗关起来,耸耸肩、摇摇头!

我看见成百的人到淡水河畔去欣赏落日、去钓鱼。我也看见淡水河畔的住家整笼整笼地把恶臭的垃圾往河里倒,厕所的排泄管直接通到河底。河水一涨,污秽气直逼到呼吸里来。

爱河的人,你又为什么不生气?

你为什么没有勇气对那个丢汽水瓶的少年郎大声说:"你敢丢,我就把你也丢进去?"你静静坐在那儿钓鱼(那已经布满癌细胞的鱼),想着今晚的鱼汤,假装没看见那个几百年都化解不了的汽水瓶。你为什么不丢掉鱼竿,站起来,告诉他你很生气?

我看见计程车穿来插去,最后停在右转线上,却没有右转的意思。一整列想右转的车子就停滞下来,造成大阻塞,你坐在方向盘前,叹口气,觉得无奈。

你为什么不生气?

哦!跟计程车可理论不得!报上说,司机都带着扁钻的。

问题不在于他带不带扁钻。问题在于你们这20个受他阻碍的人没有种推开车门,很果断地让他知道你们不齿他的行为,你们很愤怒!

经过郊区,我闻到刺鼻的化学品燃烧的味道。走近海滩,看见工厂的废料大股大股地流进海里,把海水染成一种奇异的颜色。湾里的小商人焚烧电缆,使湾里生出许多缺少脑子的婴儿。我们的下一代——眼睛明亮、嗓音稚嫩、脸颊透红的下一代,将在化学废料中学游泳,他们的血管里将流着我们连名字都说不出来的毒素——

你又为什么不生气呢?难道一定要等到你自己的手臂也温柔地捧着一个无脑婴儿,你再无言地对天哭泣?

西方人来台湾观光,他们的旅行社频频叮咛:绝对不能吃摊子上的东西,最好也少上餐厅;饮料最好喝瓶装的,但台湾本地出产的也别喝,他们的饮料不保险……

这是美丽宝岛的名誉,但是名誉还真是其次。最重要的是我们自己的健康,我们下一代的健康。一百位交大学生食物中毒——这真的只是一场笑话吗？中国人的命这么不值钱吗？好不容易总算有几个人生起气来，组织了一个消费者团体。现在却又有"占着茅坑不拉屎"的"卫生署"、为不知道什么人做说客的"立法委员"要扼杀这个还没做几桩事的组织。

你怎么能够不生气呢？你怎么还有良心躲在角落里做"沉默的大多数"？你以为你是好人，但是就因为你不生气、你忍耐、你退让，所以摊贩把你的家搞得像个破落大杂院，所以台北的交通一团乌烟瘴气，所以淡水河是条烂肠子；就是因为你不讲话、不骂人、不表示意见，所以你疼爱的娃娃每天吃着、喝着、呼吸着化学毒品，你还在梦想他大学毕业的那一天！你忘了，几年前在南部有许多孕妇，怀胎九月中，她们也闭着眼梦想孩子长大的那一天，却没想到吃了滴滴纯净的沙拉油，孩子生下来是瞎的、黑的！

不要以为你是大学教授，所以做研究比较重要；不要以为你是杀猪的，所以没有人会听你的话；也不要以为你是个学生，不够资格管社会的事。你今天不生气，不站出来说话，明天你——还有我，还有你我的下一代，就要成为沉默的牺牲者、受害人！如果你有种、有良心，你现在就去告诉你的公仆"立法委员"、告诉"卫生署"、告诉环保局：你受够了，你很生气！

你一定要很大声地说。

（选自《中国人，你为什么不生气——野火集》，时事出版社，1988年版）

【交流之窗】

愤怒是一种自我保护的情绪，它提醒你眼前的处境超过你的承受值。然而，当无数次，你的愤怒被无视，甚至被恐吓时，你会一遍一遍调整自己的承受限度。公共事件中，群体的愤怒放到个人的头上，表达愤怒的职责被缩小，我们各自观望，认为群体的权益应该由群体承担，个人的得失被放大，最后拔一毛以利天下而不敢为，个人英雄主义隐退，我们都成了乌合之众。面对不公正时的沉默，是我们正在酿造的平庸之恶。

为小事而生气的人，生命是短促的

戴尔·卡耐基　　张树满　等译

英国著名作家迪斯雷利曾经说过："为小事而生气的人，生命是短促的。"对这句寓意深刻的名言，法国作家莫鲁瓦作过下面的解释："这句话可以帮助我们忘却许多不愉快的经历。我们常常为一些不令人注意，因而也是应当迅速忘掉的微不足道的小事所干扰而失去理智。我们生活在这个世界上只有几十个年头，然而我们却为纠缠无聊琐事而白白浪费了许多宝贵的时光。试问时过境迁，有谁还会对这些琐事感兴趣呢？不，我们不能这样生活。我们应当把我们的生命贡献给有价值的事业和崇高的感情。只有这种事业和感情才会为后人一代代继承下去。要知道，为小事而生气的人生命是短促的。"

这儿有一个哈里·埃默生博士讲述的非常有趣的故事，一个有关森林之王胜败兴衰的故事。在科罗拉多河畔的一个山坡上有一株死去的大树。据生物学家估计，这株大树屹立在那儿已有400多年历史了。当初哥伦布在圣萨尔瓦多登陆时它已存在。在漫长的岁月中，它曾先后遭受过14次雷电的袭击；四个多世纪以来无数次的雪崩和风暴它都傲然挺过了。它巍然耸立在山上，不曾畏惧过一切强暴，可是在一群很不起眼的昆虫的攻击下，它却倒下了！这些昆虫穿透它的树皮，蛀空它的树心，用它们微弱的，然而不间断的进攻最终瓦解了它的战斗力。一株参天的巨树，一株几百年来雷电劈不死、飓风刮不倒、任何东西都摧毁不了的巨树，终于被一群小得可怜的、我们用手指头轻轻一压就会变成烂泥的虫子征服了。

即使像鲁迪埃德·基普林（英国作家）这样的非凡人物，有时也会忘记上述名言。因为他曾经向他的舅子起诉，造成了美国佛蒙特州历史上最有名的家庭不和案。曾有人专门对这个耸人听闻的案子著书立说，书名就叫《佛蒙特州基普林的家庭之争》。

事情经过是这样的：基普林跟佛蒙特州的一个名叫卡罗琳·巴勒斯蒂的姑娘结了婚。婚后，基普林便在该州的布拉特利博罗市修了一幢非常漂亮的房子，然后搬到那儿住下来度过他的垂暮之年。他的舅子比特·巴勒斯蒂是他最要好的朋友，他俩工作休息都常在一块儿。

后来基普林买下了巴勒斯蒂一块地皮，并互相说定：巴勒斯蒂有权收割这块地上的青草。可是有一天，巴勒斯蒂看见基普林正把这块草地改建成花园，这可把他气炸了，当即出言不逊，骂将起来。基普林也不示弱。于是佛蒙特的这块草地之争便结下了两个朋友之间的冤仇。

几天之后，基普林骑着一辆自行车在路上碰见了他的舅子巴勒斯蒂。后者坐在一辆双套马车上挡住了去路，硬要基普林下自行车让他过去。就因为这么一点小事，基普林丧失了理智，发誓要到法院去告他舅子。一场耸人听闻的案子就这样发生了。新闻记者从各大城市向布拉特利博罗蜂拥而至。消息传遍全世界。基普林从这次官司中得到了什么呢？一无所获。相反，他还不得不按照法庭宣判，跟他的妻子一起永远离开他在美国的这幢住宅！就因为这么一点区区小事，就因为园子里的一些青草，带来了这许多怨恨和痛苦，这又何必呢？"要是你能保持内心的平静，而不管他人如何有负于你就好了！"写书的作者这么写道。

两千多年前的古雅典政治家伯里克利斯就曾说过："请注意啊，先生们，我们太多地纠缠于小事了！"这一警言同样也适用于今天的人们。

（选自《卡耐基人生智慧箴言》，中国经济出版社，2004年版）

【交流之窗】

生命的长度以时间算，生命的质量以你的经历体验算。太多纠缠于小事的人，把人生中重要的时间消耗在这些无意义的纠缠上，可能一时得来了细微利益，却失去了心理的平衡和宝贵的时间。这样一来，即算是纠缠没有让你得病短命，你的时间照样被拿走了啊。

人可以有所为,又必须有所不为

约翰·罗斯金

约翰·罗斯金(1819—1900),英国作家、批评家。

明智的法规和适当的克制,对于高尚的民族而言,虽说不免有点麻烦,但毕竟不是束缚人的锁链,而是护身的铠甲,是力量的体现,是值得人类尊敬的品质。在这些民族的精神世界中,它的必要性与劳动一样是不言而喻的。要活下去就要劳动,要活得好就要有克制。

每天,你都可以听到无数蠢人高谈自由,就好像它是个无比荣耀的东西,其实远非如此。从广义上来讲,自由并没有什么值得炫耀的,它不过是动物的一种自然属性而已。

任何人,伟人也罢,强者也罢,都不能像游鱼那般自由自在。人可以有所为,又必须有所不为,而鱼则可以为所欲为。把地球上所有的国家拼起来,其面积也抵不上半个海大;即使将世上所有的交通线路和运载工具都用上(现有的再添上将要发明出来的),也比不上鱼用它的鳍游动更加灵便。

你只要平心静气地想一想就会发现,正是这种克制,而不是自由使得人类在万物之中显得高明一些。其实在低级动物中也是如此。蝴蝶比蜜蜂自由得多,可人们却更赞赏蜜蜂,不就是因为它善于遵从自己社会的某种规律吗?自由与克制相比,后者是经过选择的,这一点,使它包容了前者。不过,单单从抽象的概念中得出最后的结论,是不明智和危险的。我们不能孤立地看待对象而忘记了我们的眼睛。对于自由与克制,倘若你高尚地加以选择,则二者都是好的;反之,二者都是坏的。但是,我还是要你考虑一下,一种品质的高尚,不仅在于它自身的作用如何,还在于它对另一些品质的作用如何。那么,在这两者之中,能显示高级动物的特性而又能改造低级动物的,难道不是更有赖于克制吗?而且,上自天使的职责,下至昆虫的劳作,从星体的均衡到灰尘的引力,一切生物、事物的权力和荣耀,都归于其服从而不是自由。太阳是不自由的,枯叶却自由得很;人体的各部没有自由,整体却和谐;相反,如果各个部分有了自由,随之而来一定是整体的溃灭。

(选自《影响我中学时代的哲理美文》,石油工业出版社,2014年版)

【交流之窗】

人们对自由的美好想象大多时候都是源于眼前正在经历的桎梏,人们有很强的对虚幻事物进行美好构想的能力,"诗和远方"以及"眼前和苟且"是生活互相依存的两面,克制和自由也是这样赖以存在的两种状态。到处都在就是到处都不在,长时间漫无目的的自由也就不是自由了。

论责任

西塞罗

西塞罗（前106—前43），古罗马著名政治家、演说家、哲学家。

想担任政府公职的那些人不应当忘记柏拉图所说的两条戒律：第一条，要一心只考虑人民的利益，不计较个人的得失，使自己的一切行为都符合人民的利益；第二条，要顾全国家的整体利益，不要只为某一部分人的利益服务而辜负其余的人。

（选自《西塞罗三论》，商务印书馆，1998年版）

【交流之窗】

这两条公职准则正好切中了"公"的要义，社会公职部门是一项服务机构，是因为群体的需要才诞生的，它的存在运转也依托群体。它服务的对象应该是所有百姓，无论他们的阶级贫富，凡是生活在同一片土地上的人都应被关注到。如果公职部门成为一部分人谋利的工具，那公职部门存在的根基也就没有了。这是公元前古罗马政治家关于政府责任的思考，在他之后我们努力了两千多年，在我们之后又会有很多人为这理想的状态而奔忙。

《我的精神家园》自序

王小波

⊙ 王小波 莫丹绘

王小波(1952—1997),当代作家。代表作品有小说《黄金时代》《白银时代》《青铜时代》。

年轻时读萧伯纳的剧本《芭芭拉少校》,有场戏给我留下了深刻的印象:工业巨头安德谢夫老爷子见到了多年不见的儿子斯蒂芬,问他对做什么有兴趣。这个年轻人在科学、文艺、法律等一切方面一无所长,但他说自己有一项长处:会明辨是非。老爷子把自己的儿子暴损了一通,说这件事难倒了一切科学家、政治家、哲学家,怎么你什么都不会,就会一个明辨是非?我看到这段文章时只有二十来岁,登时痛下决心,说这辈子我干什么都可以,就是不能做一个一无所能,就能明辨是非的人。因为这个缘故,我成了沉默的大多数中的一员。我年轻时所见的人,只掌握了一些粗浅(且不说是荒谬)的原则,就以为无所不知,对世界妄加判断,结果整个世界都深受其害。直到我年登不惑,才明白萧翁的见解原有偏颇之处;但这是后话——无论如何,萧翁的这些议论,对那些浅薄之辈、狂妄之辈,总是一种解毒剂。

萧翁说明辨是非难,是因为这些是非都在伦理的领域之内。俗话说得好,此人之肉,彼人之毒;一件对此人有利的事,难免会伤害另一个人。真正的君子知道,自己的见解受所处环境左右,未必是公平的;所以他觉得明辨是非是难的。倘若某人以为自己是社会的精英,以为自己的见解一定对,虽然有狂妄之嫌,但他会觉得明辨是非很容易。明了萧翁这重意思以后,我很以做明辨是非的专家为耻——但这已经是二十年前的事了。当时我是年轻人,觉得能洁身自好,不去害别人就可以了。现在我是中年人——一个社会里,中年人要负很重的责任:要对社会负责,要对年轻人负责,不能只顾自己,因为这个缘故,我开始写杂文。现在奉献给读者的这本杂文集,篇篇都在明辨是非,而且都在打我自己的嘴。

伦理问题虽难,但却不是不能讨论。罗素先生云,真正的伦理原则把人人同等看待。考虑伦理问题时，想替每个人都想一遍是不可能的事，但你可以说，这是我的一得之见，然后说出自己的意见，把是非交付公论。讨论伦理问题时也可以保持良心的清白——这是我最近的体会，但不是我打破沉默的动机。假设有一个领域，谦虚的人、明理的人以为它太困难、太暧昧，不肯说话，那么开口说话的就必然是浅薄之徒，狂妄之辈。这导致一种负筛选：越是傻子越敢叫唤——马上我就要说到，这些傻子也不见得是真的傻，但喊出来的都是傻话。久而久之，对中国人的名声也有很大的损害。前些时见到个外国人，他说：听说你们中国人都在说"不"？这简直是把我们都当傻子看待。我很不客气地答道：物以类聚，人以群分。你认识的中国人都说"不"，但我不认识这样的人。这倒不是唬外国人，我认识很多明理的人，但他们都在沉默中，因为他们都珍视自己的清白。但我以为，伦理问题太过重要，已经不容我顾及自身的清白。

伦理（尤其是社会伦理）问题的重要，在于它是大家的事——大家的意思就是包括我在内。我在这个领域里有话要说，首先就是：我要反对愚蠢。一个只会明辨是非的人总是凭胸中的浩然正气做出一个判断，然后加上一句：难道这不是不言而喻的吗？任何受过一点科学训练的人都知道，这世界上简直找不到什么不言而喻的事，所以这就叫作愚蠢。在我们这个国家里，傻有时能成为一种威慑。假如乡下一位农妇养了五个傻儿子，既不会讲理，又不懂王法，就会和人打架，这家人就能得点便宜。聪明人也能看到这种便宜，而且装傻谁不会呢——所以装傻就成为一种风气。我也可以写装傻的文章：不只是可以，我是写过的——"文革"里谁没写过批判稿呢。但装傻是要不得的，装开了头就不好收拾，只好装到底，最后弄假成真。我知道一个例子是这样的。某人"文革"里装傻写批判稿，原本是想搞点小好处，谁知一不小心上了《人民日报》头版头条，成了风云人物。到了这一步，我也不知他是真傻假傻了。再以后就被人整成了三种人。到了这个地步，就只好装下去了，真傻犯错误处理还能轻些呀。

我反对愚蠢，不是反对天生就笨的人，这种人只是极少数，而且这种人还盼着变聪明。在这个世界上，大多数愚蠢里都含有假装和弄假成真的成分；但这一点并不是我的发现，是萧伯纳告诉我的。在他的《劈克梅梁》里，息金斯教授遇上了一个假痴不癫的杜特立尔先生。息教授问：你是恶棍还是傻瓜？这就是问：你假傻真傻？杜先生答：两样都有点。先生,凡人两样都得有点呀。在我身上,后者的成分多,前者的成分少;而且我讨厌装傻,渴望变聪明。所以我才会写这本书。

在社会伦理的领域里我还想反对无趣,也就是说,要反对庄严肃穆的假正经。据我的考察,在一个宽松的社会里,人们可以收获到优雅,收获到精雕细琢的浪漫;在一个呆板的社会里,人们可以收获到幽默——起码是黑色的幽默。就是在我待的这个社会里,什么都收获不到,这可是件让人吃惊的事情。看过但丁《神曲》的人就会知道,对人来说,刀山剑树火海油锅都不算严酷,最严酷的是寒冰地狱,把人冻在那里一动都不能动。假如一个社会的宗旨就是反对有趣,那它比寒冰地狱又有不如。在这个领域里发议论的人总是在说:这个不宜提倡,那个不宜提倡。仿佛人活着就是为了被提倡。要真是这样,就不如不活。罗素先生说,参差多态乃是幸福的本源——弟兄姐妹们,让我们睁开眼睛往周围看看,所谓的参差多态,它在哪里呢。

在萧翁的《芭芭拉少校》里,安德谢夫家族的每一代都要留下一句至理名言。那些话都编得很有意思,其中有一句是:人人有权争胜负,无人有权论是非。这话也很有意思,但它是句玩笑。实际上,人只要争得了论是非的权力,他已经不战而胜了。我对自己的要求很低:我活在世上,无非想要明白些道理,遇见些有趣的事。倘能如我所愿,我的一生就算成功。为此也要去论是非,否则道理不给你明白,有趣的事也不让你遇到。我开始得太晚了,很可能做不成什么。但我总得申明我的态度,所以就有了这本书——为我自己,也代表沉默的大多数。

(选自《我的精神家园·王小波杂文自选集》,北京文化艺术出版社,1997年版)

【交流之窗】

去虚伪、去愚蠢、去无趣,作者的精神家园很简单,简单到大多数人都希望自己处在这样的世界里。然而,这样简单的愿望挤在庸碌的人群里,在人们背对背地衡量算计中,却成了虚伪、愚蠢、无趣,这大概是一个时代笑话吧。作者希望我们明辨是非,超世脱俗,不过是希望我们重拾那些为人的最简单的原则罢了。

做一个精神贵族①

雅斯贝尔斯　邹　进　译

雅斯贝尔斯（1883—1969），德国存在主义哲学家、神学家、精神病学家。

大学也是一种学校，但是一种特殊的学校。学生在大学里不仅要学习知识，而且要从教师的教诲中学习研究事物的态度，培养影响其一生的科学思维方式。大学生要具有自我负责的观念，并带着批判精神从事学习，因而拥有学习的自由；而大学教师则是以传播科学真理为己任，因此他们有教学的自由。

大学的理想要靠每一位学生和教师来实践，至于大学组织的各种形式则是次要的。如果这种为实现大学理想的活动被消解，那么单凭组织形式是不能挽救大学生命的，而大学的生命全在于教师传授给学生新颖的、符合自身境遇的思想来唤起他们的自我意识。大学生们总是潜心地寻觅这种理想并时刻准备接受它，但当他们从教师那里得不到任何有益的启示时，他们便感到理想的缥缈和希望的破灭而无所适从。如果事实果真如此，那他们就必须经历人生追求真理的痛苦磨难去寻求理想的亮光。

我认为，大学的理想始终存在着，只要西方国家的大学里还把自由作为其生命的首要原则，那么实现这种理想则依赖于我们每一个人，依赖于理解这一理想并将它广为传播的单个个人。

年轻一代正因为年轻气盛，所以从其天性来说，他们对真理的敏感程度往往比成熟以后更为灵敏。哲学教授的任务就是，向年轻一代指出哪些是对思想史做出重大贡献的哲学家，不能让学生们把这些哲学家与普通的哲学家混为一谈。哲学教授应激励学生对所有可知事物、科学的意义以及生活的真实性持开放的态度，并通过自己对此所做的彻底深入

---

① 标题为编者所拟。

的思考和演讲,激发学生去把握和深思。哲学教授应生活在大学的理想之中,并且意识到自己有责任去创新、去建设和实现这一理想,他不必讳言知识的极限,但是他要教授适当的内容。

…………

精神贵族是从各阶层中产生的,其本质特征是品德高尚、个体精神的永不衰竭和才华横溢,因此精神贵族只能是少数人。大学的观念应指向这少数人,而芸芸众生则在对精神贵族的憧憬中看到了自身的价值。

但是,由于精神贵族只能在民主社会中得到承认,而不是出自自我的要求,因此大学必须为他们提供机会。大学就要求在成绩和个性方面都十分突出的人才,这是不言而喻的,它们才构成了大学生命的条件。

人们普遍认为,大学的更新要与整个人类观念的改变联系起来把握,其结果仿佛会导致国家观念的觉醒。一个真正的民主国家懂得怎样运用权力,唯其如此,国家的意义才能深深扎根于民众的日常思维方式中。如同所有精神生活一样,国家不断校正自我的形象,在精神的斗争中显示出自由,精神通过共同的任务存在于与它相连的对立面中。这样的国家充满了尊重知识的气氛,因此,在大学的精神创造中不仅要寻求最透明的意识,而且还要寻找国民教育的根源。

…………

大学生是未来的学者和研究者。即使他将来选择实用性的职业,从事实际的工作,但在他的一生中,将永远保持科学的思维方式。

原则上,学生有学习的自由,他再也不是一个高中生,而是成熟的、高等学府中的一分子。如果要培养出科学人才和独立的人格,就要让青年人勇于冒险,当然,也允许他们有懒惰、散漫,并因此而脱离学术职业的自由。

如果人们要为助教和学生订下一系列学校的规则,那就是精神生活、创造和研究的终结之日。在这种状况下成长起来的人,必然在思维方式上模棱两可、缺乏批判力,不会在每一种境况中寻找真理。

(选自《什么是教育》,生活・读书・新知三联书店,1991年版)

【交流之窗】

  一个精神贵族应该是什么样的呢？他必须要有独立的人格和批判的精神、科学的思维方式，以及对真理的渴求，这些特质让他在面临否定和非议的时候，有能力、有勇气去探索发现。他们是人群中的少数，也是社会众生的精神标杆，大众在对精神贵族的推崇憧憬中，看到自身的价值。大学是这样一个培养精神贵族的地方，倘若我们给大学以繁复的规章制度，那么这些勇于探索的头脑就失去了驰骋的原野。

阅读（节选）

亨利·戴维·梭罗　　徐　迟　译

亨利·戴维·梭罗（1817—1862），美国作家、哲学家。

如果更审慎地选择自己追逐的职业，所有的人也许都愿意主要做学生兼观察家，因为两者的性质和命运对所有的人都一样地饶有兴味。为我们自己和后代积累财富，成家或建国，甚或沽名钓誉，在这些方面我们都是凡人；可是在研究真理之时，我们便不朽了，也不必害怕变化或遭到意外了。最古的埃及哲学家和印度哲学家从神像上曳起了轻纱一角；这微颤着的袍子，现在仍是撩起的，我望见它跟当初一样的鲜艳荣耀，因为当初如此勇敢的，是他的体内的"我"，而现在重新瞻仰着那个形象的是我体内的"他"。袍子上没有一点微尘；自从这神圣被显示以来，时间并没有逝去。我们真正地改良了的，或者是可以改良的时间，既不是过去，又不是现在，也不是未来呵。

我的木屋，比起一个大学来，不仅更宜于思想，还更宜于严肃地阅读；虽然我借阅的书在一般图书馆的流通范围之外，我却比以往更多地接受到那些流通全世界的书本的影响，那些书先前是写在树皮上的，如今只是时而抄在布纹纸上。诗人密尔·喀玛·乌亭·玛斯脱说，"要坐着，而能驰骋在精神世界的领域内；这种益处我得自书本。一杯酒就陶醉；当我喝下了秘传教义的芳洌琼浆时，我也经历过这样的愉快。"整个夏天，我把荷马的《伊利亚特》放在桌上，虽然我只能间歇地翻阅他的诗页。起初，有无穷的工作在手上，我有房子要造，同时有豆子要锄，使我不可能读更多的书。但预知我未来可以读得多些，这个念头支持了我。在我的工作之余，我还读过一两本浅近的关于旅行的书，后来我自己都脸红了，我问了自己到底我是住在什么地方。

可以读荷马或埃斯库罗斯的希腊文原著的学生，决无放荡不羁或奢侈豪华的危险，因为他读了原著就会在相当程度之内仿效他们的英雄，会将他们的黎明奉献给他们的诗页。如果这些英雄的诗篇是用我们自己那种语言印刷成书的，这种语言在我们这种品德败坏的时代也已变成死文字了；所以我们必须辛辛苦苦地找出每一行诗每一个字的原意来，尽我们所有的智力、勇武与气量，来寻思它们的原意，要比通常应用时寻求更深更广的原来意义。近代那些廉价而多产的印刷所，出版了那么多的翻译本，却并没有使得我们更接近那些古代的英雄作家。他们还很寂寞，他们的文字依然被印得稀罕而怪异。那是很值得的，花费那些少年的岁月，那些值得珍惜的光阴，来学会一种古代文字，即使只学会了几个字，它们却是从街头巷尾的琐碎平凡之中被提炼出来的语言，是永久的暗示，具有永恒的激发力量。有的老农听到一些拉丁语警句，记在心上，时常说起它们，不是没有用处的。

（选自《瓦尔登湖》，上海译文出版社，2006年版）

【交流之窗】

梭罗只身来到湖畔定居，带着锄头和一个富足的灵魂。他在田野发现诗篇，在花瓣找到韵脚，在繁忙冗杂的乡村生活中享受简朴宁静。他用行动告诉人们如果只需要满足基本的生存需求，生活可以更加充实，更加从容。在这个物质短缺的小屋里，他通过阅读和先贤对话，在丰富的经典中穿行。

人生的智慧（节选）

叔本华　韦启昌　译

　　人生智慧的重要一点就是在关注现在和计划将来这两者之间达致恰到好处的平衡，这样，现在与将来才不至于互相干扰。许多人太过沉迷于现在，这些是无忧无虑、漫不经心的人；也有的人则更多地活在将来，他们则是谨小慎微、忧心忡忡的杞人。人们很少能够在处理现在和将来两者当中把握一个恰到好处的尺度。那些以希望和努力生活在将来的人眼睛盯着前面，不耐烦地等待将要发生的事情，仿佛将来的事情才会为他们带来真正的幸福。在这期间，他们却对现在不予理会、不加咀嚼，听任现时匆匆逝去。这些人尽管貌似精明，但却跟意大利的一种驴子一般无二：在驴子的头上人们插上一根系着一束干草的棍子，这就加快了驴子的步伐，因为驴子看到干草近在眼前，总希望趋前得到这束干草。上述那些人终其一生都在欺骗自己，因为直到他们死去为止，他们都只是暂时地活着。我们不应该只是计划和考虑将来，或者一味沉湎于对往事的回想。永远不要忘记：现在才是唯一真实和确切的；相比之下，将来的发展几乎总是与我们的设想有所不同，甚至过去也与我们对过去的回想有所出入。总的来说，不管将来还是过去，都不是表面看上去的那么重要。距离相隔远了，物体在人的视觉里就缩小了，但却在头脑思想里放大了。只有现时才是真正的和现实的。现时的时间包含现实的内容，我们的存在唯独就在这一时间。因此，我们应该愉快地迎接现在此刻，从而有意识地享受每一段可忍受的、没有直接烦恼和痛苦的短暂时光，也就是说，不要由于在过去我们的希望落空现在就变得忧郁寡欢，或者为了将来操心伤神以致败坏现时。由于懊悔过去和操劳将来，我们拒绝美好的现在时光或者任意地糟蹋它，这可是彻头彻尾的愚蠢做法。某一特定的时间可作操心、甚至后悔之用；但在这一特定时间过去以后，我们对已经发生了的事情就应作如是观：

> 无论事情多么悲痛，我们必须让过去的事情成为过去，或许我们难以做到这一点，但我们必须降伏我们的乖僻心情。
>
> ——荷马

> 而将来的事情则
>
> 在上帝的安排之中。
>
> ——《伊利亚特》

> 应该
>
> 把每一天都视为一段特别的生活。
>
> ——塞尼加

我们只能为那些肯定会发生的灾祸忧心——这些灾祸发生的时间甚至确定无疑的了。但是，属于这一类的灾祸少之又少，因为将来的灾祸要么充其量极有可能发生，要么就是肯定会发生，但是，灾祸到来的时间却是全然不确定的。如果我们听任自己受制于这两种灾害，那么，我们就永无片刻安宁了。为保证我们生活的安宁免遭并不肯定发生，或者并不肯定在某一时间发生的灾祸的剥夺，我们必须养成习惯，把并不肯定发生的灾祸视为永远不会发生，而并不肯定在某一时间发生的灾祸则肯定不会在很短时间内发生。

不过，我们的安宁越少受到担忧和害怕的打扰，那它就越会被我们的愿望、欲念和期待所刺激。歌德的美妙诗句"我从不寄托希望在任何事情"其实就是说：只有当人挣脱了所有各种可能的期望，从而返回赤裸和冰冷的存在本身，人才能领会到精神上的安宁，而精神的安宁却是幸福的构成基础。如果人要享受现时，乃至整个一生，精神的安宁是必不可少的。为着实现这一目标，我们应该永远记住今天只有一次，它永远不会再来。但是在我们的想象里，今天又将在明天重现。其实，明天已是另外的一天，它也只来一次。我们忘记了每一天的日子都是生命中的不可缺少的，因此也是无可替代的一个组成部分；我们只是把一天的日子视为在生命的名目下所包括的东西，正如在一个集合概念下面所包含的各个单一事物。在我们患病、困顿的时候，每当念及在这之前没有疾病和痛苦的时光，就陡然让人心生羡慕——那些美好的日子就犹如不曾得到我们珍惜的朋友，它们简直就是失去了的天堂。在健康、美好的日子里，这种情形应被我们时刻牢记在心，这样，我们就会倍加珍惜和享受此刻的好时光。但我们却不加留意地度过我们美好的日子，只有到了糟糕的日子真正来临的时候，我们才会想念和渴望曾经有过的美好日子。我们脸带愁容，许多欢乐愉快的时光未加品尝和咀嚼就过去了，直到以后日子变得艰难和令人沮丧的时候，我们才徒劳地为逝去了的好日子而叹息。我们不能这样做。我们应该珍惜每一刻可以忍受的现在，包括最平凡无奇的、我们无动于衷地听任其逝去，甚至迫不及待地要打发掉的日子。我们应该时刻记住：此刻时光匆匆消逝化作神奇的往昔，从此以后，它就存留在我们的记忆里，照射出不朽之光芒。在将来，尤其到了糟糕恶劣的日子，我们的记忆就会拉起帷幕：此刻时光已经变成了我们内心眷恋和思念的对象。

（选自《人生的智慧》，上海人民出版社，2008年版）

【交流之窗】

　　回忆和想象是神奇的知觉，它不像现在，每种感受都伴随流逝的时光在你身上清晰地走过，快乐痛苦都深刻鲜明。也正是这样，回忆和想象成了很多人放置不安的归处，沉浸在回忆里的人变得固执凝重，陶醉在想象中的人变得无根飘渺。"人生智慧的重要一点就是在关注现在和计划将来这两者之间达致恰到好处的平衡，这样，现在与将来才不至于互相干扰。"